Qianxun-Culture

—图书·影视—

As Proud As You

骄傲如你2

唐微微——著

Tang Weiwei Works

江苏凤凰文艺出版社
JIANGSU PHOENIX LITERATURE AND ART PUBLISHING, LTD

目录

♥ Contents

目录

contents

云歌篇

第一章

为爱而冒险

爱是什么？是极度害怕失去。

——傅行歌

1

重症病房中，病床上躺着一个美若天仙的金发少女，一张小脸完美无瑕，看起来宛若天使，只是她的一双眼睛闭着，不知道是在沉睡，还是已经死去。

守卫森严的门忽然被人打开，病床上的少女似乎用了些力气才睁开了那双美丽的眼睛。她的双瞳是一种深而纯粹的紫色，那紫色极诡异，而且瞳孔面积很大，似乎占据了整个眼球的三分之二。

因为这一双诡异的瞳孔，原本像天使一样的少女忽然沾染上了魔鬼的气息。

推门进来的是一个黑发黑瞳的东方少女，五官精致，目光淡薄，神情清冷，她看着躺在床上的金发少女，眼神毫无波动，仿佛在看一件无关紧要的死物。

躺在病床上的少女将那双深紫色的眼瞳慢慢地移向了黑发少女的方向，双瞳似有焦点，又似什么也看不到。然后她露出了一个笑容，她的笑容很奇怪，像天使又像魔鬼，有一种诡异的美。她的声音也喑哑得诡异，似乎主宰她身体的并不是她自己，而是另外的物质或者灵魂："傅行歌，是你。梁云止，他不肯来见我？"

"我不是圣母，不是谁想见我的男友，我都会让他如愿。"傅行歌的声音冷冷淡淡，毫无情绪波动，一双清亮美眸看着床上少女那双诡异的深紫色眼瞳，那双眼仿佛因为情绪失控在产生裂纹："傅行歌！我快死了不是吗？我只是想见他最后一面。"

"没错，你都快死了，可我为什么要允许他见你？"傅行歌的声音仍然清冷，但是她明确地表示了自己的不耐烦，“你有话快说，我没有那么多时间和你耗。”

“我记得我让他们传话的时候说过，如果他来见我，我就把我的研究成果给他，让他活下去。看来你也没有多爱他，宁愿放纵自己的妒忌心，也不愿意让他来见我。”

这个金发少女就是两年前制造并传播了现今全球最可怕的病毒“撒旦之吻（Kiss）”的全球最大毒枭之女安吉拉，她也感染了“撒旦之吻”病毒，自从两年前病发之后，就一直被囚禁于此。她是一个意志极其坚定的人，即使每日饱受病毒的折磨，也保持着高傲的贵族做派；即使痛楚异常甚至失去了视力，也不曾表现出崩溃的一面，但此刻她的脸上满是愤怒。傅行歌这个可恶的女人，竟然连她想见梁云止最后一面的愿望都要摧毁！

“没错，我就是这么一个人。可惜，梁云止宁愿选择和我在一起，也不愿意来见你。既然你没话要说，那我就走了。祝你在地狱待得愉快。”说完，傅行歌转身就走，没有丝毫留恋。安吉拉想用遗言什么的来威胁她？门都没有。

“等等！”安吉拉果然把她叫住了，深紫色的双瞳中似乎闪烁着危险的光芒，“变异的病毒会控制人的意识。”

安吉拉这一句说得特别慢，因为她体内的病毒变异了，她也是在渐渐失去视力之后才明白这一点的。呵，等梁云止体内的病毒也变异之后，梁云止会像她一样，变得不再是他。她不相信傅行歌在知道这件事情之后，还能淡定地说不需要她之前的研究成果。

“所以，现在和我对话的并不是安吉拉，而是Kiss？我为什么要相信病毒给出的研究成果？已经变异的病毒给我打败病毒的方法？安吉拉，你是快死了，所以不在乎自己犯蠢对吧？”傅行歌冷笑一声，未再停留，头也不回地走了。

安吉拉那双诡异的紫眸死死地盯着傅行歌离开的方向，愤怒让她的整张脸都扭曲了。

就在安吉拉那双紫眸渐渐被绝望侵占的时候，病房门被人再次轻轻打开了，有轮椅轮子轻轻滚动的声音，安吉拉一双紫瞳瞬间有了些光亮：“谁？”

因为失去了视力，安吉拉的听力变得异常敏锐，所以连静音轮椅慢慢滑近的声音她都听得很清楚，对方的声音，她当然也听清楚了：“是我。”

2

离开戒备森严的实验室后，傅行歌步履如常，但如果此刻很了解她的梁云止在她身边，必定能看出来她内心的疲惫与沉重。

安吉拉是真的要死了，她体内的病毒已经完全不可控，“撒旦之吻”异常霸道，只有等病毒在她的身体里完全消亡，再将她的尸身烧成灰之后，病毒才会彻底消失。在这种情况下，为了保险起见，不管是官方还是傅行歌，都不会让安吉拉的身体有存留下来的可能，即使是为了实验，因为没有人敢拿所有人的性命冒险。

安吉拉再如何叱咤风云，到底还是摆脱不了灰飞烟灭的结局。

梁云止身上也有这种病毒。到目前为止，傅行歌与梁云止几乎是夜以继日地研究病毒。他们付出了全部的心力，然而研究出来的药物始终只能暂时克制这种病毒，并不能完全清除病毒，因为病毒进化变异的速度实在太快了。

安吉拉与梁云止几乎是同时感染了这种病毒，他们都曾在自己各自的研究基础上研究对抗这种病毒的药物，但他们走向了两个完全不同的方向，最糟糕的是，那两个方向都是错误的。安吉拉已经完全不可救，梁云止也前途未卜。

傅行歌不是不想要安吉拉的研究成果，而是她已经研究出了安吉拉的成果。很明显，作为失败的配方的试验者，安吉拉即将失去生命。

傅行歌不可能拿梁云止的生命去冒险。

没有任何人、任何事值得她拿梁云止的生命去冒险。

一栋湖边别墅里，卧室的床上，一个拥有俊美无俦的脸的人正在沉睡中微笑，形状完美的嘴角微微地向上弯起，仿佛梦到了这世间最美好的事物。

窗外有停车的声响，床上的人长长的眼睫毛动了一下，但是没能完全醒过来。几分钟后，卧室的门被人打开了，一道纤合有度的亮丽身影风一般地走了进来，扑到了床上的美男身上。

床上的梁云止闷哼一声，终于完全醒了过来，他很自然地伸出修长有力的胳膊将扑进怀里的人儿抱住，没有睁开眼睛，只是扬起了那动人心魄的微笑："一大早的，我太太就主动投怀送抱，这让为夫很是惊喜。"

两人已经在一起生活了近两年时间，傅行歌早就习惯了梁云止在言语上的调戏，她趴在他的身上，半点不温柔地凑近了他俊美的脸，一双亮丽的眼睛盯着他闭着的眼睛："睁开眼睛，先给我亲一下。"

"把眼睛睁开。"傅行歌的声音一点都不温柔，被她压着的梁云止笑容未改，双手捧着她的脸，仰起头重重地在她的嘴巴上亲了一下。

傅行歌没有反抗，只是腾出双手，强行扒开了他的眼帘，用很认真的眼神盯着他的眼眸。果然，梁云止的左眼开始变紫了。

现在梁云止俊美的脸有一些诡异的美，因为他的一双眼睛是异瞳，一只是幽蓝色，另外一只是蓝紫色。这不是天生的，就像安吉拉一样，这代表着梁云止体内的病毒已经开始变异，从而改变了他瞳孔的颜色。

傅行歌在回家的途中收到了安吉拉最终死亡的消息。在一个小时之前，傅行歌亲眼看见她的双瞳变成了非常纯净的紫色，这是否意味着，当梁云止的双瞳也都变成那种纯净紫色的时候，他就会……

梁云止继续用双手捧着她的精致小脸，抬起头来亲了她一下，并试图加深这个吻，可她忽然紧紧抱住了他，让他不得不放弃这个吻，改为将她的脑袋搂在胸前，轻声地安慰道：“我没事，不会有事的。我还有你呢，不是吗？别害怕。”

3

梁云止知道傅行歌在害怕什么，他也很无奈。这一年多以来，他与她为了获取最多的研究资源，不惜放弃自由，进入了FBI最高实验室夜以继日地工作，为的就是研究出病毒的抗体。

然而五百多天过去了，他们始终只能跟在不断变异的病毒后面跑，病毒变异的速度比他们研究的速度快得多……

梁云止知道傅行歌什么都不害怕，她只害怕他有一天会像安吉拉一样回天乏术。虽然目前研究出了克制病毒的药物，但最终他的整个身体机能还是会被变异的病毒控制。

那种病毒非常厉害，现在它已经被列为世界一级机密了。一旦这种病毒落在有心人手里，后果将是不能想象的。

梁云止从来没有害怕过死亡，但此刻他很害怕，因为他实在太舍不得了。他已经与傅行歌在一起了，他舍不得离开她。可是他需要更坚强，因为傅行歌比他更着急、更难过 。

“我们结婚吧。” 因为傅行歌的脸埋在梁云止的脖子旁边，所以她的声音听上去有点闷闷的。

忽然听到她说结婚这件事，梁云止没有欢呼雀跃，也没有担忧不已，更没有惊讶，他只是安静地抚了抚她乌黑发亮的发丝，微微弯起好看的嘴角，道：“好。”

他没有什么大男子主义，虽然他知道自己应该给她一个特别一点的求婚仪式，但是他觉得最好的就是给她自由，给她纵容，让她去做她想做的事情，看着她成为她想成为的人。

她想成为他的太太，当然是他梦寐以求的荣幸。

听到梁云止肯定的答复之后，傅行歌马上从他身上爬了起来，并且拉着他的手扯他："快起来，我们现在就去教堂。"梁云止手臂用力，把毛毛躁躁、想起什么就要干什么的漂亮女友拉倒在自己身上，软玉温香抱在怀里，他再次闭上了眼睛："求婚已经让给你了，婚礼的事情应该由我来了吧？"

"但是最近我们很忙，只有今天可以休息。"

"再忙也得抽出结婚的时间，对吗？来，我们先为结婚做点准备吧？"

"什么准备？"

"亲新娘子。"

国内顾氏制药集团总裁办公室，宽大的办公桌面上凌乱地摆着各式文件与资料，办公椅上没有人，倒是有轻轻的鼾声从办公室一角的大沙发上传来。

躺在沙发上睡觉的年轻男子一身西裤衬衣，身形修长，如果不是被扯歪在一旁的领带，还有没有扣好的衬衣扣子和已经挽到了手臂的衬衣袖子，他看起来还真是一副精英总裁的模样。

随意放在桌上的手机很执着，嗡嗡地叫着，终于把年轻男子从短暂的梦中叫回了现实。他闭着眼睛，伸手去摸茶几上的手机，接电话的声音却难掩通宵工作而睡在办公室里的疲惫："喂。"

"顾总，您现在该出发去机场了，您的航班两个小时以后起飞。"

"什么航班？"

"你忘了吗？前天您说您要去美国参加朋友的婚礼，让我订了飞机票。还有您要给您朋友带的礼物，我已经放在车的后备厢里了。东西有点多，所以我多用了一个行李箱。李助理会和您一起去，他应该快到楼下了。"

"好，谢谢你，林小姐。"顾延之揉了揉脑袋，终于清醒过来了。

是的，今天他要去美国参加傅行歌的婚礼，傅行歌还拜托他从国内带一些中草药过去。他这几天熬夜工作，就是为了腾出两天的假期去美国参加她的婚礼。

顾延之有时候觉得自己挺贱的，为了参加自己前女友的婚礼，什么都愿意做，比去参加自己的婚礼还积极。

傅行歌的电话恰巧在此时打了进来："顾延之，我还有一件事情需要拜托你。"

听到傅行歌的声音，顾延之心里动了动，那种酸楚多于甜蜜的感觉又来了："傅行歌，你打电话给我能不能没有事？"

"没事我为什么要给你打电话？帮我在国内查一个人，我把资料传给你，我有急事。"傅行歌干脆利落，一边说电话一边望向了一个走进了隔壁实验室的窈窕身影——那个该死的韩真儿居然又来了！

4

韩真儿从小就是个天才，她的祖母是英国贵族，父亲是韩英混血，母亲是日本财阀之女，还有两个妹控哥哥。她容貌秀丽、身材完美，关键是智商高达一百三十五，从小就在学业上碾压周围一众人。她的性格活泼开朗，从小到大身边追求者众多。当然，她没有男友，因为她和她的俩妹控哥哥一样，认为世间没有足够优秀的男子与她相配。

当然，这是韩真儿在还没有遇到梁云止之前的想法。

自从在学校偶然见过梁云止一面之后，韩真儿就知道了什么叫作"一见云止误终身"。

她费了很多心机去打听梁云止的消息，也花了很多心思接近他。比如说，她本来是很讨厌化学的，但是为了他，她拼命考了他导师的研究生。后来听说他在为 FBI 特殊实验室工作，于是她又花了大量的金钱与精力，也进了这间实验室，虽然只是一名实习研究员，但到底有了与他共事的机会不是吗？

韩真儿当然知道梁云止是有女友的，听说他们早已同居了，还听说梁云止的女友十分霸道又冷漠无情。可是这又怎么样？她这样阳光单纯的女孩不正好有机会吗？而且，梁云止的女友傅行歌也不过是一个高级研究员，脸长得倒是可以，可惜完全不会打扮。照片里的傅行歌永远冷着一张脸，身上穿着的衣服只有黑白灰三种颜色，脸上还戴着一副黑框眼镜，根本没有一点女性魅力。她可不相信傅行歌这样的女人对男人有什么永久的吸引力，更何况傅行歌的性格是出了名的不好。

韩真儿开工第一天就寻各种理由去找梁云止，并且将珍贵的大师手稿作为礼物送给了他。当然，她打扮得超级好看，研究室里那群书呆子看她的眼神全都是心形。虽然梁云止冷冷淡淡，反应不大，甚至都没伸手接她的礼物，但是她有信心她一定会打败傅行歌，成为那个与梁云止结婚的女人。

但韩真儿根本没想到的是，傅行歌竟然会无理取闹！

“这是什么？”傅行歌指了指梁云止手边那份珍贵的大师手稿，语气很冷，脸色很臭，眸光温度在冰点以下，她周围散发出来的冰冷气息似乎让整个实验室的气温都低了几度。

不知道为什么，大家好像很害怕傅行歌，能跑的都找理由跑了，剩下几个胆儿大的在看戏——竟然有人来跟傅行歌抢东西！哦不，是抢男人！这简直是世纪大戏，不能错过呀！

看着傅行歌冷漠至极点的脸，在傅行歌冰魄般眼神的压迫下，韩真儿心里也有点儿害怕，但她还撑得住：“那是我送给 Cloud 的礼物。我喜欢他。”韩真儿对傅行歌说着话，眼神勉强对上了傅行歌的眼神。面对面与这样浑身散发着冷气的傅行歌说话用尽了她的全部精力，她根本没有心思去注意梁云止原本也冷漠静止的脸上此时露出了微妙的表情，那好看的深眸里闪过一抹温柔的笑意。当然，看着傅行歌，他才会有这样的表情。

“哦，送给他的礼物，是不是这东西就是他的了？”傅行歌依然问得很冷漠，素白纤长的手指拿起了那沓珍贵的大师手稿。那真的很珍贵，是一位已故天才化学家的临终手稿。韩真儿打听过，梁云止喜欢收集各种有意义的手稿，所以这礼物绝对是梁云止喜欢且不会拒绝的，于是她便花了百万美金将手稿买来了。虽然她不缺钱，但那也是一笔大钱呀，不过没关系了，只要能讨梁云止欢心，这些钱以后仍然是她的，于是她回答：“当然，这是我送给他的礼物，自然就属于他了。”

5

“好。”话音刚落，傅行歌便用纤白的十指扯住那份手稿左右用力。

“刺啦”纸张碎裂的声音在安静的房间中响起，几个远远观战的同事顿时捂住了嘴巴。傅小姐，傅爷，那可是……那可是……那可是与爱因斯坦的手稿一样珍贵的东西呀，你这样像撕纸巾一样撕掉是怎么回事？啊，心好痛！

“傅行歌！你！你凭什么撕掉我的东西？”韩真儿眼看着百万美元成了碎纸，心态一下子就崩了，“你知道这有多珍贵吗？”

“刚才我确认过了，这是梁云止的东西。”傅行歌扔掉手里的碎纸屑，然后轻轻拍了拍手，仿佛那纸很脏一般，还把手伸给了梁云止，而梁云止十分温柔地抽了一张手帕纸，仔细地帮她把葱白般纤长的手指一根一根地擦干净，擦好后居然还将她的手拿到嘴边亲了一下：“对，是我的，撕得好。”

韩真儿彻底在风中凌乱了：“梁云止，你……傅行歌！你有什么权利撕梁云止的东西？！”

“梁云止。”傅行歌看都没看韩真儿一眼，反而冷笑一声，看着梁云止，“你的东西我不能撕吗？”

“能。”梁云止握住傅行歌的手，看着她的眼里波光浮动，“我也是你的，你想对我怎样都可以。”

“哼！要是你再给我招蜂引蝶，我就撕了你。”傅行歌哼完这一句，转身就走了出去。梁云止这该死的，长得就是一副招蜂引蝶的相貌，害她在实验的紧要关头还得抽空来帮他斩桃花！等回去了，绝对饶不了他！

“不要撕我，撕了我，你就没老公了。”神情清冷、声音清冷的梁云止竟然当众这么对傅行歌的背影撒娇，众同事表示没眼看，纷纷散开干活去了。韩真儿完全不能接受这样的结果，为什么在她眼里如天神一样的梁云止在傅行歌面前竟然……这么……狗腿子？

梁云止目送傅行歌的背影消失在门外，脸上的温柔瞬间消失，他看都没看韩真儿一眼，转头继续自己的工作，仿佛刚才根本没发生过什么事。

韩真儿凌乱了：“梁云止，你……你竟然愿意和傅行歌那样凶悍的女人在一起吗？她根本不配啊！”她的声音被打断了，因为一个文件夹忽然从背对着她的梁云止手里脱手飞过来，打在了她的嘴上：“我不想听到任何人讲我未来太太一个字的不是，你最好也不要尝试。”

韩真儿只觉得嘴好痛，已经不能说话了。为什么梁云止看起来是个谦谦君子，竟然会打女人？！那个凶悍的傅行歌有什么好的？

韩真儿没有多少寻找答案的时间，因为当她被人从工作室赶出来后，她发现自己浑身都出现了过敏症状，随后又在工作上一连犯了两个错误，紧接着就丢了这份来之不易的实习工作，那时候离她来这里上班还不满八个小时。

晚上，傅行歌发动车子，梁云止才匆忙跑出来，钻进了车里：“老婆，是不是等很久了？”

傅行歌冷着脸：“没打算等你。”

哼，谁让他整天给她招情敌。

梁云止那张在别人面前冷漠的俊脸顿时如光风霁月般温柔地笑了起来，他靠过去，捧着傅行歌的脸亲了一下，嗯，皮肤真滑。

“哼。”傅行歌微微地噘起小嘴，惹得梁云止又侧身亲了她一下：“我给她用了点‘五号’给你出气。”

“五号”是他和傅行歌研究出来的一种在一周内让人对一百种东西过敏的致敏粉末，他在砸向韩真儿的文件夹上抹了点儿，反正够她喝一壶的了。虽然他喜欢看傅行歌吃醋，但惹傅行歌生气还当着他的面说傅行歌不好这点，他可不想惯着。梁云止并不想做什么天使，虽然他外表看起来是天使。

“哼。”傅行歌哼这一声的时候，樱唇已微微翘起。梁云止不愧是她喜欢的男人，不应该怜香惜玉的时候绝不心软，不错。

6

“所以今晚我可以上床睡吗？”看到傅行歌嘴角微扬，梁云止恳切地要求，“就只是睡觉，不做别的。”在他体内的病毒彻底清除之前，他怕两人接触太深会将病毒传给傅行歌，所以尽管她不反对，他忍得很辛苦，两人也未曾到最后一步。唉，不能那啥，亲亲抱抱也好呀，虽然亲亲抱抱后他忍得更辛苦。

“不行。”这家伙只要和她躺在一张床上，就没有不动手动脚的时候，虽然不能那啥，但他花样多得很；虽然她不怎么介意，但是每次到最后他都忍着，她怕他憋出毛病来，所以两人还是分床睡比较好。

“老婆。”梁云止已经有点撒娇的意思了。

“就今晚。”傅行歌心软了。

“老婆你真好。”梁云止赶紧趁机又偷了个香，心里想着今晚好好抱、好好亲。他都和她分房睡一个月了，唉，那该死的病毒，害他憋得真辛苦呀。

傅行歌这时候想的却是，梁云止长得这么招人，她是不是不应该给梁云止用新药？新药可以暂时将病毒冷冻在梁云止的背部一处，让梁云止的其他身体部位恢复正常。如果还用之前一期二期那些药的话，病毒就会因为潜伏在皮肤表面而让梁云止半个身体都是诡异的黑纹，那样的梁云止看起来没现在这么招人。

梁云止像是知道傅行歌想什么似的，主动说："老婆，明天我还是用二期的药吧。"虽然病毒浮现在他半个身体的皮肤上让他看起来有些恐怖，但是这样至少不会惹来烂桃花，让傅行歌对他失去信心不是吗？

"不准。"傅行歌果断拒绝了。对病毒的抑制作用还是新药更好，一期的副作用比二期更大。他长得太好，又太优秀，很多女人喜欢没关系，来一个她打一个就是了，她不想冒失去他的危险。

"老婆，你嫌弃我丑。"梁云止眼底全都是温柔的笑意。傅行歌心里有他，护着他，霸占着他，他觉得这样的她真是让他喜欢死了。

"没错，所以你最好保持好看。"傅行歌目不斜视地开车，好看的嘴角微勾，惹得在副驾驶座上一直侧着头看她的梁云止又是一阵心痒痒："谢谢你愿意嫁给我，我很期待我们的婚礼。"

最近梁云止很忙，因为他在全力准备他与傅行歌的婚礼。不知道还能活多久的恐惧他也有，但他掩饰得很好。他不可能因为恐惧就不去尽力爱她，而给她一个完美的婚礼也是他尽力爱她的一部分，不是吗？

"我不是很喜欢穿婚纱。"说到婚礼，傅行歌终于想起来了，他们要举行婚礼了，试婚纱的事情不能再拖了。

"虽然我想看你穿婚纱，但如果你不想穿也没有关系。"她穿什么都没有关系，他自己必定是要穿最好、最帅气的新郎礼服迎娶她的。正式成为傅行歌的丈夫这件事，他盼望已久，他需要仪式感表达他的重视。

"好。"其实傅行歌也不是不想穿婚纱，只是她心中有惶恐与害怕，总害怕结了婚之后是一种关系的结束，更害怕无法与他携手走到人生尽头的那一天会提早到来。爱上梁云止之后，她胆小了许多，居然开始害怕死亡与分别了。

梁云止伸出手与傅行歌空出来的左手十指紧扣。他知道她在承受什么，可他无能为力，只能倾尽一切努力。她大概不知道吧？他比她更害怕死亡，因为他舍不得她。

田小恋对于去美国参加婚礼充满了期待，早上出门去赶飞机的时候，她甚至因为选衣服和化妆迟到了，差一点就没能赶上飞机。她赶到登机口的时候，正遇上头等舱的最后一个乘客上飞机，机场工作人员正准备关闭通道。

田小恋扬着手里的飞机票，疯狂地冲了过去："请稍等！还有我呀！还有我呀，最后一个！最后一个，我赶上了！"她已经语无伦次了，她真的是一路狂奔来的。

田小恋有一个堂姐在机场工作，她各种威逼利诱才打听到顾延之乘这一班飞机去美国，与顾延之同机飞行十几个小时的机会，她当然不会错过。

"对不起，是我错了，我没有提前来机场，麻烦通融一下，这次的行程对我真的很重要，谢谢！"田小恋好话说尽，机场人员总算点头，她疯狂地冲进了登机通道。

田小恋就是在登机口遇到从 VIP 通道直接登机的头等舱乘客顾延之的。

7

顾延之的助理李和巽看一个拖着行李箱的女孩子横冲直撞过来，不禁皱了皱眉头，对她的印象不太好，想必她是迟到了却不守规则要上飞机的乘客。

李和巽伸手把顾延之挡在了自己后面，以免田小恋撞到他。其实李和巽身兼数职，他军校毕业，特种兵出身，出于一些原因不得不离开了部队，成了顾延之的助理。顾延之在东南亚有几个工厂，那边局势比较乱，所以顾延之需要一个能力很强的助理，不但要处理好工作上的事情，还要兼任他的私人保镖。当然，顾延之给的薪水相当可观，足够支付李和巽所欠下的债务，所以李和巽对顾延之是怀着一种感激与尊敬的心情的，虽然顾延之比他还小两岁，但这并不妨碍他把顾延之当成值得尊敬的上司。

顾延之扫了一眼拖着行李箱、差点撞过来的女孩子，小声地提醒了过于紧张的李和巽一句：“不要太紧张。”

“是，顾先生。”李和巽低声回了顾延之一句，而就是这一句顾先生引起了田小恋的注意。这世界上但凡是与你喜欢的人有关的事情，你都会格外注意，哪怕是听别人说起他的姓氏，田小恋现在就是这样的情况。所以她一听到那一声顾先生，眼睛就不由自主地往李和巽的身后看去。

“顾学长！”田小恋的语气带着惊讶、喜悦以及各种说不清道不明的情绪。她当然知道自己是和顾延之乘坐同一航班去美国参加傅行歌的婚礼，但是她不知道自己居然在这里就能和他遇上，她以为至少要等飞机降落在美国之后……不，他乘坐头等舱，而她坐的是经济舱，两个人连下飞机的时间都不一样，也不大可能遇见，唯一能和他见面的可能就是他也带了很多行李，但他是什么人，就算他带了行李，也很有可能不会自己亲自拿。

所以这一会儿能与顾延之相见，对于田小恋来说是一种惊喜，却也让她措手不及，所以她不管不顾地叫出声了。

“田小恋？”顾延之有一点不确定，因为田小恋的脸似乎变了一些。不，她没有变，穿着打扮可能成熟了一点，然而那张娃娃脸还是跟以前一样。

“对呀对呀，是我呀！我要去参加傅行歌的婚礼，你也是对不对？”兴奋地说完这句话的时候，田小恋觉得自己好假哦。明明她早就打听到顾延之也搭这班飞机，才千方百计买了这一航班的机票，现在却在这里假装跟他偶遇……假呀。田小恋在心里小小地鄙视了自己一下，不过马上又理直气壮起来。傅行歌都已经结婚了，傅行歌是梁云止的，顾延之直到今天还是单身，她自己也是单身，她本来就觊觎顾延之，她就想对他下手了，她就对他耍心机了，怎么了？

毕业几年，自己打拼事业，顾延之成熟稳重了很多，看见田小恋这一惊一乍的样子,只是微微一笑,伸手拍了拍李和巽的肩膀,说:“别紧张，这是我的大学学妹。”

顾延之很绅士，他伸手过来亲自帮田小恋拿她的行李箱，和她一起往机舱方向走。田小恋还是像以前一样活泼开朗，一直叽叽喳喳地说着话。

上了飞机之后，顾延之让李和巽去帮她把行李放好，自己停下接电话，她才住了嘴。

顾延之在头等舱的座位坐了下来，田小恋往经济舱走去。顾延之耳朵旁边忽然之间清静了，他微微愣了一下，心里生出了一个想法，要不要帮田小恋把经济舱升级成头等舱，他们一起坐？但这个念头只是在他脑海里一闪而过，随后，他的注意力就回到了电话里的公事上，是以最后他并没有实施这个念头。

坐在自己位置上的田小恋心里满满都是期待，刚才她看到头等舱只有两个人，就是顾延之和他的助理。她好想升级到头等舱去，这样，她就能在接下来的十几个小时里看到顾学长了……可是这样需要好多钱呢。

人穷志短呀，田小恋刚刚给自己买了一个小公寓，她要还债，还要供楼，真的好穷，所以她蠢蠢欲动了好一会儿，最后还是作罢了。算啦算啦，同在一架飞机上已经是一种很难得的幸运了，她要知足。

8

顾延之再次想起田小恋的时候，已经下飞机了。那姑娘似乎和他同一航班？正想着那姑娘不知道订好酒店没，是否需要帮忙，他就看到了吭哧吭哧扛着两个大行李箱东张西望的田小恋。

这几年，顾延之把自己的全部精力都放在了拓展事业上，所以他非常忙碌。虽然机场是他经常会出现的地方，但是他很少在机场停留。今天大概是遇到了熟人，又是一个与傅行歌有关的熟人，所以他不但停住了脚步，还亲自走过去，接过了田小恋的两个大行李箱："酒店在哪里？"田小恋没想到自己还会在机场和顾延之见面，她那种叫作"一见到他就会紧张得说不出话来"的病直到现在都没有好。田小恋呆呆地看着自己那两个被顾延之拿过去的行李箱，好一会儿都没能反应过来要回答他。

田小恋这会儿穿了一件米色的风衣、牛仔裤、白 T 恤和板鞋，一张娃娃脸，眼睛又大又圆，樱桃小嘴红得很自然，大概是刚才自己扛着两个箱子很费劲，所以她的皮肤白里透红，看起来还像是刚刚毕业的大学生。她的样子让顾延之想起了自己上大学那会儿，他失落地从傅行歌的宿舍楼下离开的时候，看到她悄悄躲在树后的样子。当然，顾延之也忽然想起来了，他和傅行歌正式分手的时候，傅行歌就告诉他，说她喜欢的人是梁云止，之后又告诉他，说喜欢他的女孩子不应该是她那样的，而是应该像田小恋那样。

田小恋是什么样的呢？顾延之以前从来没有注意过，只知道田小恋是傅行歌的舍友，像傅行歌身边的其他女孩子一样，被傅行歌的光芒掩盖。一直以来，顾延之的眼睛只看得到傅行歌，从来没有看见过其他女孩子。他之所以记得田小恋，不过是因为田小恋是傅行歌的朋友。田小恋现在还在喜欢他吗？都过去这么多年了，应该不会了吧。顾延之心里有点失落，但是他很快就调整好情绪，这种失落被一丝小小的愧疚所代替。田小恋是傅行歌的朋友，他应该对她照顾一些的，所谓爱屋及乌不就是这样吗？

"你还没有订酒店吗？"顾延之看着田小恋那副呆愣的样子，心里那一股爱屋及乌的保护欲大了一点点，也没等田小恋回答，就转头对刚刚拿了行李走过来的李和巽说，"多订一个房间给田小姐。"

"是，顾先生。"李和巽身上有着军人的特性，说话干脆利落，办事也干脆利落。

直到和顾延之一起到了酒店，进了顾延之为她订的房间，田小恋也没有完全反应过来。顾延之走了之后，田小恋关上门，愣了大概三秒，然后蹦起来倒在了床上，扯起枕头捂住头，兴奋得一边笑一边打滚。顾延之不但记得她，还开始照顾她了！顾延之好温柔，好体贴！她真的好喜欢他啊！不，她一直就很喜欢他！

高兴了一番之后，田小恋做的第一件事就是打电话去退了自己原本订好的酒店，然后决定用退酒店的钱买一条漂亮的裙子。虽然不管她怎么打扮都不可能比得上傅行歌，但打扮一下总是没错的不是吗？

田小恋出了酒店，站在路边看手机找地图，有两个朋克青年经过，看她落单便停下了脚步。

"嘿，是个亚洲小妞，是你的菜哦。"那个红头发青年拉住身旁那个绑着脏辫儿的青年，脏辫儿青年看了田小恋一眼，眼睛一亮，笑嘻嘻地走近打招呼："嗨，我叫渥克，你需要帮助吗？"田小恋之前也出过国，但是那是和同事一起跟团去东南亚旅游，基本上不管是去玩还是去购物，都有人安排好了行程，这会儿让她在这儿找个商场买衣服还真的不太容易。

她看了看这两个白人男子，觉得他们有点不怀好意，但是她现在还真的需要帮助："谢谢，我想知道这附近有没有商场，就是可以买衣服的商场。"

"商场当然有啦，不过路不太好走，我们带你去吧。" 两个不良青年对视了一眼，心中有数，很热情地告诉田小恋要带她去商场。

田小恋一下飞机就得到了顾延之的帮助，所以警惕性没有那么高，居然抬腿就想跟着他们俩走。

9

“田小姐。”一辆吉普车忽然开了过来，在三人身边停下，车窗打开，露出来了李和巽那张严肃得有点杀气的脸，“田小姐，请上车吧，顾先生有事情找您。”

这句话非常有用，听到顾延之找她，田小恋哪里还顾得上什么要去商场买衣服，马上就打开车门上了车。李和巽轰的一声把车开走的时候，她还没忘记打开车窗对着两个想做坏事未遂的小流氓挥了挥手：“再见啦，谢谢你们。”

李和巽看她还这么欢快，差点就忍不住告诉她那两个人一看就是做不法勾当的小流氓，把她骗过去后还不知道把她卖到什么地方去。落单的女性在旅游的时候无故失踪，并且再也找不到的事情还发生得少吗？她怎么就一点戒备心都没有呢？

“大哥，顾学长找我有什么事呀？他在哪里呀？”车开远了，田小恋马上开始和李和巽搭话，一双圆圆的大眼睛清亮动人，让李和巽觉得反光镜好像都有着不一样的光。本着保护女性同胞的宗旨，他板着脸，毫不留情地告诉了她事实真相：“顾先生并没有找你，刚才那两个人是小流氓，他们想对你图谋不轨，你没看出来吗？”

“他们……我只是……”田小恋不笨，她只是一时放松了警惕，这会儿回想起来，也觉得一阵后怕。她很会审时度势，马上就堆起笑脸向李和巽道谢：“谢谢你啊，谢谢你救了我，请问你贵姓啊？你是顾学长的朋友吗？还是他的同事？”

“我是顾先生的助理，免贵姓李。”

“李大哥你好，我是田小恋，谢谢你救了我。我现在想去商场，你能不能捎我一程？”田小恋笑得很甜，李和巽觉得心里有一点点酸，又有一点点麻。这种感受莫名其妙，他长这么大以来，第一次对一个女孩子有这样的感受。

李和巽开车把田小恋送到了商场门口就离开了，不过在她下车的时候，他没忘记嘱咐她一句："如果不知道怎么回去，就打正规的出租车，不要轻易相信别人，跟着别人走。"说完这句话之后，李和巽觉得自己有点多事，轰的一声开着车飞速地离开了。

田小恋觉得挺不好意思的，刚才确实是自己疏忽了，如果她真的跟那两个小流氓走了，不知道会发生什么事情。

为了表达自己的感激，田小恋买完衣服后，打包了两杯咖啡，打算回酒店后亲自送到顾延之的房间。

好吧，她只是想借感谢李和巽的机会与顾延之见面。

顾延之仍然在忙工作，李和巽看到站在门外的人是田小恋，便看了顾延之一眼，没有说话就让她进了门。做了顾延之这么久的助理，他知道顾延之是个什么样的人。如果田小恋是和顾延之没有关系的女孩子，顾延之大概不会主动去帮她拿行李，还主动在这家酒店开房间给她住。

"顾学长，我给你们买了咖啡。"田小恋提着咖啡进去，没敢靠顾延之太近，而是把两杯咖啡都递给了李和巽。李和巽看到两杯咖啡和两份点心，向来深沉的眼眸微微一动，但随即恢复了正常："谢谢田小姐。"

"附近有咖啡店吗？对这里不熟悉的话，不要随便乱跑。"顾延之从文件里抬起头，不知道是有意还是无意的，说了这么一句。刚才李和巽回来之后，对他提了一下田小恋刚才差点跟两个小流氓走的事情。其实李和巽不是告状，就是觉得田小恋是顾先生的朋友，她的安全顾先生多少会有些在意，便觉得要跟顾延之交代一声。

"哦。"田小恋有点不好意思，刚想解释一句，手机就响了。她扫了一眼名字，兴高采烈地接通了电话："歌歌！我现在已经在酒店了，我和顾学长在一起！对，我和顾学长住在同一家酒店，明天我也会和顾学长一起去！什么？你要我过去和你一起试礼服吗？哦哦，我知道了，我现在就去！你不用接我，我打出租车去。”

一直埋首工作的顾延之在听到傅行歌的名字的时候，不由自主地停了下来，并且抬起头看向田小恋。傅行歌向来不管说什么、做什么都干脆利落。从田小恋说的话来判断，大概是傅行歌让田小恋过去和她一起试礼服。傅行歌没有什么朋友，田小恋应该是伴娘……

明天傅行歌就要结婚了。顾延之早就说服了自己要祝福她，但是这一会儿再次确定了这件事，他还是没能完全忍住内心的酸楚，一时竟有些愣神。

10

“那个……顾学长，歌歌让我过去试礼服，我走了。”顾延之对傅行歌是什么样的感情，田小恋自然是知道的。他喜欢的女孩子要嫁给别人了，他居然还能特意来参加她的婚礼，田小恋很难不为他心疼。但田小恋心里又庆幸，幸好傅行歌喜欢的人是梁云止，所以顾延之还是单身，这样也就意味着她还有机会。

“这里的路你不熟，我送你去。”在田小恋目瞪口呆的注视下，顾延之丢下了工作，和她一起出门了。

不管是因为工作还是因为私事，顾延之都来这里多次了，所以他很快就带着田小恋来到了傅行歌所在的婚纱店。两人进门的时候，傅行歌刚好穿好婚纱从试衣间出来。看到傅行歌穿婚纱的样子，两人都呆住了。

当然，傅行歌长得非常美，而且气质清冷，纯白色的婚纱不但勾勒出了她完美的身材线条，而且让她有一种特殊的动人气质——因为她在笑。

傅行歌很少笑的。

田小恋瞬间就感觉到自己身边的顾延之全身都僵硬了，她当然知道顾延之是被傅行歌的美震撼到了，她也并没有不服气。

两人都呆呆地看着傅行歌笑着迎接向她走过去的男人——梁云止，一个风姿绰约、温润如玉、才华盖世的天才少年，不过现在已经不能称之为少年了，他已经是一名意气风发的男子。如果不知道他身上有随时可以使他的生命结束的病毒的话，他确实完美得就像漫画里走出来的人物。

田小恋特意看了梁云止的脖子，他的脸上没有那种花纹。之前几次与傅行歌视频时，田小恋都能从偶尔出现在画面里的他的脸上看到那些代表着病毒的暗纹，现在怎么没有了？难道傅行歌已经研究出清除病毒的药物了？

“撒旦之吻”是现今令全世界都束手无策的病毒，被感染的人目前无一生还，除了梁云止，然而梁云止身体里的病毒也只是暂时被克制，并没有完全清除。

病毒被控制后，感染的人身上会出现诡异的暗黑色花纹，从脸向脖子以下延伸。那些花纹就像文身一样漂亮，甚至比文身还要漂亮。听说现在有一些不怕死、不要命的年轻人，为了得到那些美丽的图案，甚至主动去注射那种名叫“撒旦之吻”的病毒，注射之后再服用梁云止研究出来的药物，身上就会出现那种诡异的花纹。那种花纹独一无二，连最厉害的文身师也不能文出来同样的。所以那种病毒虽然被世界各国联合控制，但还是在黑市上炒到了前所未有的价格，而梁云止研究出来的抑制药物在黑市上就更加卖到了天价。

田小恋不明白那些人为什么会不要命，也要主动去传播那种病毒。现今“撒旦之吻”确实是人类无法克服的病毒之一，而且算得上是人类自己制造的癌症，在短短两三年之内在全球流行，夺去了很多人的生命。这其中有可能也包括梁云止的生命。

“歌歌，你是研究出药来了吗？”田小恋到底没能忍住，脱口就问出了她最关心也最关键的问题。

“还没。”傅行歌脸上的笑容还在，但向来清冷的语气出乎意料地透露出一股别样的情绪。熟悉她的人，比如梁云止很明白，她很少会这样，除非她的内心已经快要不能承受。

梁云止双手握着她的手，低头吻她的额头：“会研究出来的。”

傅行歌没有继续这个话题，只是转头问一进门就看呆了的田小恋与顾延之：“这套婚纱怎么样？”

“我想象不出来你穿着不漂亮的衣服。”田小恋回答得超诚恳，嘴巴也超甜。听了田小恋的评价，傅行歌神色如常，倒是梁云止面露淡笑，似乎很满意田小恋的这个结论。

每多看你一眼，心里便对你多一分不舍，这大概是爱的无解题。

——梁云止

第二章

傅行歌的婚礼

我喜欢你，也曾喜欢别人，
在他们像你的时候。

——傅行歌

1

虽然傅行歌什么也没有说，但是田小恋能够猜到，傅行歌之所以坚持要现在和梁云止结婚，大概是与病毒有关系。当然，这些只是田小恋的猜想，傅行歌不是一个会倾诉心事的人。想到这里，田小恋有点心疼傅行歌。傅行歌是很强大没错，但是她强大是因为她从来不觉得自己应该有所依仗。傅行歌有时候太像一个孤军奋战的女战士，这种孤独感，不管什么时候都能在她身上出现，只有在梁云止站在她身边的时候，她身上的这种孤独感才会减少几分。也许这就是为什么傅行歌选择和梁云止在一起的理由吧。

作为一个喜欢傅行歌那么久，现在仍喜欢她的男人，顾延之当然也看出来了，现在穿着婚纱绝美的傅行歌透着一股绝望的气息。

有时候越冷漠、越坚强的人，有了弱点之后就越脆弱。

以前的傅行歌没有任何弱点，直到她爱上了梁云止。当然，梁云止也没有任何弱点，直到他有了傅行歌。

这两个人看起来如此般配，即使其中一个人不知道什么时候就会死去。

梁云止命不久矣，作为一个一直喜欢和觊觎傅行歌的男人，顾延之觉得自己应该有点幸灾乐祸，但是他心里并不高兴，因为他隐约能感觉到，如果梁云止从这个世界上消失，那也就等于傅行歌在这个世界上消失了。

“歌歌，我是伴娘，那伴郎是谁呀？”田小恋换好了伴娘礼服，显得娇俏动人，站在傅行歌旁边，就像一朵开在玫瑰旁边的小雏菊。

“没有伴郎，你请伴郎了吗？”傅行歌侧头问梁云止，素洁的下巴微微抬起，线条动人。自从决定结婚之后，婚礼的所有事情都是梁云止在张罗，所以她并不知道有没有伴郎。

“当然有伴郎。”梁云止低头亲了一下傅行歌的发丝，然后看了顾延之一眼，笑得意味深长，“顾先生做我们的伴郎不是正好吗？顾先生，我没有什么朋友，就请你来做我们的伴郎吧。”

梁云止说得云淡风轻，似乎不管顾延之同意还是不同意，他就请顾延之这么一个伴郎。如果顾延之同意，那婚礼上就有伴郎了；如果顾延之不同意，那婚礼上就没有伴郎，他也并不是很在意。

顾延之看着梁云止，一时竟无话可说。曾经他和傅行歌短暂交往过，对这一点，梁云止显然一直都心有介怀。把自己的情敌请来做自己伴郎，梁云止，算你狠。傅行歌向来不会理会这些琐事，所以她没有出声，倒是田小恋非常积极地跑去把伴郎礼服拿了出来：“顾学长，你快换上试试，你穿一定很帅。”

顾延之觉得，给自己的情敌做伴郎这件事情，是自己这一辈子做得最蠢，但也是最对的事情之一。既然傅行歌这一辈子不可能喜欢上他，那他就送佛送到西，亲眼看着她成为别人的妻子，他那颗心也好死得彻底。

这样，他就能看到别的女孩子的好了吧？

傅行歌和梁云止的婚礼并不是特别热闹，他们请的宾客也很少，只有几个亲近的朋友和亲人。

婚礼在海边的一个小教堂里举行，并不盛大，但是用了非常多的鲜花，几乎整个教堂都用白色和粉色的玫瑰装饰起来了，就像童话里的小城堡。

田小恋一看到被鲜花笼罩的小教堂，兴奋得不得了，拿出手机不停地拍照。顾延之看着她摇头笑，一边帮她拍照，一边提醒她别忘了自己是个伴娘。

2

婚礼浪漫而温馨，宾客不多，正适合傅行歌不爱热闹的性格。顾延之不得不承认，梁云止比他更了解傅行歌。如果是他来筹办自己和傅行歌的婚礼，那么他一定会办得盛大热闹，会邀请很多认识或不认识的人，向全天下宣告自己娶到了自己最喜欢的女孩子，甚至可能会为此忽略掉傅行歌并不喜欢热闹的孤寂性格。那样的话，傅行歌会不喜欢吧？

然而梁云止充分地考虑了这一点。顾延之看得出来，傅行歌很满意这个婚礼。她生命中最重要的人都来了，父亲、母亲以及为数不多的朋友和几个师长、同事，此外再无其他人。

在说结婚誓言的时候，牧师问梁云止："梁云止，你愿意让傅行歌成为你的妻子，爱她、忠诚于她，无论她贫困、患病或者残疾，直至死亡吗？"

梁云止回答："是的，我愿意。"然后他看着傅行歌的眼睛，又说了一句，"在遇到你的那一刻，我听到神在我耳边说，在劫难逃、命中注定、非你不可。所以，傅行歌，我的一生只会有一个妻子，那就是你。"

这样蜜语般的誓言，在这样的场合，当着这么多的人的面说出来，竟让许多人动容，纵使是见证过许多爱情的牧师，也愣了一下。

而傅行歌说了什么呢？她的话令坐在第一排的顾延之心碎成玻璃碴："抱歉，梁云止，很抱歉我曾试图去喜欢别人。"

我喜欢你，也曾试着去喜欢别人，在他们像你的时候。

是吗？傅行歌？你答应与我交往的时候，只是因为我在某些时刻与梁云止相像？

顾延之觉得自己可能要撑不下去了，他全身冰冷，心痛难抑，连手指都在颤抖。这时一只温暖柔软的小手忽然抓住了他冰冷僵硬的手。那种温暖让他心颤，也让他慢慢地冷静了下来。他低头看那只抓住自己的手，它没有傅行歌的手修长白皙，小小的，肉肉的，是田小恋的手。

顾延之的视线由那只手上转到了田小恋的脸上，他发现田小恋根本不知道她在抓他的手，她只是因为听到梁云止与傅行歌的结婚誓言太激动了，所以才冲动地抓住了他的手。

不知为何，顾延之的心动了动，到底没有将田小恋的手甩开。

当田小恋发现自己竟然因为激动抓住了顾延之的手的时候，她瞬间脸红心跳，赶紧放开了手。过了好一会儿，田小恋才敢去看顾延之的脸，只见他的俊脸上没有一丝笑容，她顿时心伤起来。也是，亲眼看着自己喜欢的女孩嫁给了别人，怎么可能不痛苦？

意外是在新郎亲新娘的时候忽然发生的。

“砰”的一声巨响，教堂的屋顶不知道被什么炸开了，凌乱飞溅的鲜花、残破的爆炸物以及巨大的响声让所有人都惊慌起来。田小恋下意识地想要去救傅行歌，但是梁云止比她更快一步。田小恋起身时，梁云止已经抱着傅行歌躲到了相对安全的墙脚。顾延之被反应更加灵敏的李和巽拉着向门边的墙跑过去，跑的时候，他下意识伸手抓住了发呆的田小恋。

婚礼现场遭人袭击了。

每个人都意识到了这一点。

“对方有火箭炮，大家注意安全，寻找掩护点！”曾经是职业军人的李和巽很快就判断出了形势，并且小声地告诉顾延之和田小恋如何避开危险的地方逃生。

梁云止抱着傅行歌，眼底充满了极力压抑的愤怒。该死的浑蛋！他连新娘都还没亲到呢！

不过眼下也不是计较亲没亲到新娘的时候，因为当梁云止与他的新娘从教堂侧门沿着墙跑出来的时候，他们发现四个全副武装的黑衣人已经包围了他们俩。

对方动作快准狠，而且手持麻醉枪，丝毫不给他们反应的时间。傅行歌因为还穿着婚纱，有一些行动不便，不小心就中了招。

3

“住手！有话好好说，我们配合。”梁云止一只手扶着在麻醉剂作用下无力的傅行歌，一只手举了起来，表示自己不会反抗。对方拿在手上的是麻醉枪和匕首，看来不是想杀人，而是想劫持他们。

傅行歌中的麻醉剂的剂量非常大，效果也很迅猛，她已经动弹不得，只有一双眼睛看着梁云止，用眼神告诉他她想说的事。

原来傅行歌随身带了她改良过的102，这种由她研发出来的无色无味的挥发性麻醉剂很厉害。虽然今天是她的婚礼，但是她还是带了一点，毕竟有备无患。梁云止读懂了她的眼神，搂在她腰间的手不动声色地去摸那个小瓶子。

傅行歌和梁云止都有参加FBI的防身术的训练，然而他们俩绝大部分时间都在实验室工作，身手肯定比不上这全副武装的四个雇佣兵。他们暂时还不知道对方为何而来，感知到的危险却是切切实实的。傅行歌已经在麻醉剂的作用下昏了过去，梁云止知道自己不能硬拼。在对方的第二支麻醉针打过来之前，梁云止打开了装有102的小瓶子，并且把它们倒在了地上，让它们更好地挥发。

梁云止自己屏住了呼吸，借着傅行歌身上婚纱的遮挡，用最后的力气将刚刚打在自己手臂上的麻醉针拔掉，心里默数“一，二，三，四，五”。

102挥发极快，四个全副武装的黑衣人一看傅行歌和梁云止相继倒下，便再无顾忌。他们没想到这两人连结婚的时候都带着“武器”，一时大意中了招。

在四个黑衣人倒地的瞬间，梁云止抱起傅行歌，忍着麻醉剂带来的眩晕感，疯狂地向门口跑过去：“卡尔！”他大声地喊着卡尔的名字，希望卡尔在今天也不会掉链子。卡尔是负责外勤的，身手非常好，是他们的上司，也算是他们的朋友。

但是梁云止的这一声大喊并没有把卡尔叫出来，反而叫来了另外四个全副武装的黑衣人。

梁云止从来没有像此刻般嫌弃自己。在筹备婚礼的时候，他有考虑过安全问题，所以他邀请来参加婚礼的同事全都是FBI的精英。此外，他还雇了一支保安队。可眼下这种情况让梁云止明白他做的安全防护措施远远不够。对方的目标是他还是傅行歌？还是他们两个？他猜不出来。此刻他只有一个念头，一定不能让昏迷中的傅行歌被带走。梁云止暗暗抓住了最后一支102，他有点后悔，自己带得太少了，希望对方派来的人没有了。

102挥发速度快且无色无味，确实让对方防不胜防。第二批黑衣人悄无声息地倒在了自己面前，梁云止捡起其中一把匕首划了自己大腿一刀，剧烈的疼痛让他清醒了不少。他抱起傅行歌往旁边的一丛灌木扑了过去。灌木凌乱的枝丫划伤了他的脸，但他却紧紧地把傅行歌裸露在外的脸和肩膀护在怀里。

在看到灌木丛底下那个挎包的时候，他微微地松了一口气。他快速地拿出了东西，给自己与傅行歌注射解毒剂："梁太太，你再不醒的话，你老公就要被人抓走了。"

枪声已经响起来了，天空中也有了直升机的螺旋桨带来的风声，梁云止抬头看了一眼，确认不是对方的飞机之后，才稍稍松了一口气。看来他提前做的安全措施，也不是完全没有用。

4

"是谁？"傅行歌醒过来的第一句话怒意满满，那些人居然破坏了她的婚礼，简直太过分了。

"暂时还不知道，但我猜与安吉拉有关系。"梁云止一边回答，一边上下打量着傅行歌，再次确定她真的没事。

"她死了。"在安吉拉死去的第二天，她亲自去见过安吉拉的尸体，尸体上的尸斑和病毒并没有什么可疑之处。

"昨天刚出来的消息，尸检报告有问题。"昨天傅行歌和田小恋叙旧，傅行歌的心情本来就沉重，他不想加重她的负担，就没告诉她这事儿，本来想让她安安心心完成结婚典礼再说的，没想到事情还是变成了这样。

“那尸体不是她的？”一想到这一点，傅行歌心里一惊。她亲眼确认过安吉拉的尸体，如果安吉拉没死，那么变成安吉拉死去的女孩子是谁？无辜牺牲的女孩吗？

救走安吉拉的人跟安吉拉并没有什么两样，同样都视其他人的生命如草芥，可恶！

“可能只是一个无辜的做实验的女孩子。”要用一具跟安吉拉长得完全一致的尸体来代替安吉拉的尸体，连那尸体上的病毒都是一致的，不是普通人能做到的。这说明安吉拉背后的贩毒集团还有不为人知的势力埋在地下。

不过，现在那些人居然出现在他和傅行歌面前，也不算是埋在地下了。

“哼。”傅行歌没有再说话，只是轻轻地哼了一声，伸手接过了梁云止递过来的一个实验室里很常见的小工具箱——她的武器箱，里面全是各种杀伤力极强的化学药剂。

傅行歌这会儿还穿着婚纱，婚纱是露肩的，她的肌肤白如瓷，脸上微微上了点妆，樱唇不点而朱，精致的五官跟瓷娃娃般精致，如墨的黑发因为刚才的逃亡有点凌乱，但是更增添了几分魅力。梁云止没有忍住，凑过去亲了她一下：“不必生气，我们出去把他们全都放倒，再一个个问清楚，至少得让他们赔个婚礼不是吗？”

傅行歌还是十分不高兴，冷着脸猫腰站了起来，三两下把过长的婚纱裙摆绑成了两个结，露出了两条修长笔直的腿：“你左我右，十分钟搞定。”

“OK。”

“新婚快乐，梁先生。”

“新婚快乐，梁太太。”

对于梁云止在自己的婚礼上仍然准备了他们特有的武器，傅行歌觉得挺满意。从二十一岁到现在，她研究化学病毒也研究了四五年。她的身手是不怎么好，但是给对手下一点麻痹神经的化学药物，她还是做得来的。

她没日没夜地在实验室待着，到现在都没能干脆利落地救下梁云止，她都郁闷坏了，这帮人还敢来她的婚礼挑衅，当她傅行歌是死人吗？

梁云止自然了解傅行歌的骄傲和专业，在他看来，这正是她迷人的地方，毕竟她研究出了像 102 那样变态的东西。现在 102 已经成了 FBI 最受欢迎的万能麻醉剂了，灵活运用 102，梁云止相信没有人比傅行歌更专业。

两人配合默契，不一会儿便放倒了一片雇佣兵。论武力，他们不是这些人的对手，枪法、武器都不如他们，但是这些人总归是要呼吸的。傅行歌抓住了这一点，给他们全部用上了各种各样加了料的 102。

102 的杀伤力实在是太强了，最后卡尔和几个 FBI 的同事以及梁云止请来的保安队伍一起控制了场面。

傅行歌对自己中了一针麻醉剂这件事恼怒至极，特别是当她看到田小恋居然也中了枪的时候，她简直像复仇女神一样，将手里的两个瓶子扔向了仍然不肯束手就擒的几个雇佣兵。那是两瓶腐蚀性的液体，在遇上人体时会剧烈反应。现场的枪声顿时变成了一片哀号声，卡尔不动声色地离傅行歌远一点儿。

这冰冰冷冷的漂亮妞儿，狠下心来时，比他们这些大男人狠多了。

5

在医院里，大家做了简单的包扎后，都在等待田小恋从手术室里面出来。

顾延之和李和巽的脸都很黑，李和巽是因为他没能第一时间护住田小恋，顾延之是因为田小恋是为了救他才吃了枪子儿。

田小恋一边问“顾学长你没事吧”，一边倒在自己怀里的情形，不断地在顾延之脑海里回放，让他心惊胆战，也让他难受。

顾延之不蠢，他知道田小恋对自己是什么情谊，至少在没毕业的时候他是知道的。在他为傅行歌痛不欲生的那几年里，不管是晴天还是下雨，风雪还是阴霾，角落里都悄悄藏着田小恋瘦小的身影。有时候她还会傻乎乎地给他递过来一杯热乎乎的咖啡或者饮料，当然，那时候他都当机立断地拒绝了。那时候他想得很简单，他喜欢的人是傅行歌，而田小恋是傅行歌的朋友，当断不断，必受其乱。但有时候他又是同情田小恋的，因为她和自己一样，都爱着不爱自己的人。

顾延之心里有一种莫名其妙的疼痛，因为他知道，如果同样的情形发生在自己和傅行歌身上，他也会毫不犹豫地去给傅行歌挡那颗枪子儿。

田小恋是疼醒的。从小到大，她对疼痛的承受能力很低，哪怕是碰一下、撞一下，她都觉得疼得不行，会大哭一场。她不是什么千金小姐，但也是被父母捧在手心里养大的独生女儿。大小姐脾气她没有，但是小娇气还是有一点的。所以她还没完全醒过来，就疼得眼泪掉出来了：“啊，好痛啊，真的好痛啊，痛死我了。”

“知道疼还不好好躲着，逞什么英雄！”说话这么冷漠的，自然是傅行歌了。

傅行歌这几天有很多事情要做，但是田小恋受伤是因她而起，所以她坚持留在这里等田小恋醒过来。梁云止本来是陪着她等的，但是他需要回去注射压制体内病毒的特殊抗体，不得不提前离开。

婚礼上发生了那样的事情，傅行歌自然担心梁云止，所以她看到田小恋醒过来，说了田小恋一句就走了。她离开之后，田小恋才发现病房的角落里还坐着一个人："顾学长，你怎么在这里？"

"傅行歌说得对，你那么怕疼，为什么要去挡枪子？"顾延之慢慢地站了起来，他的脸上有一些擦伤，右手缠了绷带，胡子长出来了一点，看起来有点颓废。

看见他这样子，田小恋忽然想起了四年前他和傅行歌分手的那一天。当时她怕他难受，所以悄悄地跟着他。顾延之没有开车，一个人漫无目的地走在路上，中间被一个骑电动车的人撞倒在地上，半天都没有爬起来。当时田小恋以为他被撞伤了，心惊胆战，但他趴在地上摆摆手说自己没事，过了一会儿才爬起来坐在马路上。

他就那么坐着，看着路上车来车往，不说话，也不哭。当时田小恋看见他的手背上有擦伤，去附近的药店给他买了消毒药水和纱布给他包扎，他一动不动，甚至都不拒绝。

那一天，田小恋陪着顾延之在马路上坐了很久，坐到天都快亮了，顾延之才起身离开。那时候的他也是这样，受了点小伤，有点颓废的样子。

喜欢一个不喜欢自己的人要吃多少苦头？田小恋看见顾延之尝过这种苦，当然她自己也尝过。

如果尝过苦头之后就可以不喜欢对方就好了，然而，田小恋知道顾延之做不到，她自己也做不到。

在答应做梁云止的伴郎的时候，顾延之眼底破碎的疼痛，田小恋看得清清楚楚。她没有办法忽略他，也没有办法不关注他。

所以此刻田小恋清楚地听到了顾延之的质问，却不知道如何回答他，因为她的真心话是因为我心里有你，因为我在努力靠近你，因为我不想让你受到任何伤害，因为如果痛的是你，我会觉得更难受。

"那我不得争取一点在你面前表现的机会啊？"田小恋终于找回了自己的理智，她笑嘻嘻地开着玩笑，"这一次我救了你，要不你答应我一个条件吧？"

“什么条件？”

“接受我的人物专访啊。我现在是《财经人物》杂志的栏目记者哦。顾学长是最近几年炙手可热的药业公司总裁，我们这次可是很想做一次你的专访呢。我要是采访到了你，肯定能拿一大笔奖金。顾学长，你帮我拿到这笔奖金吧？”

顾延之看着田小恋故作轻松的样子，怎么会不知道她是什么想法，大概是像他一样爱到深处，所以假装不在意罢了，就好像他在傅行歌面前嬉皮笑脸一样。

莫名地，顾延之有点心疼这个姑娘了，是那种同是天涯沦落人的心疼。

“行。”

6

嘈杂的迪斯科音乐震天响，夜色笼罩了整个城市，也渗透到了这家酒吧里。

各种各样的灯光很多，然而没有一个人的脸是明亮的，每个人都似隐匿在黑暗里一样。这样的夜色和光线也为容貌太过出色的傅行歌和梁云止打了掩护，两个人都穿了全黑的衬衣和长裤，傅行歌把一头乌黑的长发绑成了高高的马尾，看起来倒有几分帅气。梁云止没有化妆，他只需要使用一支二期的药物，诡异的文身便会遍布他半张俊美的脸，所谓一半天使，一半魔鬼，指的就是此刻他的脸。若是在平常的场合里，这张脸是很吓人的，但是在这样的场合里却出奇和谐。

和程序研究派的卡尔不同，傅行歌和梁云止是行动派的，他们查到了几家帕克插手经营的酒吧和地下赌场，这几天算是一家一家地转过了。

雇了身手那么厉害的雇佣兵在他们的婚礼上出手，想必帕克所图非常。与其等着帕克再次出手，不如主动出击，这是傅行歌的想法。傅行歌要做什么，梁云止自然会陪同，他知道她等不及了。想到原本理智的傅行歌现在一次又一次地冒险都是为了自己，梁云止心里有满满的幸福感，但是也有满满的酸楚感。他现在都不允许自己去想象，如果最终研究不能成功，傅行歌会怎么样，他真的不敢去想。

其实今天也很危险。

根据线人的线索，今天这里有一笔很大的交易，一笔大到帕克会出面的交易。

帕克会出现，傅行歌当然要来。他瞒天过海把安吉拉弄走，又想在她的婚礼上绑走她，目标这么明确，她觉得再躲着都不是她的风格。

傅行歌要来冒险，梁云止自然会跟着她，她不是“我有危险，你不许跟着我”这种牺牲型性格的人，她对于梁云止的占有欲已经到了这种境地，如果我不小心出了事，那你跟我一块出事儿吧。一般人大概会受不了她的高傲和霸道，梁云止却乐在其中。

比如说此刻，在傅行歌一路用 102 放倒保镖的时候，他很谨慎地跟在后面补刀，他得确保他们倒下后绝对不会在六个小时内醒过来。

进入了内室，看到坐在里边的人居然不是帕克，而是安吉拉的时候，傅行歌像一只母豹一样瞬间爆发，极其凶悍地扑了过去。她准确地将安吉拉扑倒，并且第一时间去撕安吉拉的脸，安吉拉的脸居然真的被撕下来了。

傅行歌看了一眼那张栩栩如生的脸皮，又看了一眼被自己压在地上、面目陌生的女子，眼底尽是释然，也是失望。她就知道“撒旦之吻”不是这么容易解决的。如果这个女人真的是安吉拉，那就代表安吉拉身上的“撒旦之吻”已经清除，那么梁云止就有救了。

然而事实上……

梁云止知道傅行歌在失望什么，他走过去把她拉起来，用力又快速地抱了她一下：“看来我们的消息走漏了，赶紧走吧。”虽然他们凭借自己的“特殊技能”进来了，然而这个以安吉拉面目出现的女人肯定代表了陷阱，他们在这里待得越久就越不安全。但即使是这样，傅行歌离开之前还是快速地取了一管那个化妆成安吉拉的女孩的血液。

傅行歌觉得现在自己有点疯魔了，觉得任何一个有可能感染过“撒旦之吻”病毒的人，都是可以给梁云止解药的希望。

两人没有过多停留，借着效力超强的102的帮助，安全地离开了设好陷阱的酒吧。帕克收到整个酒吧里的人都被彻底放倒的消息的时候，傅行歌已经在实验室里开始分析那个女孩的血液样本了。

凌晨三点，梁云止从咖啡机上接了两杯咖啡。走到实验室门外的时候，他看着灯光如昼的实验台前那个低头正在工作的女孩子，心里一阵紧缩，是疼是酸也是甜。

他还记得自己十四岁那年，遇到十五岁的傅行歌的时候，那一刻仿佛觉得有神明在他耳边说了四个字——在劫难逃。自从认识了傅行歌，他便深深地陷了进去。爱她仿佛无底的深渊，他只试图逃过一次，但就是那一次逃跑让今天的他与她遭遇了此刻这两难的局面……

偶尔，梁云止会挫败地想，如果当时他没有选择逃跑，而是继续待在傅行歌身边，等着她回头发现自己，他们之间会不会就不是这样？他会不会就不必与“撒旦之吻”纠缠不清？而今天傅行歌也不必陷入这样的痛苦之中。

死有什么可怕的，可怕的是他的死会让她伤心。

他真见不得她心碎，可是他也知道，万一……

7

“梁云止。”傅行歌发现了一些新线索，没有抬头，只是叫他的名字。梁云止快速走过去，将手里的咖啡递给她：“一边喝一边说。”

“嗯。”傅行歌放下手中的东西，脱下手套接过了咖啡。在接过咖啡的瞬间，她看到了梁云止白皙的手背上仍然清晰的抽血针孔，看样子应该是他自己操作的，所以伤口有些大。

傅行歌有些心酸，她叫他来就是要抽他的血，可他似早已知道，所以已经抽好了血液。

随着病毒不断地进化和变异，每一次注射抗体之后，梁云止都要在实验室里记录下一系列的数据，并且抽出血液样本进行化验分析。

病毒是会变化的，抗体也是会变化的，因此他们也不能保证每一次注射的抗体都有用，都能完全把病毒克制住。对于“撒旦之吻”的每一项数据，他们都还在研究当中。

梁云止自己就是一个实验体，他每一天都在跟病毒赛跑，防止自己的生命被病毒夺走。

这样的日子，她和梁云止已经过了七百一十三天了，不知道未来还要过多少天，才能完全脱离这种受病毒牵制的日子。

人的痛苦来自于哪里？就来自于对现实的无法掌控、对于命运的无法了解。

对于傅行歌来说，目前最大的痛苦就是，她也无法确保梁云止能平平安安地活到明天。

“她身上的病毒可能是那些人给她直接注射安吉拉的血液传染的。血液排斥反应强烈，病毒很活跃，不过即使没有病毒，她也活不了多久。”帕克的残忍由此可见一斑，他完全不管血液是否合适，只为达到目的，就让那个女孩送死。

“这不是你的错。”傅行歌扑过去撕掉女孩脸上的脸皮时，女孩的头撞在了桌角上。当时女孩流了很多血，梁云止知道，傅行歌是在替那个女孩感到惋惜。

“我是不是很坏？我只想你活着。”其他人她真的在意不了那么多，当每一天早上看着梁云止的笑脸时，她那颗一直吊着的心才会稍稍地往下放一些。

他今天还好。他今天还在。他和她又赢得了一天。这是每一天傅行歌都会默念的话。

傅行歌知道这种情绪不好，绝望的意味太浓了，但是她忍不住。

在意才会害怕失去，害怕失去，所以变得更加在意。这是一个魔咒。傅行歌知道自己现在就在这个魔咒里，这个魔咒只有在她不再喜欢梁云止时才能够解除。

“你是最好的。”梁云止拿出刚才自己的血液分析数据给她看，好看的嘴角微微翘起，“今天的数值好像有一点点变化，不过我现在还不能确定引起变化的原因。”

培养皿里的病毒今天特别安静，但仅仅是安静而已，谁也不知道它在下一刻会不会发生变化。但是梁云止能够确定并且知道的是，傅行歌此刻在他身边。她会一直在他身边吗？他又能一直陪在她的身边吗？

窗外，城市的夜幕渐深，窗内是两个在明亮的灯光下安静专注地研究病毒的漂亮人儿。岁月如此静好，像夜掩饰了黑暗。

两人从实验室离开的时候，刚好听到不远处的教堂响起了零点的钟声。梁云止伸手把傅行歌揽进怀里，微微低头，在她的额头上亲了一下：“今天是我们婚后相处的第一天哦，请多指教，梁太太。”

傅行歌愣了一会儿，缓缓地把双手从衣兜里拿出来，然后环住梁云止的腰，把脸埋进他的胸膛里：“会多指教的，梁先生。”

“我安排了度蜜月的行程。”

“是吗？”

“当然，期待吗？”

“期待。”

病房里，田小恋看着提着一个保温食盒走进来的顾延之，根本就掩饰不住自己脸上的受宠若惊：“顾……顾学长，你是来给我送饭吗？”

顾延之看了田小恋一眼，笑了。他淡定地坐下，而后打开食盒：“对救命恩人，我总要报答一下的。”

8

“可是你已经报答过了呀。”能采访到顾延之的话，那么她就能从普通记者变成首席记者，主编以后也不会对她挑三拣四了。

城市精英是一个集报纸、电视、杂志、自媒体为一体的公司，用户上千万，百分之七十是年轻女性，另外百分之三十是商务精英与创业新贵，精英们互为标杆，传达最新、最热的经济要点和商务意识，而百分之七十的女性大多数是盯着这百分之三十的商务精英来的。全世界各个先进城市的年轻经济新贵，难道不是嫁人的最佳选择吗？

想到这一点，田小恋还真是很佩服自己的老板，一个瘦瘦小小的中年女人自己创业，居然能这么精准地抓住年轻一代的心理，公司接的广告全都是高大上的国际大牌，老板早就成了低调的富豪，这全都来自于想嫁给商务精英的那高达百分之七十的女性用户。

顾延之最近这几年因为创办了药业公司，推出了几种效果很好、价格很合理的新药，一跃成为经济新贵，是城市精英旗下《财经人物》杂志最想要采访的人之一。老板说了，谁要是能采访到顾延之，当月奖金十万。

可惜老板那十万块拿出来，已经在公司放了半年了，一直都没有人采访上顾延之。所以田小恋觉得自己挨了一颗枪子，能采访到顾延之，拿到那十万奖金是自己赚了。她万万没有想到，自己居然还能有顾延之亲自送饭的待遇，这简直赚大发了！

怀着这样的心情吃饭的田小恋浑身都似散发着粉红色的光芒。

傅行歌一进门就觉得一脸花痴的田小恋很有问题：“田小恋，

你吃饭就吃饭，干吗这副表情？有这么好吃吗？”田小恋脸上的笑容诡异得好像饭都放不到嘴巴里。

对于情感动向比傅行歌敏锐很多的梁云止瞬间就看出来了，田小恋心仪顾延之，只是不知道顾延之是否知道这一点，不过这是不是说明他很快就可以不用在意顾延之这个情敌了？

“你的眼睛怎么了？美瞳？”这话是顾延之问的，因为他发现梁云止的瞳孔是一种明显的紫色——这是病毒向高级进化的先兆。

目前只有梁云止和安吉拉身上出现了这种状况，所以他还没有向外公布，顾延之自然也不了解。

“不好看吗？”梁云止笑容浅淡，语气也浅淡，手却握紧了傅行歌的手，在无形中给她安慰。

“病毒。”傅行歌冷冷地对顾延之讲出了事实，她眼底有极力掩藏的挫败感。

目前研究出来的所有抗体对于还在不断进化的“撒旦之吻”毫无用处，很多人都会在这时候怀疑自己。关心则乱，这一次傅行歌也没能例外。如果她再不研究出能够抑制“撒旦之吻”进化的抗体和药物，那么谁也阻止不了梁云止的双瞳彻底变成紫色，那是所有的人体内脏器官都被病毒侵占的标志。

“目前仍没有清除吗？”

“嗯。”

得知梁云止命运堪忧，顾延之很想开心、庆幸，但他没法高兴。

傅行歌非常紧张，焦虑已经到达了她不能承受的界限。梁云止想与她去度蜜月，然而她对于度蜜月的提议不置可否。她现在真的不敢浪费任何一点时间，她害怕因为自己某一刻的松懈，将来的自己后悔。如果她不能救梁云止，她往后的人生就不仅仅是后悔这么简单了，她可能……会活不下去的。

“歌歌，你们有没有想过试试中医疗法啊？中药呀，针灸什么的。”

病房里其他三人的眼睛都看向了还在努力吃着“爱心餐”的田小恋，她一脸认真：“我只是……只是建议。”

田小恋的建议确实是他们没有试过的办法，傅行歌终于确定了蜜月行程——回国。

田小恋坐上了头等舱，作为一名伤员，飞行全程她还得到了顾延之的照顾。其实在配合警方调查之后，她的伤已经养得差不多了，但是作为一个知恩图报的人，顾延之全程负责了她的回国事宜。虽然那一切都是顾延之助理李和巽去办的，但田小恋觉得这也代表了顾延之的一片心意不是吗？至少他看得到她了。

9

田小恋非常开心，因为与他们一起回国的还有傅行歌和梁云止。傅行歌还是上大学时候的样子，一直都没有什么表情，整个人给人家的感觉就是高冷仙女。

和以前不一样的是，现在傅行歌身边有同样散发着高冷气息的梁云止。

但说高冷其实也不太对，因为现在梁云止全程都拉着傅行歌的手，对她温柔体贴，看她的眼神软得就要滴出水来。虽然两人一直都没有过多的亲密动作，但是一有动作就很甜蜜。

田小恋看着他们，全程都是姨母笑。她果然没有看错，傅行歌就是最适合梁云止的人，只有对着傅行歌的时候，梁云止才会露出那样让人觉得温暖又亲近的表情，也只有对着梁云止的时候，全能的傅行歌才会露出有点呆萌、有点生活白痴的一面。

同样，顾延之全程吃了新婚夫妇的狗粮，但不同于亲妈粉田小恋的欣赏和欣慰，他的内心充满了酸楚。就算他放得开、想明白了，他也是个人呢。他还喜欢着傅行歌呢，他能高高兴兴就怪了。

但尽管心里不舒服，想到傅行歌和梁云止移居国外已四五年，傅行歌的母亲也早已移民，他还是想尽地主情谊：“需要我为你们安排行程吗？”

“不需要，我们自己会安排的。”回答顾延之的是梁云止，傅行歌有些困倦，他将她搂进了怀里，为她盖上了薄毯子。顾延之看着梁云止轻轻地整理傅行歌垂在耳边的长发，勉强忍住内心那股酸酸的羡慕，别开眼睛去看田小恋：“你呢？你还需要休息，暂时还不能上班吧？需要给你请一个特护吗？”

“我不需要什么特护，我已经好啦，回去休息两天就能上班了！你可要记住哦，你答应了我的采访。”田小恋并不是没有感知到顾延之的情绪，但是她像以往一样选择忽略不见。很久以前，她的朋友们都说过，她总喜欢一些自己高攀不上的人。她是梁云止的亲妈粉，也是顾延之的脑残粉。虽然她很希望自己能得到顾延之的喜欢，但她很清楚地知道，这是不可能的。

人为什么会喜欢另外一个人呢？这是一件多么累的事情。可是人如果不喜欢另外一个人，就没有了希望和期待。

所以，这就是原因吧。即使知道顾延之不会喜欢自己，田小恋也不想失去自己对于顾延之的希望和期待。

傅行歌闭着眼睛，但其实她并没有睡着。她睡不着，是因为对于这一趟“蜜月旅行”，她内心的期待不多。她无法抑制内心的焦虑，所以她没有一点新婚蜜月的快乐。她从来不是一个患得患失的人，她知道命运就是努力，她也知道要想不那么痛苦，那就努力去掌控自己不能掌控的东西。

她在努力了，她一直在努力，她终于走到了梁云止的身边，她终于和他牵了手，她走进了他的心里，也让他住进了她的心里，然而她现在对他身体里的“撒旦之吻”束手无策，她做不到眼睁睁地看着他最终被“撒旦之吻”全部吞噬。

在遇到梁云止之前，傅行歌从来不会去憎恨什么人，甚至讨厌什么人，这种情绪都不曾有过，因为没有人值得她付出情绪去关注。

但是最近傅行歌开始怨恨全世界的毒贩，特别怨恨安吉拉。如果不是安吉拉对梁云止产生那种莫名其妙的感情，梁云止也不会……

傅行歌当然知道这会儿不管是怨恨还是后悔或是愤怒都无济于事，她只能被“撒旦之吻”拖着往前走，只能像现在这样，只是听人说没有用的话，不妨去试试中医，她就真的要去尝试——这种死马当成活马医的感觉真是糟糕透了！

傅行歌不是不相信中医，而是作为一个相信科学，以化学作为专业的研究人员，她对中医完全不了解，而且她也不知道这种朋友的朋友所介绍的医生是不是真的靠谱。她觉得自己带着梁云止回国来看中医有点像病急乱投医，充满了无助感。她非常讨厌这样的无助感，这加强了她内心那种不管自己做了多少努力，都有可能失去梁云止的惶恐不安。

离开机场的时候，傅行歌在低头看手机，不知道在研究什么东西。梁云止一只手拖着行李箱，一只手牵着她的手大步往前走。两个人的颜值都很高，在人群里面仿佛是发光体一般闪亮。

田小恋忍不住回头对正帮自己推轮椅的顾延之说：“顾学长啊，我觉得他们是我这辈子见过的最完美的情侣了。”那些影视明星当然也有颜值很高的，但是像前面的这一对即使不深情款款地看着对方，也能让人感受到他们正在相爱的情侣，简直就是虐杀她这种单恋不成的单身女士的终极杀招。

梁云止小声地提醒傅行歌注意扶梯入口，他的视线一直黏在她的身上。他知道傅行歌内心的想法，他理解她的惶恐不安，他的内心也充满了对她的恋恋不舍，也有对“撒旦之吻”在自己身体里控制了他生命的无能为力，但是他不能把这些表现出来，因为他还要安慰他的太太呢。

梁云止留恋的眼神让顾延之都有些汗颜，某一瞬间，他甚至觉得这个世界上没有另外一个男人能比梁云止更爱傅行歌了，甚至自己也不可能。

看着傅行歌与梁云止坐着出租车远去，田小恋叹了一口气："顾学长。"

"嗯。"顾延之正用手机把之前托人帮忙查到的资料传给傅行歌，令他有些气闷的是，傅行歌随即给他发来谢礼——一份上半年她给他的新药配方的改良版本。每一次傅行歌拜托顾延之帮忙之后，都会给他谢礼。傅行歌研究化学药剂，而且是极有天分的那种，所以她研究出的新药配方的价值是以亿计算的。顾延之很不想承认，但又必须承认，他之所以能成为制药界新贵，靠的全都是傅行歌给他的新药药方。

"梁云止会没事的，对吗？"田小恋很担心这个。

"嗯。"

谁也不知道梁云止会不会真的没事，只是谁都没把这个真相说出来。在这样的前提下，气氛再活跃，也有一抹暗色躲在情绪的深处。

10

在去佛城找那位老中医之前，梁云止和傅行歌在上海停留了两天，去看望了他们共同的老师陆汉青教授，顺便和正在国内工作的傅明奕见了一面。中午两人要请陆教授吃饭，梁云止厨艺很好，陆教授不愿意到外面去吃，所以就到了陆教授家由梁云止下厨，于是傅行歌打电话把傅明奕也叫来了。

傅明奕开着她的小跑车，甩着车尾停进车位的时候，下楼买酱油的陆汉青刚好走到了拐角。五十出头的陆汉青，虽然整日痴迷于研究工作，但是有着良好的运动习惯，身材保持得不错。他穿着普通的衬衣和西裤，有一种文质彬彬的气质，如果不是手上提的那瓶酱油给他添了不少烟火气，傅明奕大概会因为他的气质与自己喜欢过的男人很像而多看他一眼的。

傅明奕还是平日里职场女强人的打扮，浑身上下连头发丝都透着优雅知性的气质。已经五十岁的她看起来像三四十岁，多年的职场训练和高傲冷清的性子让她看起来有一些生人勿近的距离感。

但是陆汉青看到她的侧影，眼睛瞬间被点亮了，不管不顾地跑过去，非常热情地喊了她一声："傅小姐！"

傅明奕被这一声充满了惊喜的傅小姐吓了一跳，眼前这个文质彬彬的男人对自己笑得异常热情，她愣了一会儿，才想起来对方是谁："陆教授，你好。"

陆汉青觉得傅明奕的声音真好听，就像她的人一样，又清又冷，充满了别样的魅力："真巧呢，我还说要不要到门口去接你。"

傅明奕和陆汉青一起进电梯的时候，忽然涌进来了一家人，是陆汉青楼上的邻居，一家大大小小有六七个人。男主人向陆汉青打了招呼："陆教授你好。"这个邻居知道他是单身的，这会儿看见他身边站着一个光彩靓丽的女士，不禁多看了傅明奕几眼，笑容便有了些别样意味，大抵就是单身的陆教授这是有了第二春那种意思。

陆汉青有些不好意思，但心里又挺开心的，被人误会自己与傅明奕是一对儿绝对是一件值得开心的事情。

人太多了，还有一辆婴儿车，电梯空间有点紧，陆汉青不由自主地伸出了手，将傅明奕往自己身边护了护。

虽然傅明奕一直单身，但是她的男人缘还不错，所以她对于来自男人的照顾并不陌生。为了避让婴儿车，她不得不挨近陆汉青。她闻到了陆汉青身上的气味，竟然是一种淡淡的类似消毒药水的味道。这种味道和她交往过的那些经常用古龙或者杜夫香水的精英男人是不一样的。那股化学味道像青草，又有点像书本。因为这特别的味道，傅明奕不由得多看了陆汉青一眼，陆汉青正好也在看她，两人的眼神便对了一下——似乎有火光？

陆汉青年纪不小了，结过一次婚。当年他和妻子也爱得很深，但两人的婚姻最后因为性格不合以离婚收场。他单身至今，一直都没有找伴侣，也没有那个心了。他以为自己一心扑在自己的研究事业上就好了，但是自从四年前第一次遇到傅明奕之后，他的想法好像就改变了。

他脸皮很薄，但是也从侧面打听到傅明奕到目前为止还是单身。这让他对她怀有很强烈的希望，甚至今天把她叫过来吃饭，也是他主动怂恿傅行歌的。

陆汉青觉得自己有点卑鄙，但是这会儿见到傅明奕之后，他又觉得自己即使再卑鄙一点也是值得的。

傅明奕自然不笨，她也是经过事儿的女人，一眼就看出陆汉青对自己有意。目前她还是单身。自从和沈怀璧敞开心扉之后，她就再也没有和其他男人似是而非地交往过了，因为她忽然觉得没有必要了。大概是因为知道沈怀璧也对自己动过心，明白了感情这件事情既不能滥竽充数，也不能缺乏勇气。她年已半百，保养得再好，也终将会垂垂老矣，只想随心就好，不要再折腾了，也不想再刻意了。最近这几年，她用了很多心思来关注和陪伴傅行歌，然而傅行歌与梁云止在一起后，好像已经不需要她的关注和陪伴。即使已经习惯了孤独，她仍然感到孤独。

傅明奕对陆汉青的感觉并不坏，所以她对他笑了一下，而这个笑容让他的心脏怦怦乱跳起来。这种为一个女人心动的感觉，就连当年他追求妻子的时候好像也不曾有过。

遇到你的那一刻，我听到神明在我耳边说，命中注定、在劫难逃、非你不可。

——梁云止

第三章

为爱竭尽全力

你可能只是世界的一部分，
但是，你是我的全世界。
——傅行歌

1

陆汉青和傅明奕一起进门时，两人之间的气氛仿佛因为在电梯里挨得太近，都已经有一些暧昧，然而待在屋里的傅行歌和梁云止，一个在忙着工作，一个在厨房做饭，他们并没有关注到自己的导师和母亲的状态。

傅明奕接过陆汉青倒过来的水，抬眼看向正在厨房里忙活的傅行歌和梁云止，梁云止正拿着一颗剥好的虾仁喂到了傅行歌的嘴里。

而傅行歌拿着手机正在手指翻飞地忙着什么，头也不抬，更没有看梁云止一眼，但是张开嘴巴咬住了虾仁。

看见她吃了之后，梁云止还用手指帮她擦去了嘴角的虾汁。

傅明奕有些欣慰，也有些遗憾，她若给了这个女儿足够的爱，给了她足够的勇气，梁云止也不至于因为孤身在美国被绑架，不幸染上了“撒旦之吻”这种病毒。

身为母亲，傅明奕能感受到傅行歌因为梁云止身上的“撒旦之吻”有多么焦虑，不只是他们，全世界都对这种病毒束手无策。

在吃饭过程中，傅行歌也抱着手机不放，她不是在玩，而是在全力追查在他们婚礼上出现的那些雇佣兵，还要整合各种资料与数据。

如果破坏他们婚礼的那些人是安吉拉派去的，那就说明安吉拉不但没有死，还恢复到一定的程度，而且安吉拉可能已经研究出了对付“撒旦之吻”的抗体。

傅行歌不在乎安吉拉是生是死，但如果安吉拉活着，那就说明救走安吉拉那个人手上有对付“撒旦之吻”的东西，而她需要那个东西。

傅行歌一直拿着手机工作，别说去看母亲和教授互动了，连梁云止都懒得多看一眼。倒是梁云止把她照顾得细致入微，将蒸好的鲈鱼挑了刺之后再送到她嘴里，只差没把她抱进怀里喂她吃饭了。

恍惚间，傅明奕突然觉得自己培养的样样都独立的女儿，似乎在此刻被梁云止惯成了一个生活白痴。然而两人毫无所觉，似乎还理所当然。有长辈在场又如何，他们不在乎别人怎么想。

傅明奕忽然之间明白过来了，为什么明明有可能会死的是梁云止，傅行歌看起来却比梁云止要焦虑，那是因为如果没有梁云止，傅行歌有可能会活不下去。

饭吃到一半，傅行歌站起来去阳台接电话，梁云止也不管，还坐在那里安静优雅又仔细地帮傅行歌把鱼刺挑出来，把鱼肉放到她的碗里。

你能有多忙，就不能吃完饭之后再打电话吗？这一句话傅明奕差点脱口而出了，但是在话说出口之前，她又想起了自己。在过去那么多年里，她鲜少有时间陪傅行歌吃饭，很多时候陪傅行歌吃饭，也是会不断地接电话，眼前的这个傅行歌与过去的自己再相像不过了。

幸好傅行歌的电话接得不久，回来之后，她终于把手机放下了，一边拿起筷子，一边对梁云止说：“我们可能没办法去佛城了，晚上的飞机回美国。有了安吉拉的消息。”

“好。”梁云止嘴角微翘地看着傅行歌大口吃饭，又给她盛了一碗汤，放到了她的手边。他似乎对于傅行歌所提出的任何建议都没有任何的意见，这看起来是一种千依百顺，却带有一种特别的坚定，而这种坚定叫作任何人看到他看傅行歌的眼神，都知道他对这个女孩子怀有深情。

吃完饭之后，梁云止在厨房里收拾洗碗，傅行歌则打开电脑开始做她的事。在追查安吉拉这件事情上，傅行歌比梁云止更执着，还透着一股不达目的不罢休的劲儿。

傅明奕借倒水的时机走进厨房，自从上次傅行歌误以为梁云止已经去世而进入自闭状态之后，傅明奕就明白她看起来很坚强、很独立的女儿其实非常脆弱。

“她现在这种状态持续多久了？”傅明奕问的是傅行歌这种时刻都盯着一件事情，根本就没有办法放松的状态。要是她一直这样子，神经绷得很紧，傅明奕怕她再次崩溃。

2

“之前还好，婚礼之后就变成这样了。”梁云止回答得挺冷静的，甚至对傅明奕露出了一个笑容，“让她放手去做，比让她什么也不做好些。”此刻的梁云止心里也有说不出来的酸楚。

其实他不怕死。他父母早逝，身边也没有特别亲近的人，抚养他长大的沈叔叔有自己的家庭和儿女。他们有自己的生活，不会为他难过太久。

但是傅行歌不一样，梁云止很深刻地记得上一次傅行歌误以为他已经死去时她是什么状态。

傅行歌是梁云止最大的牵挂，也是他一点都不想死的唯一原因。他也在努力，而且在拼尽全力地想要让努力有用。

傅明奕看着梁云止的眼神，怎么会不知道他在想什么。她都活了大半辈子了，一个男人是否爱一个女人，她还是看得出来的。对于梁云止这个女婿，她很满意。

“辛苦了。”除了这句话，她也不知道自己要跟他说什么。

傅行歌非常焦虑，而包容着如此焦虑的傅行歌的梁云止更辛苦。

“下午我们会去见父亲。”这是两人结婚之后，他第一次正式和岳母、岳父见面。在梁云止的认知里，这是很重要的仪式，也是他所能给傅行歌的尊重之一。

身为一个在孤独里长大的小女孩，傅行歌没有什么家庭观念，更不会认为她和丈夫结婚之后需要做什么事情，但梁云止是在意这些的。他想尽力修补傅行歌和父母之间的关系，这样的话，就算将来他真的有什么……傅行歌也能在亲人的陪伴下撑下去。

“我就不出席了。”女儿结婚了，带着女婿回家省亲，沈怀璧一家人应该都会出席，傅明奕觉得自己还是不要出席这种场合更好。虽然她与沈怀璧已经界限清楚，但是她与他的家庭之间还是要分清楚一点，这样对双方都好。

“傅小姐，你下午有空吗？”午饭已经吃完，陆汉青觉得傅明奕可能很快就会离开，他不知道现在的女孩子都喜欢什么，对傅明奕也不够了解，但他还是开口了，“我有两张电影票，那个……我想邀请你看电影。”说完这句话，陆汉青的老脸都红了。

他很紧张，觉得不好意思，更害怕被拒绝。这种心思，他已经很多年没有过了，好像是年轻时追求前妻才会出现的情绪。

“你……要请我看电影？”傅明奕有些惊讶，她能感受到陆汉青对自己有好感，然而……

傅明奕还没来得及回答，傅行歌已经讲完电话，从阳台走了进来。

陆汉青的脸上顿时写满了尴尬，他以为年轻如傅行歌，可能会调侃自己一句，但没想到傅行歌恍若未闻地走到厨房找梁云止去了。

反倒是傅明奕看了他一小会儿，对他露出了一个意味不明的笑容：“陆先生，这算是约会吗？”

陆汉青看着傅明奕带笑的眼睛，只觉得她那双眼睛里的光亮像一粒火星，飞到一座在岁月里被烤得又干又脆的老房子里，轰的一下，前所未有的火瞬间烧了起来。

陆汉青觉得，自己就是那座老房子。

这边中年男女起了爱情火花，那边碗洗了一半的梁云止被傅行歌拉进房间开视频会议。

傅行歌并不想放弃佛城之行，所以想看看能不能通过视频会议解决问题。

冷静之后，她想，自己在研究解药的事情上卡了三个月了，如果中医真的能让自己找到一个突破口，也许值得尝试。没有什么比梁云止更重要。

3

"帕克，意大利、美国、德国三国混血儿，患有小儿麻痹症，长期依靠轮椅行动，但是天分极高。他有个外号叫黑暗界的霍金，但是他懂的不仅仅是物理学上的东西。现在黑市上流行的几种病毒，还有最新加入了神经毒素的毒品，都是他研究发明的。我们曾经尝试招揽他，结果……"结果是什么，卡尔没有直说。

傅行歌转头看了梁云止一眼，梁云止挑了挑眉，跟卡尔说了一个名字，傅行歌听到那个名字以后也挑了挑眉。那人是 FBI 这几十年以来最大的耻辱，当时两名 FBI 最优秀的特工被人用神经毒素控制了之后，在电视直播节目上说了不少 FBI 的黑料。

"帕克是安吉拉父亲的养子，安吉拉是他的姐姐，据说他们姐弟俩的关系不是特别好。"卡尔说完这句话的时候就收到了傅行歌鄙视的眼神，如果姐弟关系不是特别好，帕克为什么要在那种情况下救走安吉拉？

以安吉拉目前的情况来看，她顶多用来研究病毒在人体内的变化，可"撒旦之吻"已经疯狂地在黑市上流通，帕克根本就没有必要大费周章地把她救回去。而且，他已经救了安吉拉，为什么还要派人去破坏她的婚礼，不，不仅仅是破坏婚礼，好像还有要绑架她和梁云止的意思。

为什么帕克要对她和梁云止下手？他是要为安吉拉报仇吗？还

是要让他们去救安吉拉？毕竟她和梁云止是目前最了解“撒旦之吻”的人。

姐弟俩感情不好，他必然就巴不得安吉拉快点死了，反正他也能掌握安吉拉留下来的势力，所以安吉拉回去对他到底有什么好处？

“好吧，也许他们之间有别的关系。”但是卡尔说不出帕克和安吉拉之间到底有什么关系。

傅行歌和梁云止并排坐在椅子上，动作一致，眼神一致，看着卡尔不说话，意思是：所以就这么把我们俩从中国叫回去？

“也许你们……OK，你们继续度蜜月吧，有什么消息，请第一时间通知我。”卡尔说得有点没脸，他们举行完婚礼便帮忙查到了救走安吉拉的人是帕克，随后便回国度蜜月去了。

而在他们离开的这一周里，调查毫无进展，反倒是卡尔吃了帕克不少亏。

不知道是天才的脑回路都不一样，还是怎么回事，总之不管他总结了多少资料，最终还是在帕克手上吃亏。这才是他想让梁云止和傅行歌回美国的原因，不过，他也不应该愧疚的，反正这事儿也与他们有关，不是吗？

“抱歉，我们的蜜月旅行可能得延长。”不知道中医的治疗到底需要多长时间，但是，她真的想试一试。

下午，夫妻俩按照计划去参加家庭聚会。

沈怀璧曾经是梁云止的监护人，也是傅行歌的父亲，和梁云止的关系也算亲近，沈怀璧的妻子比较温柔和气，两个孩子的教养也很好。

傅行歌不懂什么人情世故，倒是梁云止替她给弟弟妹妹准备了礼物，一顿饭也算吃得其乐融融。沈怀璧毕竟是傅行歌的父亲，在离开饭店之前，趁着傅行歌去洗手间的空当，拉住了梁云止，悄声问他：“她的神经是不是……有点太紧张了？”

两年前，在傅行歌确认梁云止的死讯，陷入自闭的那半年时间里，沈怀璧和傅明奕真是被她吓得够呛。从那时候开始，沈怀璧就知道傅行歌只是看起来高傲、冷静、理智又完美，其实内心是很脆弱的，特别是当事情与梁云止有关的时候，她根本就没有办法保持冷静。

现在梁云止身体里还有病毒，沈怀璧都不敢想象梁云止真的有什么事的话，傅行歌将会做出什么样的选择，他都疑心她根本不会再……他真的不敢想象那个后果。

“她现在是有点太紧张了。”梁云止说得轻描淡写，但是他心里也是知道的，毕竟沈怀璧的忧虑正是他内心的忧虑。傅行歌在全力救他，但是很多事情欲速则不达。这种急切的心情让她绷紧了神经，也让她失去了原本应该有的冷静和从容。

虽然不管傅行歌是什么样子，他都喜欢，但是看见她这么累，他就会比她更累更难受。当然，他不能表现出来，因为那样的话，傅行歌的压力会更大。

4

晚餐结束之后，沈怀璧特意带着傅行歌和梁云止去见了一个医生，他曾经是沈怀璧的学生，胸外科博士，据说中医医术也很高。

巧的是，那位医生竟然就是田小恋和顾延之给他们介绍的医生林之沐。

林之沐看起来还不到三十岁，长相俊秀，气质温文尔雅：“你们好，我是林之沐。”

林之沐虽然年轻，但很专业，他已经查阅过所有能够查阅到的与“撒旦之吻”有关的研究资料。确定林之沐足够专业之后，傅行歌对林之沐的戒备心弱了一些，将她手上没有对外公布的资料发给了林之沐，三人又整整讨论了几个小时。

然而，傅行歌过度紧张的情绪最终还是露了馅儿。

林之沐给梁云止做检查，他手法娴熟地将一套银针在梁云止的胳膊上扎下去之后，原本已经被第三期的抗体压制下去的病毒斑纹开始在皮肤上显现出来，傅行歌的情绪瞬间就崩了。她忽然出手抓住了林之沐的手腕：“你在做什么？”

傅行歌为了进特殊实验室工作，是训练过的。幸好面对她的失控，林之沐并没有惊慌反抗：“你们使用的药只能暂时克制他体内的病毒，这种毒素依然在他五脏六腑内蛰伏，不能完全清除，而且活跃性很高。刚才我扎了他几个穴位，只是让病毒变得明显而已。”

梁云止体内的病毒确实非常棘手，中医讲究五行调和，相生相克，很显然，梁云止体内的病毒不但异常霸道，而且极其灵活，似乎是千变万化的，目前为止并没有与之相克的药物。

这大概也是傅行歌过于紧张的原因，因为连她都对这种病毒束手无策。

梁云止伸手抓住了傅行歌的手，轻轻地捏着她的手指，暗示她冷静下来，同时微笑着向林之沐道歉：“抱歉，我太太最近比较紧张。”

“我能理解。”想当初他在非洲被红蜘蛛咬了之后，他的太太差点把那一片森林烧了。所以林之沐真的能理解傅行歌的紧张感，也没有与她计较。

林之沐把扎下去的针一根一根取出来之后，原本显现出来的病毒花纹便慢慢地淡了下去。

当然，他们都知道，病毒并不是消失了，而是继续潜伏在梁云止的体内。

“有办法吗？”傅行歌冷静下来，反握住梁云止的手，沉默着向他表达了自己冲动的歉意。两人一句话也没有说，甚至没有交换眼神，却让林之沐感觉到他们是一对相爱着的人。相爱着的人若是经历生离死别，必然比没有爱着的人痛苦万分。

林之沐的实话有些沉重：“我暂时没有办法，不过我可以带你们去认识一下我师父，他的经验比我多一些。”

其实到了现在，他师父的医术已经不如他了，但是很多时候中医讲究的是经验，师父的经验还是在的，就算没有办法，也许多个人一起商量，总还有些希望。

不管是顾延之、田小恋还是沈怀璧、林之沐，他们介绍的那位医生，都是林之沐的师父——金老先生。

这让傅行歌对去佛城拜访金老先生又多了一些希望，毕竟他们这一趟回国并不是真的为了度蜜月，而是为了寻找能够治愈梁云止的方法。

为了此行顺利，林之沐特意休假，带着自己的太太梁芳草回乡省亲。

傅行歌第一次看到梁芳草的时候吓了一跳，梁芳草好像到了怀孕后期的水肿时期，虽然她整个人精神非常好，但是水肿还是让她的皮肤像快要被撑破一样。

当然，这样的梁芳草珠圆玉润得有些过分，还真算不上好看，但林之沐丝毫不在意。他看起来非常担心妻子的安全，一直皱着眉头，小心翼翼地照顾着妻子，还小声地抱怨了两次妻子不该非要跟他出门。

但是很显然，林之沐对于自己的太太毫无办法，只能宠着、惯着。当然，傅行歌并没觉得自己吃了狗粮，只觉得自己既然得到了林医生的帮助，那么她应该帮他一下，比如解决他妻子的水肿问题。

于是她直接这样问林之沐：“我能给她吃点药吗？”

5

傅行歌这么一问，在场的两个男人瞬间紧张起来，林之沐是因为听见傅行歌说要给自己怀孕的妻子吃药，梁云止是因为他这可爱的小妻子还真是对与人相处没有丝毫技巧，直爽得让他心软。

“孕妇出现水肿，是因为怀孕改变了体质，肝功能和新陈代谢发生了改变，体内多余的水分不能正常排出。这种情况一般在小孩出生、孕妇体内的激素水平恢复正常之后就会慢慢消失，所以很少人会研究药物来解决孕妇水肿的问题，当然也有很多人觉得药物会对胎儿不好，所以就算有相关药物，也拒绝使用。事实上，多余的水分会带着毒素在孕妇体内流淌，这对孕妇和胎儿的健康并不是什么好事。”说到这里，傅行歌才忽然想起林之沐也是医生，这些常识他应该都懂的，大概是没有既有效又安全的药，所以才没有给他的妻子用，于是闭嘴不说了，而是直接从自己随身带的蓝色小药箱里面拿出了一小盒药片递给了梁芳草，然而药片被林之沐接了过去。

“我偶尔也会出现水肿的情况，所以我给自己研究了这个，很管用，对身体也没有什么影响。”傅行歌在长时间飞行之后以及生理期的前几天也会出现水肿的情况，虽然不是很严重，但是她还是顺便给自己研究了点小东西。

梁芳草摁了一下自己的胳膊，一个小坑陷了进去，好一会儿才恢复原状，于是她问：“你的意思是，你这个药能帮我解决这个问题？”

“你的先生是医生，你可以先问他。”傅行歌冷着脸，并不是因为她不高兴，而是她一直以来就是这种一片好心，却并不懂得委婉表达的性情。梁云止搂住她的肩膀，微笑着对林之沐解释：“这个药的专利卖了一千万美金，明年二月就会正式上市。”这药傅行歌原本只打算自己用，后来还是在顾延之的游说下才卖出去的。话说傅行歌除了还没研究出“撒旦之吻”的抗体，还真研究出来了不少好东西……所以，其实他是娶了一个移动的小金库？

想到这个，梁云止眼底的笑意遮都遮不住，凑到傅行歌的耳边低喃：“老婆，我真幸运。”

傅行歌看了梁云止一眼，不知道他为什么又用这样的眼神看自己，只觉得这男人真是容易满足呀。当年他为了喜欢她而身中病毒，如今生死难测，他居然还说自己幸运？

“真的吗？那我要吃！”说着，梁芳草就要去夺丈夫手里的药。林之沐一只手搂着她，一只手把药举高：“稍等，我给你去接杯温水。”

“好，你快去。歌歌，你给我说一下，你是怎么想到要研究这个药的？我好期待。你不知道我现在都丑死了，肿得像个气球！”梁芳草是一个很开朗的人，所以一路上都在没话找话跟傅行歌聊天。然而傅行歌还是她问一句，自己答一句，基本上等于一个聊天终结体。幸好梁芳草好像并不在意，还是非常热情开朗。

为了照顾孕妇，他们是开车回佛城的，中间休息了一个晚上。

傅行歌的药很管用，第二天早上，原本因为水肿而显得整个人都很笨重的梁芳草显然好了很多。虽然她还是因为怀孕显得有点圆润，但是皮肤已经恢复了正常的粉红光泽，而不是泛着可疑的水光了。梁芳草一看到傅行歌就兴奋地向她跑了过来：“啊，啊，歌歌，你给我的药实在太管用了！太好了！这是什么药啊？太棒了！”她挺着个巨大的肚子扑过来，吓了傅行歌一跳，于是傅行歌赶紧过去扶她。

幸好一直注意着梁芳草的林之沐快步走过来，一把将梁芳草揽进怀里。很显然，他也被梁芳草的动作吓得冷汗都要出来了：“祖宗，你能慢点儿不？”

梁云止揽住了傅行歌的腰，在心里暗暗叹息。幸亏他的妻子是冷静稳重的性格，要是她像林之沐的太太那样，他的日子可不会比林之沐好过到哪里去。

大概是路上有了这么一个小插曲，所以当他们见到林之沐的师父金老先生的时候，梁芳草飞扑过去，开始向金老先生夸傅行歌，让金老先生对一向不会为人处事、面色清冷的傅行歌多了几分好感。

6

金老先生年近九十，但是看起来身体很好，精神也很好，是一个耳聪目明、笑容满面的老人家。很显然，他非常疼爱林之沐和梁芳草。大概是爱屋及乌，所以已经多年不曾亲自治疗病人的他答应亲自给梁云止望闻问切。

他给梁云止的手臂扎针的时候，手法和力度丝毫不比林之沐差。

“在西医里，这可能被称为病毒，但在中医里面，它就是一种中毒的症状。你中毒的时间长了，毒已经深入你的五脏六腑，开始跟着人体里的脉络运行，甚至有可能已经与你相生相成。这是一种非常霸道的毒。恕老夫无能，并没有解毒的药物。但是你们既然已经来了，可以试一试我的解毒药浴。

“这种药浴在古方里被称为洗髓，后来我将配方改进了一下，只是浸泡的过程比较痛苦，而且为了保证药效，你不能再注射现在用的抑制剂。连砒霜都能通过这药浴排出体外，只是过程极其痛苦，有人会承受不了。对于这么霸道的病毒，我不能保证洗髓一定有用，要不要试试，你们做个决定吧。”

人为什么要做选择呢？因为你不能保证结果，所以只能选择一种可能，成败与否看运气。

当天晚上，梁芳草坚持请傅行歌和梁云止去佛城最负盛名的小吃夜市。

与梁芳草不同，傅行歌安安静静地与梁云止十指紧扣，跟在一路都忙着保护太过活泼的妻子的林之沐身后，像一对路过人间的仙人儿。

傅行歌内心是失落的，她二十六岁了，她的母亲在她这个年纪就做下了要做单身母亲的决定，并且已经怀孕。虽然傅行歌并不觉得自己的人生中一定需要一个小孩子，但是她真的有考虑过要和梁云止生一个孩子，不管是男孩还是女孩，不管是长得像她还是像梁云止，她都喜欢，她相信梁云止也会喜欢的。她知道梁云止爱她爱得很深，爱了很久。而正因为知道这一切，所以她内心有着很多对他的不舍，而这种不舍导致了她的惶恐、不安、焦虑和无助。

谁也不能确定金老先生所说的洗髓药浴是否能够对付“撒旦之吻”，可是她还是决定让梁云止留在这里进行长达三个月的治疗。是的，她已经做了选择。不管药浴是否有用，她都要让梁云止试试，因为她的研究已经停滞不前快半年了，“撒旦之吻”却一直在变化。

梁云止似乎感觉到了她的无可奈何与焦急无助，便停下脚步不再往前走，而是站在人来人往的路边，伸出双臂把她拥进了怀里：“我联系了一家实验机构,他们在佛城有一间有顶尖设备的实验室。在三个月的治疗里，我们一边用药浴治疗，一边继续研究病毒，说不定能找到办法。不要自责，不要太焦虑，这不是你的错。”

傅行歌靠在梁云止的怀抱里，僵硬地站了好一会儿，才慢慢地伸出双手，紧紧地环抱住梁云止：“抱歉。”

是的，她很抱歉。她知道梁云止的压力并不比自己小，而且梁云止不但要自己承受压力，还要负责宽容她，安慰她，支持她，因为她比他更脆弱。

“嘿！你们简直就像在拍偶像剧啊！”梁芳草不知道什么时候已经回来了，左手拿着正对着他们拍照的手机飞速地按着快门，右手拿着一串小吃，一边吃着小吃，一边快步走过来，要把刚拍的照片给他们看：“你看俊男美女，简直就是偶像剧的海报好不好？你们俩长得也太好了吧。”

梁芳草大着个肚子，走路的动作又快，林之沐紧跟在她身后，脸上是习惯性的担心却又无可奈何的表情。

傅行歌忽然想，如果有一天自己也怀孕了，梁云止脸上会是什么样的表情呢？他会像林之沐担心梁芳草一样担心她吗？

7

“如果你怀孕了，我可能会比他还紧张。所以如果你不想怀孕，我们可以做试管代孕。因为如果你怀孕的话，我可能有长达十个月的时间只能担心你的安全而什么也做不了。”梁云止仿佛知道傅行歌在想什么一样，凑在她耳边轻轻地说。

“我不会像她，我自己能把自己照顾得很好。”傅行歌说的是实话，她确实一直以来都很独立，把自己照顾得很好。但是她说完之后又觉得自己有点没有底气，因为这两年她都跟梁云止生活在一起，她被梁云止照顾得都快有点儿四肢不勤、五谷不分了，都已经忘记上次做饭是什么时候了。

“所以你要不要回美国去？那边的环境你比较熟悉，研究资料也更多。”其实实验室的条件相差并不大，他只是觉得傅行歌太紧张了，怕自己在这里的治疗过程很痛苦，从而增加她的焦虑感。

“我有说过你可以离开我了吗？”傅行歌瞪了梁云止一眼，虽然是一个看似凶狠的白眼，但在梁云止眼里有着别样的风情，他没忍住，低头亲了她额角一下：“我错了，你当我没说过。”

梁芳草冷哼道：“林之沐你看，人家这才叫恩爱好吗？你整天管东管西的，好烦耶。”梁芳草性格活泼，怀孕之后也不顾忌，林之沐担心她，所以对她管束甚多。

这两天看见梁云止在傅行歌面前像一只乖巧的小狼狗，不但不管傅行歌，还对傅行歌言听计从，梁芳草很羡慕。

听到梁芳草的抱怨，林之沐没有不满，也没有欣然接受，只是伸出手摸了摸梁芳草的头，揽住她的肩膀：“你不是说要吃大肠包小肠吗？在那边。”

哄太太有很多种方式，梁云止那种方式可不适合他的太太。

那一天，是傅行歌和梁云止在佛城的那三个月里最轻松的一天，因为在接下来长达一百天的治疗里，梁云止都会异常痛苦。他不但每天要喝下三大碗奇苦无比的中药，还要在让人剧痛无比的中药水里面泡够四个小时，此外还要接受针灸治疗。

最让傅行歌接受不了的是，当梁云止接受了这一切痛苦的治疗整个人都变得奄奄一息之后，他们依然没有确切的结果，谁也不知道这个方法是否能够彻底清除“撒旦之吻”。

抑制剂从开始药浴治疗的那一天就停用了，也就是说，现在梁云止的身体不但要扛住中药的药性，还要扛住“撒旦之吻”在他身体内肆虐带来的痛苦。

短短一个月的时间，梁云止不但消瘦得可怕，而且全身都布满了那种诡异的斑纹。他瘦得厉害，让傅行歌每天在给他抽血检查的时候，都需要强忍住内心的颤抖才下得了手。后来，梁云止不忍心让她动手，都是自己提前把血样抽好了给她。

这一个月里，梁云止没有照过镜子，但是他很清楚自己一定不好看。

他没有想过要放弃，即使在痛得无计可施的时刻，只要看到傅行歌，他也能笑着和她说话。

可惜傅行歌太聪明了，她始终能很敏锐地感觉到他的痛苦，她说得最多的话就是：“是不是很痛？忍着。”

“梁云止，忍着。”

“梁云止，再忍一忍。”

她是多么的特别，她对他的痛也许不能感同身受，但是她心里完全承受了这种痛苦。

她很焦虑，也很崩溃，但是她从来不哭。她会主动拥抱他，她会在他痛得受不了的时候，不顾那些乌黑的药汁同样会让她难受，伸手到浴桶里拥抱他，清冷的声音饱含了深情：“疼吧？忍着。”

疼吧？忍着。

每一次听到傅行歌说这四个字的时候，梁云止心里都很难受。所以他开始调整自己泡药浴的时间，尽量在傅行歌去实验室工作的时候完成，争取在傅行歌回来时，已经忍过最痛苦的时刻，洗了澡换了干净的衣服。他不是一个健康的丈夫，但是他想做一个看起来不那么狼狈的丈夫。

尽管他在治疗之后看起来很瘦，状态也很差，全身上下包括脸上都是那种怪异的花纹，尽管这样的他笑起来和地狱出来的魔鬼并没有什么两样，但是，他仍然不想让傅行歌看见自己咬牙切齿、忍耐痛苦的样子。

他不是怕自己狼狈，他是怕她看到这样的他会心疼。

8

傅行歌每天从实验室回来看到梁云止的时候，都无法形容自己内心的感受。

她只知道，支撑自己坚持下去，没有结束这种痛苦的治疗的理由只有一个，那就是每天早上，当她把梁云止的血样拿到实验室检测，检测出血样里的病毒不再进化，甚至开始有一点点衰弱。

金老先生使用的中药大部分都有毒，而这大概是传说中以毒攻毒的方式，跟化疗是同样的道理。那些药物在抗击“撒旦之吻”病毒的同时，也在破坏梁云止的身体机能。

治疗耗费了梁云止大量的精力，他的身体变得很弱，原本精神很好的人在一个月之后变得很虚弱，一天有很多时间都在睡觉。

而因为内心的焦虑和紧张，傅行歌也睡得很少。

梁云止坐在躺椅上睡着了，她就坐在他旁边拿一本书来看。

正是人间五月天，院里的两棵石榴树花开正艳，阳光很好，只可惜了岁月静好。傅行歌看向睡着了的梁云止，轻轻地给他拉了一下滑下来的薄毯子。那些诡异的暗色花纹布满了梁云止精致的脸，就好像是流动的一样，在阳光下会让人感觉它们是活的。傅行歌伸手轻轻地握住梁云止的手，他的手背上也布满了这种诡异的斑纹，这代表着他正在忍耐常人难以忍耐的痛苦。

“你一定很爱他吧。”梁芳草扶着大肚子慢慢地走了过来，坐在傅行歌身边和她小声聊天。

林之沐有事暂时离开佛城回海城之后，她反倒没有那么活泼了，事事都非常小心，看起来像一个正常的孕妇了。

佛城是梁芳草的故乡，这次她坚持要留在这里，理由是回到海城之后，林之沐对自己管束太多了。但是傅行歌觉得梁芳草并不是嫌林之沐对她管束太多，而是觉得林之沐对她怀孕之事实在是太紧张了，所以她想让他自己一个人回海城，情绪放松一点。虽然理智上傅行歌觉得梁芳草这样做很对，林之沐应该也会安安心心地在海城工作，但是傅行歌又总觉得过不了多少天，林之沐就会回来了。她现在好像能够理解爱人和关心对方是什么样的感受了。

“他可能更爱我。”是的，这是傅行歌的真实感受。她觉得自己已经非常爱梁云止，然而不管她多爱梁云止，她都觉得梁云止更爱她。

“嗯，我也觉得林之沐更爱我。”梁芳草托着腮，拽了一朵石榴花玩，“爱这个东西很神奇，说不出来，但是你就是感受得到。”林之沐才离开了三天，她就开始想念他了，很想很想。

“嗯。”傅行歌没有继续和梁芳草聊天，她本来就是那种话少到无趣的人。当然梁芳草好像并不在意这个，她坐在另外一张躺椅上，懒洋洋地晒着太阳，偶尔小声地跟傅行歌说她想起来的一件趣事，傅行歌淡淡地应着，没一会儿就睡着了。

手里一直握着的手忽然有了动静，傅行歌从书本里抬头看向梁云止的脸，梁云止还没有睁开眼睛，但是她知道他醒了，因为他微微翘起了好看的嘴角：“老婆，你今天不用出去吗？”

“今天实验室进新机器，所有人都休整一天。”所以她才一大早就陪着梁云止在这里晒太阳。

“那太好了！今天我们去看电影吧。”梁云止把手里纤长的手拿到嘴边轻轻亲了一下，之后慢慢张开双眼。现在他的瞳孔是一种忽紫忽黑的颜色，那是病毒在他体内挣扎的标志，也代表着他时刻都在忍耐着痛苦。

“好啊。”傅行歌看着梁云止瞳孔的颜色，眼底的忧虑很难掩藏，为了不让梁云止过多地担心自己，她只好转移了话题，“你好像娶了一个很无趣的妻子。”

“是丈夫的错，如果让你觉得无趣了，是因为我不是一个有趣的丈夫。”梁云止慢慢地站起来，傅行歌赶紧起来扶他。在傅行歌扶住自己的瞬间，梁云止的身体僵硬了那么一下，但很快就放松了。

也许接下来的日子里，他依赖她、需要她照顾的地方还很多，就好像他让她觉得她是一个无趣的妻子一样，他也觉得他是一个无能的丈夫，因为他不但没能给她带来有趣的生活，还让她陷入了这样的焦虑和担忧之中。

9

那天的电影看到一半，梁云止就因为身体太过虚弱靠在傅行歌的肩膀上睡着了。电影结束之后，傅行歌不忍心叫醒他，正想多购买两张电影票看下一场，电影院工作人员询问的声音把他吵醒了。

为了掩饰脸上的斑纹，梁云止戴着口罩和帽子，但是他裸露出来的皮肤还是引起了工作人员诧异的目光。傅行歌心里有点愤怒，但随即又安慰了自己。梁云止风华绝代的一面，她看到就好，别人看不到他的好未尝不是好事。

“真抱歉，梁太太现在有了一个长得不好看的丈夫。”梁云止自然也感受到了这一路上看到他裸露在外的皮肤的人的那些目光。他不在意别人如何看待自己，他在意的只有傅行歌。只要傅行歌还愿意待在他身边，他就不会有什么自卑之类的情绪。

“你说，我要是把你现在的样子拍给韩真儿看，她还会来和我抢你吗？”说真的，其实傅行歌并在意有多少女孩子看上了梁云止，她只是害怕那些看上他的女孩子当中出现另外一个安吉拉。

一个安吉拉带来的“撒旦之吻”病毒就已经让梁云止痛不欲生，所以，他和她无法承受另外一份如此“深厚”的“爱”了。

“难道这不是我应该担心的吗？”梁云止拉起傅行歌的手，看着自己满是诡异花纹的手和她纤长白皙的手交握在一起，就像魔鬼与天使。

“可是那边几个女孩子在看你。”傅行歌轻轻地哼了一声，微微噘起了粉红的嘴唇。她很少有任性娇俏的一面，但是在梁云止面前，她的这些小性子使得越来越多了。

虽然梁云止瘦了很多，又戴着口罩和帽子，裸露出来的皮肤上布满了诡异的花纹，可那风度、气质还是在的，再加上一直被他紧紧牵着的傅行歌的容貌实在太过出色，两人的背影都很引人侧目。

“她们大概是在羡慕我。”有时候梁云止会自己羡慕自己，全世界独一无二的傅行歌现在是他的太太了。

“她们羡慕你什么？”总不能羡慕他一身的花纹，命不久矣吧。

“羡慕我娶了一个独一无二的太太。”梁云止眉眼微弯，将傅行歌白皙滑嫩的手放到了唇边，隔着口罩亲了一下，“谢谢你成为我的太太。”

“……你最近谢了我好多次。”傅行歌能感受到梁云止说这一声谢谢时内心的感激、惶惑、深爱与不舍，也正是如此，她的内心越来越不安，因为每一次听他说谢谢的时候，她都觉得他在向她告别。

傍晚，在梁云止泡药浴的时候，梁芳草说要出去买东西，傅行歌便陪着梁芳草出去了。

傅行歌离开后，梁云止闭上了眼睛，脸上的微笑也慢慢消失了。

傅行歌想陪着梁云止，但又不想陪着他。一个人呻吟和呼喊并不是让人最难受的，最难受的是一个人非常痛苦，还要装作若无其事。

当她在旁边的时候，傅行歌见过梁云止怕她太过担心，总是硬撑着。

她只能像他假装自己不痛苦一样，假装自己没有那么焦虑。

以毒攻毒的药浴和针灸看起来是起了作用，但也毁了梁云止的身体。所谓杀敌一千，自损八百，可是梁云止依然选择了坚持。

傅行歌知道梁云止是为了她才去尽力尝试，他不想她以后后悔。

傅行歌有时会讨厌自己，如果她不是一个无论做什么事情都要尽全力做到完美的人，梁云止会不会活得轻松一些？

傅行歌陪梁芳草慢慢地向巷口走去。五月的佛城已经有点热了，路旁的树木葱郁碧绿，小巷的家家户户好像都很喜欢种花，门前路旁都是各种各样怒放的植物。梁芳草穿了一件藕粉色的孕妇裙，脸色很好，笑容也很灿烂，她叽叽喳喳地说着话，衬托得走在她身旁的傅行歌更忧郁了。

10

“哎呀，林之沐！老公！你怎么来了？你不是去上班了吗？”傅行歌一直在走神，所以在恰巧遇到林之沐、田小恋和顾延之一行的时候，她竟然没有发现。

“歌歌，我来看你啦！”田小恋飞扑过来，给了傅行歌一个大拥抱。傅行歌愣了一下，抬手拍了拍她的肩膀：“你怎么有空跑来这里？”顾延之居然也来了。

“有一个药材展销会。”顾延之说得很平淡，好像真的是出差经过这里，所以顺便来见她一面。但事实上，这种药材展销会他完全可以不来，公司里有很多人可以来做这个工作。之前田小恋说要来佛城看傅行歌和梁云止，问他有没有空，他想都没想就安排了行程。两人在机场和回来陪妻子待产的林之沐恰好相遇，便一起回来了。

“呀，你们来了。我要去让我爸爸、妈妈做好吃的。”梁芳草很开心。

“那太好了！上次在你家吃的鱼真是我这辈子吃过最好吃的鱼

了。”田小恋马上给出了反应。

“走！我们回去点菜去！”梁芳草把买东西的事给忘了，拉着田小恋就往家里走，林之沐赶紧跟着她。他这准父亲的紧张症状在梁芳草生产之前大概是不会好了。

“梁云止的情况不好吗？”顾延之到底喜欢了傅行歌这么多年，虽然傅行歌脸上没有什么表情，但他还是看出了她的忧虑。

“嗯，梁云止不好，很不好，我担心他撑不下去。”

傅行歌很少对人说自己的心事，顾延之明白，她此刻应该是快撑不下去了，但他此刻也不知道如何安慰她，只能说：“会有办法的。”

这句话说出来，顾延之自己都觉得无力。对于梁云止身上的病毒，傅行歌与梁云止已经是目前最优秀的专家了。

回到家里，林之沐便从师父手里接手了给梁云止针灸的活儿。师徒俩在屋里给梁云止治疗的时候，傅行歌、田小恋、顾延之和梁芳草在院子里喝茶聊天儿。

大概林之沐已经对田小恋和顾延之说过梁云止的治疗效果不佳的事情，几个人都没有聊起梁云止的情况，只努力找着其他的轻松话题。

傅行歌看起来像和朋友们在聊天，但耳朵却是竖起来的。她在听屋里的动静，屋里除了林之沐师徒两人偶尔交流一句之外，几乎听不到梁云止的声音。

傅行歌问过林之沐，做这一个系列的治疗，梁云止到底有多疼。

林之沐的回答是：“现在一共有两种病毒在对抗，在侵蚀他的身体，这并不是治疗的时候有多疼，而是不治疗的时候他也在痛。我们给他采取了一些止痛的措施，但是效果不大。你可能也知道，西药的止痛成分在遇到‘撒旦之吻’时也效果不好。”

梁云止那么疼，傅行歌心疼吗？她疼的，只是此刻她不能替他疼。她无能为力，无计可施，只能用全部的力气要他忍着。梁云止确实也在忍着，可就是因为傅行歌知道他一直在忍着，所以她才如此充满无力感。

傅行歌想起第一次见到梁云止的时候，他穿一件米色的衬衣、一条黑色的西裤，就那样站在教室门前的走廊里等上课。他站得笔直，安安静静地看着走廊外正丝丝缕缕落下的雨滴。

那时候有好多女生都在看他，她也在看他。

如果梁云止真的在十四岁那年就已经记住了她，那从那时到现在已经十一年过去了。这十一年里，他们真正在一起的时间并不多。从她到美国找到他并和他在一起算起，他们在一起的时间也不过两年多而已。

而这两年多里，快乐的日子很少，因为梁云止身上该死的病毒，她一直都很焦虑。梁云止不但要积极治疗，投入全部的精力研究病毒，还要花很多的精力和时间来安慰她、逗她开心……

其实他比她更难吧。

深夜里想起这些事，傅行歌哪还能成眠，担心自己辗转反侧会吵醒梁云止，就走到院子里透透风。

刚刚把妻子哄睡的林之沐刚好也走了出来："睡不着的话，就到药房里面去商量一下其他药的用法吧。"

傅行歌听林之沐这么说，心又沉下去了几分。

除了停止爱你，我什么都能忍耐。

——梁云止

第四章

被囚禁的爱情

你是我无趣人生里唯一的趣味。

——傅行歌

1

以毒攻毒确实对“撒旦之吻”有效，但也仅仅是有效而已，病毒仍然是存活的。

“这是接下来要用的药物的成分，绝大部分都是有毒的。他的身体机能现在下降得很厉害，病毒的活性却仍然很强，我和师父都担心他受不了。”林之沐说得很直接，“如果要继续的话，每一样药材的分量都要把握得很精准，所以需要大量的分析数据。病毒是每一天都会变化，所以每一天都需要新的数据。实验室里更换的新的实验器材全都是从德国进口的，因为有另外一个病人也会来这里治疗，他的主治医生是维克 · 斯韦德。维克是一位很出色的外科医生，未来一个月，你们可能需要合作。实验室还需要整修几天，因为我打算把治疗室搬到实验室，这样统计数据也比较方便。”

“嗯。”傅行歌默默地接过了林之沐递过来的数据资料，很认真地翻阅着。

傅行歌长得很美，身上的气质又非常清冷，是一种拒人于千里之外的冰山气质。

林之沐一直觉得像傅行歌这样高冷的女孩子，可能不会真心爱上谁。一开始认识她和梁云止的时候，他总觉得梁云止爱她更多，然而刚才看到她站在黑暗里抬头望夜空的样子，他忽然就有了不同的看法。傅行歌爱梁云止也爱得很深，只不过因为她生性冷淡，把自己的心事埋藏得更深罢了。

林之沐几乎可以想象，如果梁云止出了什么事儿，傅行歌可能真的会完全崩溃，就好像他自己，如果梁芳草有什么事，他觉得自己也有可能撑不下去。

爱情这个东西很奇怪，还没有得到的时候，觉得不管多久，自己都可以等，但是一旦得到了却要再失去的时候，就好像剥皮抽筋、失去生命一样，没有了活着的意义。

“这次打算来找我师父治疗的朋友，是一次飞机失事之后，大腿骨头碎裂严重，后来经过高科技手术，用一种新的生物材料来代替了骨头，但这种骨头会侵蚀神经，甚至影响了他身体的DNA结构，给身体带来了剧烈的疼痛。准确来说，他是一个实验品。他的妻子是一名化学药剂师，你们可能也认识她。她叫秦桑，她到现在还在研究让她丈夫痊愈的药。”

“周航曾经失踪了三年。因为飞机坠毁，生还概率很低，没有人相信他还活着，但是秦桑一直不放弃。她自己去了飞机坠毁的现场，以坠毁现场为圆心，在方圆几百里，甚至几千公里的地方搜索，花了三年时间，终于把他找回来了。”

林之沐说起周航和秦桑的时候，语气很平淡。傅行歌不知道他为什么要跟她说这些，但是她忽然意识到了，可能是自己的焦虑感染了所有的人，所以大家都在想办法宽慰她。

受她的焦虑影响最深的应该是梁云止。在梁云止最需要支持的时候，他还得分心来担心她……

“我们会尽力，但是现在情况不乐观。我们希望你有心理准备，但是也不要放弃。”林之沐本来并不是多话的人，大概和梁芳草在一起的时间多了，他好像变得话多了。想起即将临产的妻子，林之沐眼底闪过一抹温暖的笑意。他与梁芳草也蹉跎了多年才真正在一起，但比傅行歌和梁云止还是幸运很多，至少不用时刻担心面临生离死别。

傅行歌从药房回到房间的时候，心情沉重得像蒙了泪的海。她握住梁云止的手的时候，发现他的体温似乎比平时低一些。她躺到床上轻轻地抱住了他，心里又难过了几分。以前，不管她什么时候抱他，他都会醒过来回抱她的。

然而这一次，他没有。

梁云止的情况是在第二天在实验室里治疗时变得更糟糕的。

正在进行药浴的梁云止的眼睛里忽然冒出了血泪，脉搏变弱，呼吸变弱，陷入了昏迷。当时所有人都慌了，林之沐当即对梁云止进行了急救。傅行歌是当时最冷静的人，她让林之沐和她一起快速把梁云止从药浴桶里面抱了出来，随后积极配合林之沐抢救梁云止。在梁云止的心脏骤停的时候，她果断给梁云止注射了已经停用了快两个月的“撒旦之吻”二期抗体……

二期抗体不能完全清除梁云止体内的病毒，却是目前为止对付“撒旦之吻”最有效的办法。只是注射抗体后，过去那五十多天的治疗就算是白费了。

2

幸好实验室里有傅行歌，有优秀的医生林之沐，有梁云止需要的一切东西。

半个小时之后，梁云止的呼吸恢复了正常，但是身体还是很虚弱。

“撒旦之吻”太过霸道，金老先生的治疗失败了。

那天晚上，梁云止没有醒，傅行歌没有睡。

她陪着他，一只手拿着书，一只手去握他的手。书看得很慢，因为她的心一直在希望他的手能动一下。

梁云止整个人都消瘦了，他原本就修长的手现在变得皮包骨头。因为体质变弱，他的体温有点过低，傅行歌干脆放下书，躺下后侧身去拥抱他。

这两年多以来，在她与梁云止的相处过程中，两个人之间的小亲密，梁云止从来都是主动热情的那一个。他喜欢拥抱她，牵着她的手，搂着她的肩膀，搂着她的腰，实验室里所有的同事都知道他们很恩爱，因为他的眼里只有她。

傅行歌偶尔会主动，而且很快就能得到梁云止的回应。

可此刻梁云止还在昏迷当中，所以他不会回抱她。当她拥抱着毫无反应的他的时候，她的心里有一股很强烈的恐惧感。

“你说过的，以后都要听我的。”

“我没有允许你死，所以你要活下去。”

傅行歌在黑暗中抬头亲了一下梁云止消瘦的下巴，拥抱他的手变得更有力了一些。

傅行歌不知道自己是什么时候睡着的，就好像她不知道梁云止什么时候醒过来一样。但是她醒过来的时候就知道梁云止已经醒了，因为他的双手已经抱住了她。

傅行歌一动也不敢动，这种感觉很奇怪，就好像心中有一种莫名其妙的恐惧，害怕自己一动，就会让梁云止松开手，不能再拥抱自己一样。

“早安，梁太太。”大概是刚从昏迷中醒过来，梁云止说话的声音有一点低哑。傅行歌离他的胸膛很近，她能很清晰地感觉到他说话时胸腔里产生的共鸣。

傅行歌觉得自己的心怦怦怦地跳着，好像乱了节奏，但又好像是一种失而复得的宁静。她慢慢收紧了双手，紧紧地抱住了他：“早安，梁先生。”

若每天早上醒来都能这样与他拥抱着互道早安，傅行歌觉得用自己这一生去换也是值得的。她想她这一生不会再像喜欢梁云止一样去喜欢另外一个人了吧。

不会了，不可能了。

因为世界上只有一个梁云止。

停止了中药治疗之后，梁云止体内的“撒旦之吻”很快恢复了活性。随着他体内的病毒恢复活性，他的身体的各项机能也迅速恢复了。

金老先生和林之沐的判断都是正确的，以毒攻毒确实能够克制“撒旦之吻”，但是“撒旦之吻”对梁云止身体的侵蚀太深，杀病毒的同时也在杀梁云止。

“非常抱歉，这次无能为力。中医讲究相生相克，也许是因为这种病毒的来源并不是国内的某些病毒或者毒药，所以中药成分的药浴和针灸并不能彻底对抗这种病毒。西医讲究药理和病理，其实和中医是一样的。如果能去病毒源头看看，也许会有新的看法。”

金老先生确实感到很抱歉，在他的行医生涯里边，他当然也见过病人无法挽救的情况，但那些人大多数是行将就木的人，或者是活了大半生得了癌症晚期的人，不像梁云止年纪轻轻，只是不小心感染了病毒，必须眼睁睁地看着自己死去。

林之沐对金先生提起过，梁云止是因为破获了一个贩毒大案才感染上这种病毒的。小伙子年纪轻轻就做了这么好的事儿，却遭了这么大的罪。医者仁心，金老先生也很是不忍。

“谢谢金老，其实您的治疗非常有用，这一个多月是病毒在我身体里最不活跃的一段时期。我们过去两年多都不能做到这一点。也许我能研究出增强体质的办法，然后我们再来试一次。”

说真的，治疗的痛苦让意志坚强的梁云止都不想去回想，更不想再经历一次，只是他更想健健康康地陪在傅行歌身边，所以如果有机会，他还是会尝试。

傅行歌神情清冷，坐在石榴树下的茶桌旁，也不知道有没有在听他们讨论，她的态度和神情看起来像一个与此事无关的人。

院子的另一边，顾延之和林之沐低声聊着天，田小恋安安静静地坐在傅行歌旁边，眸子和她望向同一个方向，不知道在想什么。

傅行歌偶尔把眼神投向梁云止，而田小恋总是看向顾延之。

顾延之来这里是为了看傅行歌的，田小恋知道。她妒忌吗？当然，但是她无可奈何。喜欢一个人本来就不由自主，她也很想不再喜欢顾延之，去喜欢别人，但是她做不到，所以她能理解顾延之，甚至能感同身受。

3

“我可能要在这里住三四天。我听说这一次华尔街股市狙击手汤森先生会跟着周先生一起来佛城，汤森先生可是全球排名前十位的黄金单身汉，我好想采访他。如果能采访到他，我今年的年终奖就有着落了。”田小恋有一搭没一搭地说着自己的计划。

“你不是已经采访到顾延之了吗？”傅行歌随口问。因为能采访顾延之，田小恋没少在她面前蹦跶表达兴奋。在美国受伤时，田小恋每天都在念叨着这件事情，傅行歌想不在意都不行。

田小恋转头又看了顾延之一眼，神秘兮兮地凑到傅行歌的耳边悄声说：“告诉你，我悄悄地把稿子压下来了，我才不愿意把它分享给别的女人看呢。”

顾延之的采访稿，她真的写得很好，照片也拍得很棒，但是她不舍得把它发出去。

一想到这篇稿子发出去之后，将有超过五十万个女人把顾延之当成梦中情人，她就很抓狂。所以她宁愿不要那十万块钱奖金，宁愿不成为正式的记者，也不要发那篇稿子了。

听到田小恋的小心思，傅行歌并没有说什么，只是微微点了点头。其实她是理解这种感受的，因为如果让她把梁云止最好的一面广而告之去吸引更多的女人，她肯定不愿意。

“我发现我的妒忌心越来越强了。”田小恋双手托腮，眼睛看着和林之沐聊天的顾延之，一脸花痴。

“我也是。”傅行歌居然难得地淡淡地回应了她，赞同了她的想法。

“你们真的明天就要走吗？”傅行歌又要去美国了，田小恋挺舍不得她的。傅行歌在国内的这两个月，田小恋往佛城跑了四次。她喜欢傅行歌，作为亲妈粉，她也担心梁云止。

而且每一次她要来佛城，顾延之都会与她同行。她很珍惜跟顾延之相处的机会，即使顾延之来佛城只是为了看傅行歌。

单恋这件事情有时候就是这么奇怪，因为单恋他，所以你理解他单恋别人的感受。

“嗯，不过回美国之前，我们还要去一次柬埔寨。”傅行歌觉得金老说得有道理，解铃还须系铃人。“撒旦之吻”这种病毒那般霸道，那么他们就去它的起源地看看。梁云止被绑架期间几乎一直是待在柬埔寨的，离开柬埔寨之后，“撒旦之吻”病毒就成了气候。

“柬埔寨！顾学长说那里很乱的。他让我不要去。”田小恋曾经想要去采访柬埔寨的第一年轻富豪，只是出于种种原因没去成。

顾延之的制药公司有工厂在柬埔寨，田小恋曾尝试找顾延之帮忙，但顾延之拒绝了她，拒绝的理由就是太危险了，不能去。

“这个世界上哪里有不危险的地方？”就比如这里，这里明明是救命的地方，可是三天前，梁云止在这里差点没命了。

“说得也是。”田小恋一拍大腿，做了个决定，“那我也订机票，和你们一起去柬埔寨！”

傅行歌看了田小恋一眼，没出声。她是成年人了，想去什么地方是她的自由。

“你说要去哪儿？”倒是顾延之走了过来，“你不能去。”

“我为什么不能去呀？你经常去啊。”田小恋很不理解顾延之为什么不同意自己去柬埔寨，既然顾延之能去，傅行歌能去，自己就也能去。

而顾延之也不知道他为什么会反对，反正他就是不想让田小恋去柬埔寨。真实的柬埔寨不是旅游胜地，那里危机四伏，各种状况很多，他可能会照顾不到她。他可不想她扑过来给自己挡枪子的事情再发生一次。

顾延之这样考虑的时候，并没有想到同样要去柬埔寨的还有傅行歌，他对傅行歌去柬埔寨的担心似乎没有对田小恋的担心多，就好像他原本并不需要频繁地往佛城跑，但是一听田小恋说要来看傅行歌，他二话不说便与她同行了。

田小恋认为他是来看傅行歌的，他自己也认为自己是来看傅行歌的。然而有一些东西已经悄悄地发生了变化，只是当事人自己还没有察觉而已。

4

在飞机起飞的最后一分钟，傅行歌终于关掉了手机。她很想放松，但她放松不了。为了救梁云止，她会拼尽全力。

放下手机的瞬间，一双温暖的手就已经抚上她的肩膀，帮她按摩。她舒服地闭上了眼睛，不用看也知道帮她按摩的人是梁云止，所以她顺势靠在梁云止的怀里，因为舒服，她禁不住呻吟了一声。梁云止低下头，嘴唇贴着她的额角，道："老婆，不要引诱我。"

一听这话，傅行歌觉得自己引诱得不够似的，轻哼一声，还伸出小手捏了梁云止的胸膛一把，然后才找了个舒服的位置，闭上眼睛准备睡觉。

梁云止伸手接过空姐递过来的毯子将自己和她都盖上，然后抱住她也闭上了眼睛。

从目前得到的消息来看，他们一下飞机就得忙，所以现在得好好休息，保持精力，因为帕克也在柬埔寨。

他们不清楚帕克为什么去柬埔寨，但是帕克一直以来都试图绑架他们是真的。而且他们都能查到帕克的行踪，帕克不可能对他们的行程毫不了解。

傅行歌和梁云止到达柬埔寨之后，在从机场去酒店的路上就出事了。

四人离开机场后乘坐的是不同的车，田小恋、顾延之与助理李和巽乘坐同一辆车，傅行歌和梁云止乘坐了另外一辆吉普车。

车是顾延之在柬埔寨的工作用车，所以顾延之一开始并没有起疑心。其实开车的司机也并没有露出破绽，只是梁云止和傅行歌两个人都经历了不少事情，又受过一些专业训练，在司机故意与后车拉开距离的时候，他们就感觉到了不对劲。

傅行歌很敏锐，她想打开车窗，因为她怀疑车里有她研究出来的 102，然而那时已经迟了。驾驶座和后座中间迅速升起了一堵防弹玻璃墙，车门、车窗显然是特制的，根本打不开。

傅行歌和梁云止交换了一个眼神，在失去意识的最后一刻，双方都把身上能够减缓 102 作用的药物，通过掌心交给了对方。

绑架他们的人做了如此缜密的安排，如果不是帕克，那就是对“撒旦之吻”感兴趣的人，反正都不会是什么好东西。

他们在美国实验室的研究已经陷入了瓶颈，这次来柬埔寨就是为了寻找突破口，也许对方是个突破口也说不定。傅行歌、梁云止最后看向对方的眼神都在表达这个信息。

在这样的前提下，两人几乎是心甘情愿被绑架的。

幸好对方并不打算伤害田小恋和顾延之，所以田小恋和顾延之安全到达目的地后才发现傅行歌和梁云止出事了。

顾延之几乎动用了一切人脉，开始查傅行歌和梁云止的下落。两个小时之后，他们确认傅行歌和梁云止已经被绑架了。

得到确切消息的时候，顾延之看着一脸青白的田小恋，居然有点不忍心把消息告诉她，因为他觉得她听到傅行歌和梁云止被绑架，应该会很难过担心。他不希望这个小丫头难过和担心，她就应该单纯干净、活蹦乱跳地在那里笑着闹着，而不应该被卷入这些莫名其妙的事情当中。

顾延之开的是药业公司，他在柬埔寨有工厂，柬埔寨有多乱，他当然是知道的。他也明白现在傅行歌和梁云止的处境应该不好，不管是出于朋友关系，还是出于傅行歌是他曾经喜欢过的人，他都应该尽全力去寻找和营救他们。

“顾学长有歌歌的消息了，对吗？他们在哪里？他们出了什么事儿？”田小恋没有想象中那么单纯，她再单纯，也经历过傅行歌和梁云止婚礼上血腥混乱的场面。

“撒旦之吻”是国际上被列为机密的一种病毒，所有国家都在全力封杀禁止这种病毒，而现在全球最优秀的、能研制出克制这种病毒的抑制剂的人就是傅行歌和梁云止，如果绑架了他们的人是对这种病毒有所企图的人，那么……

田小恋当然也知道梁云止命不久矣的原因是什么，万一那些坏蛋为了逼迫傅行歌屈服，也让她感染那种病毒怎么办？

看着田小恋担忧的样子，顾延之莫名有点小烦躁，但他板着脸，将自己掩饰得挺好：“我会想办法的，你只要保证你会待在这里，确保自己的安全就可以。”

“哦。”田小恋小心翼翼地提出建议，“我也想去救他们。”顾学长的脸忽然变得好臭，是因为他很担心歌歌吧？

“我说了，你只能待在这里。不许乱跑。”顾延之转身走了出去，他烦躁的原因居然不是傅行歌失踪，而是他答应把田小恋带来这么危险的地方……

5

傅行歌睁开眼睛之前，首先听到的是刀叉相碰的声音，旁边似乎有人在吃饭。

周围的空气很清新，似乎还有阳光照在身上。

她睁开眼睛看到的果然是很优美的环境，中国风的园林，小桥流水，绿草如茵，郁郁葱葱。他们就在一个庭院里面，只是被人绑在了椅子上。

傅行歌的身后还绑着一个人，她不用回头看都知道那是梁云止。

时间已经过去多久了？梁云止有受伤吗？她抬眼看太阳的位置，现在应该是早上，那现在距离他们被绑架仅仅过去了六七个小时，还是已经过去了三十个小时，甚至更长的时间？

梁云止该吃药了，他吃了吗？傅行歌转头看梁云止，但她还没有看到他，手便被他勾得更紧："我没事，昏倒之前我吃了一颗药。"

傅行歌听到他的声音，心里安定了一些，扭头看他的脸，确实看起来还正常，于是她松了一口气，幸好之前有所准备。

傅行歌和梁云止背靠背被人绑在两张椅子上。正对着他们的是一张餐桌，有一个金发少年正在餐桌旁吃饭，刀叉相撞的声音就是他切牛排的时候发出来的，声音并不大，但是庭院里面非常安静，所以才显得格外清晰。少年在专注地吃着自己的早餐，似乎他们醒没醒过来都不会影响他吃饭的心情。

傅行歌饿了，特别是在看到这个金发少年慢条斯理地吃东西的时候，她的肚子都禁不住叫了一声。她觉得有点丢人，然而她很快就抛开了这种无谓的心态："除了麻醉剂，有餐食招待吗？"

正在吃饭的金发少年皱了一下眉，放下了刀叉，双手交叉放在下巴上，一双湛蓝的眼睛盯着被绑得结结实实的傅行歌和梁云止，看了一会儿才开口道："两位是傅行歌和梁云止，对吧？"

"你还没弄清楚我们是谁，就把人给绑来了？"傅行歌被绑得结结实实，也完全没有收起自己脸上蔑视的意思。

"傅行歌，美籍华人，二十五岁，瞳孔是黑色，母亲没有结过婚，父亲是大学教授，血型是 AB 型，身高一米七，FBI 文职工作人员，会一点柔道和近身格斗，会用枪，但枪法一般，是世界上最好用的麻醉剂 102 的发明者，以及'撒旦之吻'三级抗体的发明者。"

"梁云止，美籍华人，二十四岁，瞳孔是棕黑色，因为感染'撒旦之吻'病毒，偶尔变成紫色，孤儿，血型是 B 型，两年前破获贩毒集团的少年英雄，FBI 文职工作人员，英式击剑高手，近身格斗、枪法都不错，化学天才，‘撒旦之吻’一级、二级抗体的发明者，首批身体被植入‘撒旦之吻’并还活着的人之一。”

金发少年说话的时候慢条斯理，说到梁云止是身体被植入“撒旦之吻”还活着的人之一的时候，他还特意多看了梁云止一会儿，然后做了一个结论：“你是‘撒旦之吻’在人体内进化之后最好的实验体。”

“你是谁？”傅行歌问出这句话的时候，只有梁云止心里知道，傅行歌早就知道这个男孩子是谁了。

他就是大毒枭加纳雷蒙德的养子、救走安吉拉的人——帕克。

唯一让他们没想到的是，帕克太年轻了，看他的脸，简直是个十五六岁的少年。但不管他的脸长得如何完美，谁也不能忽略他的危险性。

这个男孩对于傅行歌和梁云止的了解，并不比 FBI 对他的了解少。

“既然不给饭吃，那就直接说出你的目的吧。”傅行歌并不想与对方废话，帕克把自己和梁云止都绑来了，就是为了毫无目的的趣味？她才不相信。

“梁云止，这个女人这么刻板无趣，你看上她什么了？”帕克对傅行歌充满了敌意。这不禁让傅行歌以为他和安吉拉一样，对梁云止一厢情愿又求之不得而恼羞成怒。安吉拉那个变态，为了控制梁云止，甚至让梁云止成了“撒旦之吻”的试验品。一想到这点，傅行歌就更加肯定了，她绝对不会跟安吉拉和帕克这样的人合作。

“喜欢一个人没有什么道理可以讲的，就好像你明明知道，不管你怎么折腾，安吉拉照样是一个死，你还把她救出去，甚至想绑架我们来救她，这二者不是一个道理吗？”梁云止除了对傅行歌撒娇卖萌之外，话也不多。

他这么对帕克解释的时候，傅行歌不禁想起了读大学的时候，那些仰慕他的女孩子跑上讲台假装问他问题，而他总是冷淡地说“这个问题我在课堂上讲过，如果你想详细了解，请发邮件给我”。

梁云止用这种平静而冷淡的语气说中了帕克的心事，还真的挺气人的，帕克那张精致的脸上终于露出了愤怒的表情。

6

帕克是安吉拉七岁那一年从野外捡回来的，当时帕克才三岁，因为双腿残疾被父母丢在野外。安吉拉遇到他的时候，一只野狗咬断了他的残腿。七岁的安吉拉当即开枪把野狗打死了，随后将他带了回去。

帕克智商异常，虽然当时他才三岁，但他想必记得很多事情。他在那种情况下获救，对安吉拉肯定是有不一样的感情的。

据说帕克异常护着安吉拉这个姐姐，什么事情都愿意替她去做，不管是杀人还是坐牢。他确实替安吉拉杀过人。十七岁的安吉拉与男朋友分手后，男方选择了报复，安吉拉就把对方打了个半死，最后帕克上去补了最后一刀。杀死那个男孩之后，帕克去自首，承认了全部的罪行，随后被判了二十年监禁。直到去年十二月份，帕克才因为身体状况不佳被保释出狱。

有本事在保释期间救走安吉拉，还到她的婚礼上捣乱，现在又绑架了她和梁云止，她不得不承认帕克确实是个人物。

“你不会像你那该死的姐姐一样，是因为看上了梁云止，所以才绑架我们吧？”傅行歌看出来了，梁云止想让帕克失去冷静，秉持着夫唱妇随的原则，她也开始刺激帕克，“听说人生经历不太顺利的人，通常对恋人有特殊的爱好。我不是歧视同性恋，不过这种事情要讲究你情我愿，我们中国人有句话叫强扭的瓜不甜。身为安吉拉的弟弟，你应该吸取她的教训才对——梁云止是我的。”

“老婆对不起，我可能长得太招蜂引蝶了。”梁云止说这话的时候，还转头用头蹭了蹭傅行歌的头发。

两人配合默契，亲昵得让原本还平静的帕克终于忍不住了。他一拍桌子，彻底怒了：“把他们带到水里去。”

一个五大三粗的棕发男子走了过来，一脚就把绑着傅行歌和梁云止的椅子踢到了池子里。

倒在池子里呛了几口水之后，傅行歌有点后悔，她不该逞一时口舌之快。幸好这个池子里的水不深，水池底是水泥的，椅子在落地的时候摔断了腿，这让两人有了松开的机会。

对于解开绳子这种事情，梁云止似乎更有经验，速度也更快，他很快就恢复了自由，并且帮傅行歌解开了她腿上的绳子。两人从水池中站了起来,看了狼狈的对方一眼,确认对方没事之后相视一笑。

梁云止自己先上了岸，然后把傅行歌拉了上去。两人没有惊慌，也没有想逃跑。他们走到帕克的面前，拉开椅子坐下，傅行歌甚至拿了一块面包开始吃。虽然梁云止全身都湿了，但是他有着从容的姿态:“说吧，你把我们绑来，是要和我们合作，还是要杀人灭口？”

“显而易见不是吗？我要抗体，能完全消灭‘撒旦之吻’的抗体。”帕克说这句话的时候，脸色和眼神都有点阴沉。

安吉拉现在正在冷冻箱里边，即使他每天给她注射大量的三期抑制剂，她的生命体征仍然在变弱。帕克知道安吉拉的时间所剩无几，他很想保持冷静，但是他真的没有办法冷静。

“你收集的资料是不是有点不对啊？如果我已经研究出抗体的话，不可能由着安吉拉去死，毕竟这么死对她来说太便宜她了。”

傅行歌说话并不客气，一是她性格如此，二是她想以此激怒帕克。他们已经被绑架至此，只有激怒了帕克，才有可能知道更多的信息。

果然，听了这句话之后，帕克的脸色更阴沉了，他手一挥，就有几个雇佣兵走了出来。

“带他们去实验室，在有效的抑制剂研究出来之前，不许他们离开半步。”

傅行歌没答话，站起来的时候，一只手拿着面包篮，一只手拿起一个桃子塞给了梁云止："吃早餐啦，梁先生。"

"谢谢太太。"

看着两人居然一边吃东西，一边手拉手跟着押送他们的人离开，帕克都气得面目狰狞了。

7

帕克的实验室与FBI的特殊实验室相比并不差多少，除了规模小一些，各种仪器都是最先进的，还有一些帕克之前找别的化学家研究出来的资料。傅行歌和梁云止倒也没有矫情地多做反抗，反正不管是在这里研究，还是在原来的实验室研究，目的都只有一个，研究出能够完全抵抗"撒旦之吻"的抗体。

"抱歉，我连累了你好多次。"两人解决完顺来的食物后便开始工作，穿好实验服，戴好口罩之前，梁云止在傅行歌额头上亲了一下，他的嘴唇温暖而又柔软，他的声音也很温柔，仿佛两人并不是阶下之囚，仅仅是平时的工作状态。

傅行歌伸手拍了拍梁云止的脸，嘴角微勾："我一开始选择化学专业的时候，我的母亲告诉我，化学是一个很不吃香的专业，毕业之后顶多在各大药厂做一下研究，运气好一点的话，可能进好一点的研究室工作，但是收入不高，工作还很枯燥。即使到了国外，也没有什么前途，有很多化学专业毕业的人都找不到工作。她一直劝我去读商科，或者医学专业。"

"如果你去读医学专业，你肯定会是一个很优秀的医生。"傅行歌的冷静、理智、强悍和专注，对于一个医生来说绝对是最优秀的品质。梁云止相信，不管傅行歌去做什么，她肯定都能做得很好。

"安吉拉还没有死，但是她撑不了多久了。这里的资料显示他们给她注射了大量的抗生素，已经超过了人体承受的极限的十倍，并且把她冷冻起来了。”

“嗯，看起来，他们的研究进展也不乐观。”所以帕克才气急败坏地派人绑架了他们，他们态度那么不好，帕克也忍了。哪有俘虏讽刺挖苦绑架者的，大概也就只有他和傅行歌了吧。

“还饿吗？”梁云止伸手揉了揉傅行歌的头发，他的太太对吃的兴致不大，但是不经饿，一饿就脾气不好。

“你有办法给我弄吃的？帕克似乎并不想让我们吃饭。”把他们扔进了这个监狱一般的实验室之后，所有人都出去了，并没有送食物来的意思。

“跟我们一起被送进来的，还有几只健康的兔子。”梁云止已经检查了“食材”。

“兔子？”傅行歌当然知道梁云止有用烧杯做饭的能力，但是他要做兔子吃吗？

“我会让它们安乐死的。”梁云止脸上的微笑温柔如水，“所以，你工作，我给你做午饭？”

“好。”傅行歌瞬间就投入了工作——帕克着急，她亦然。而且在肚子饿的时候，她并没有那种不吃小动物的小女生心态。她要保持精力，尽快利用这些资料研究出有效的抑制剂，不是为了那个该死的安吉拉，而是为了这个一直都温柔从容的男人。

下午，另外一个房间里，帕克看着屏幕上的两人居然用实验室的烧杯慢条斯理地吃着兔肉，忍不住摔掉了手里的咖啡杯。

因为天生身体不好，帕克一向比别的人能忍耐，忍耐痛苦，忍耐等待，忍耐一切的不公平，但是这会儿他忍不了。安吉拉今天的数据比昨天更糟糕，他不能让那该死的病毒把安吉拉全部吞噬掉。

为了保证稳定的食物来源，傅行歌和梁云止根本就没有用那四只兔子做实验，而是把它们当成了食物。第三天，当梁云止在处理第三只兔子的时候，帕克终于忍不住了：“给他们送食物进去。”

跟食物一起送进实验室的，还有被超低温冷冻起来的安吉拉。

有了食物供应之后，那对夫妇好似更从容了。

梁云止在冲咖啡，傅行歌一边咬着三明治，一边透过冷冻箱的玻璃门看安吉拉的脸。

此刻的安吉拉除了皮肤变得透明，生命体征变得更弱之外，变化其实并不大。

但是傅行歌完全能够肯定，安吉拉体内的“撒旦之吻”肯定是有变化的，而且它们已经进化得更加霸道。人体是“撒旦之吻”的战场，在安吉拉的身体里，它们已经大获全胜。安吉拉之所以还撑着最后一口气，大概只是因为在极度低温下，“撒旦之吻”无法彻底清扫战场。梁云止把煮好的咖啡递给了傅行歌，两人一人一杯咖啡，一边慢慢地喝着，一边倚在冰柜的两边，讨论着这几天的研究进程，仿佛这不是戒备森严的实验室，仿佛他们并不是阶下之囚，而是正在海边休假。

事实上，傅行歌已经比任何时候都焦急。为什么他们研究出来的所有抗体都在“撒旦之吻”面前失效了？他们不相信“撒旦之吻”没有克星，他们只是还不知道它的克星是什么而已。

8

“这里的信号全被屏蔽了，所以这个地方应该是位于柬埔寨的某个密林当中。很有可能帕克想到的和我们想到的一致，这里是最先产生病毒的地方。这么说来，我们也算是殊途同归。”梁云止靠近傅行歌，眼睛盯着冰柜里的安吉拉，嘴唇却凑到了她的耳边，就像在咬着耳朵，说夫妻之间的悄悄话，“在想办法送消息出去了。”傅行歌在化学方面的天分其实比他还高，他呢，其实对电子技术更感兴趣。

说完悄悄话之后，梁云止确实没忍住，轻轻地亲了一下傅行歌的耳朵。傅行歌耳尖发红，瞪了梁云止一眼：“再敢乱来，我在这里就把你吃了。”

梁云止笑得如沐春风：“我一直在等着梁太太投怀送抱。”

不管是在监控室屏幕前的帕克，还是就在实验室外隔着玻璃盯着他们俩的保镖们，都觉得他们根本就不像俘虏，倒好像是在这里度蜜月一样。

“我给太太准备了甜点，马上就好。”梁云止去做甜点，傅行歌一边喝咖啡，一边看着他山峰削立般的侧影，心里有淡淡的幸福。

和他在一起之后，她的人生复杂了很多，多了许多的牵挂与烦恼，但是她就是能感觉到幸福，哪怕是在此刻这种他们双双沦为阶下囚的情况下。

她有多喜欢他呢？她想，为了护着他，为了他能健康平安，她愿意付出一切，包括她的生命。

这边傅行歌和梁云止很快地适应了阶下囚的身份，而另一边，眼睁睁看着他们被绑架的田小恋和顾延之却陷入了自责和恐慌当中。

顾延之原来的想法很简单，先把田小恋送回国内，她安全了，自己再想办法去营救傅行歌和梁云止。

他想得很周全，做得也很到位。他已经把田小恋送到了机场，随后，他跟着自己组织的一支营救队出发了。

柬埔寨的密林充满了各种各样未知的危险，算得上是“三不管”地带，但是这里的药材和人工都很便宜。富贵险中求，当年顾延之在家里公司濒临破产的情况之下选择来这里创业也算是孤注一掷。公司慢慢做起来之后，他没舍得把这里的老工厂给丢了，所以一直都有维持这边的业务。他带的人其实就是当地几个跟了他几年的工头，还有一小队雇佣兵。

他们去的地方比较危险，雇佣兵的领头人暗示他需要一把枪，因为前面可能火力很足。在“三不管”地带火力很足是什么意思？就是有可能随时会丢掉小命。

顾延之从雇佣军领头人的手里接过那把枪的时候，他忽然听到自己身后的人里发出的一道抽气声似乎有些不一样。他猛然回头，仔细地在一帮人里找了一会儿，然后他就发现了田小恋。

田小恋把自己的齐耳短发剪得更短了，像个小子一样，身上穿着旧旧的迷彩服，还故意把脸都抹黑了，看起来就像一个跟着大人出来混饭吃的小子。

“怎么回事？”顾延之把田小恋强行拉进了简易的帐篷里，一张脸比田小恋脸上抹的灰还要黑。

“那个……你要去救傅行歌，我也要去救梁云止啊！对，我就是要去救梁云止。”田小恋有点紧张，因为顾延之一向很温柔，即使心情很不好的时候，她也没见过顾延之的脸这么黑，这是不是说明他现在的心情很糟糕？

“这里全是男人。”顾延之很明白，那些雇佣兵不会有什么忠诚和节操，而且都是手上沾染了不少血的人。他们能力很强，可是心也很邪恶，他与他们在一起就是与虎谋皮。如果不是迫不得已，他也不会雇佣他们。可他怎么也没想到田小恋竟然混进来了，万一被那些人发现她是个女孩子……

顾延之不敢再想象下去了，连忙说：“我现在就找人送你回去。”

“现在你找谁送我回去呀？你莫名其妙地把我送回去，不就说明我有问题吗？放心吧，我没问题，给你看！”田小恋为了证明自己，竟然一把拉开了领子，凑过来给顾延之看。

顾延之心里一惊，他不是惊讶于田小恋给他看她的胸部，而是怕有人刚好进来看到这一幕。

9

田小恋凑得很近，领口也拉得很开。不管想不想，顾延之都看到了她的胸部。但其实那已经不是胸部了，而是一片很平坦的、捆得密密实实的纱布。

“怎么样？很平吧？跟你的一样平哦。”田小恋拍了拍胸脯，就好像是为了证明自己的胸部真的很平，“我已经跟着你们一天一夜了，没有人发现这个秘密哦。”

田小恋一笑，就露出了那口洁白的牙齿，顾延之不禁觉得太阳穴突突地跳了一下。他一眼就看出她是个女孩子，其他人看不出来？难道他这次带的人全都是瞎子吗？

但事已至此，不管是送她回市区还是带她去，都很危险。

顾延之没有办法，只好虎着一张脸：“从现在开始，你片刻不能离开我身边，晚上也跟我睡同一个帐篷。”

“跟你睡在一起吗？”田小恋问这句话的时候，双眼都闪着明亮的光。

顾延之看着田小恋，有一点不好意思：“你想和那些雇佣兵一起睡吗？”一想到她有可能会被这里的某一个男人给勾搭上，顾延之就觉得心里很不舒服，但是他很快就给自己找到了理由：万一她出了什么事儿，他不好向傅行歌交代呀。

实验室里唯一的一张简易的行军床上，一对高挑消瘦的男女正相拥而眠，两人眼下都有淡淡的青影，这充分说明他们休息不足。

此刻他们被人紧盯着也毫无反应，依然安睡，大概是太过疲惫。

后来梁云止首先感觉到了那一道像蛇一样阴冷的目光，他猛然睁开眼睛，就看到帕克正冷冷地盯着他们。

梁云止稍微调整了一下姿势，让怀里的女孩睡得更舒服一点，再次抬头的时候，一双黑紫相间的眸子已经一片清明：“我们需要休息。”

他们被关进这个实验室九天了，在此期间，他们每天只休息四五个小时。一开始，他还能跟傅行歌轮换着休息，但是他们看得出来，帕克很急，所以帕克缩短了他们的休息时间。

即使是在极度冰冻的情况下，安吉拉的身体状况也越来越差，所以帕克就不让傅行歌和梁云止休息了：“没有研究出解药之前，你们没有休息的权利。如果安吉拉有什么事，我保证你们会比她先死。”

帕克的声音非常冷漠，冷到带着一股冰和冰摩擦的刺耳感。

这时候，傅行歌也醒过来了，可能她觉得帕克的声音实在太刺耳，把脑袋往梁云止的怀里蹭了蹭，喃喃道：“拜托，不能说话就不要说了。”

帕克小时候被人灌了一种有损声带的药物，虽然他没有完全哑掉，但是声音很难听，所以每当他说话的时候，他都很痛苦。帕克还有小儿麻痹症，因为得不到有效的救治，又受了很多的罪，所以他是一个心理有些变态的人。这个世界上，除了安吉拉，他谁也不在乎。于是傅行歌这种无所谓的态度激怒了他，他吼道：“把她给我弄醒！”帕克发出这一声大吼后，他身边的保镖杰斯就走了过来，伸手想把傅行歌从梁云止怀里扯起来。

“叫醒太太这种事情，就不劳烦阁下了。”梁云止伸手挡住了保镖的手臂，保镖只觉得手心一麻，瞬间整个手臂好像都不能动了。

“帕克先生，我太太要是睡不好，她的心情就会很糟。如果她心情很坏的话，研究至少有三天都没有办法有进展。和你的安吉拉一样，我也只是她的实验品而已。所以我觉得我们最好还是有点耐心。” 梁云止轻轻地把傅行歌抱好，然后坐了起来。

他的样子轻松自在，就好像一个在家里早起而不愿意吵醒妻子的丈夫一样，看向傅行歌的眼神温柔缱绻：“老婆，该起床了。”

“别吵。”傅行歌伸手挥开梁云止的手，眼睛都没睁开。梁云止轻笑一声，似乎觉得赖床的太太很可爱，那笑容让帕克不由得更恼怒了。

10

梁云止没有继续挑战帕克的耐心，他坐了起来，伸手拿起桌上几张打印出来的资料，递给了大块头杰斯："我们需要上面的那些东西，希望你能在十二个小时之内送过来。"

杰斯接过那几张轻飘飘的纸，看了梁云止一眼，又看了帕克一眼，好像一时不知道该听谁的好。他到底是去把睡着的女孩叫醒，还是赶紧去找清单上所列出来的东西？

"还不滚去找。"帕克不想妥协的，但是他不能等，生命体征快要消失的安吉拉不能等。把人冷冻起来的低温技术让生命暂时停止了，却没能让"撒旦之吻"停止变异和进化。

如果可以，他一点儿都不想向傅行歌和梁云止妥协，但是现在除了信任他们，他也没有其他的办法。

闯进来的人都离开之后，梁云止回到实验台前，慢悠悠地给自己的老婆做早饭。

也许以后不再研究化学的时候，他可以去做分子美食家。

傅行歌在清醒过来的瞬间，嘴里骂了一句该死。酸痛的身体、疲惫的精神以及周围的环境让她瞬间从小床上站了起来。她还能撑下去，但是梁云止的情况真的不怎么好——失败的药浴治疗让他的身体状况大不如前，"撒旦之吻"则变得更加霸道，他们之前研究出来的药物已经不能像以前一样有效地抑制"撒旦之吻"在他身体里的蔓延了。

他们知道帕克很着急，但是其实他们更着急，特别是傅行歌，她已经到了不眠不休的程度。昨天晚上她能睡着，还是梁云止悄悄地给她用了药。

她不是不想睡，她是不敢睡。她觉得，如果醒着的每一秒不加以利用，那么她失去梁云止的时刻就有可能很快到来。

"你的起床气比以前严重了。"听到一向温文尔雅的妻子居然说脏话，梁云止笑容温润地走了过来，手里端着两个干净清透的玻璃杯，玻璃杯里面装着几朵樱花一样的食物，就像他的人一样精致，但是也像他一样脆弱，只是他将自己的脆弱掩饰得很好，"梁太太早安，早餐时间。”

每一天都在囚牢里醒过来的感觉很糟糕，但是傅行歌的心情还是因为梁云止而变得好些了：“过来给暴君亲一下，我就原谅这个该死的牢笼。”

梁云止凑过去，在傅行歌的嘴角亲了一下。傅行歌的嘴唇是淡淡的樱粉色，柔软而丰满，每一次亲她，他都有些欲罢不能。想到这一点，梁云止心里再次充满了惆怅。

他很仔细地想过，因为喜欢傅行歌，所以他留在了她的身边，但是现在的自己对她来说只是一个负累。他也想过离开，但是始终舍不得。说到底，他还是一个自私的人。他爱傅行歌，即使拖累她也不舍得离开她。

“你在想什么呢？别想着离开我，我不可能同意的。”和梁云止在一起生活了两年多，傅行歌只需要看看他的眼睛就能知道他心里在想什么。她曾经失去过他，在失而复得的那一瞬间，她就发过誓，这一辈子她都不可能让他离开自己身边了。即使将来他不爱她了，她也不会让他离开。没错啊，她就是一个霸道自私、性格有缺陷的人，她也知道这样不大好，但是她改不了。

“我想离开来着，但我舍不得。”这一句话，梁云止是贴着傅行歌的嘴唇说出来的，两人的样子看起来非常亲昵，让一直站在实验室门口监视着他们的保镖们的嘴角又是一阵抽动。他们见识过的俘虏不少，但是从来没有人能像这两个人一样，即使被关在这间小小的实验室里，不能出入自由，还能每一天都像度蜜月一样，也是稀奇。

“梁云止，请答应我，不管我是否完美，都不要离开我。”是生是死，都请待在她的身边。

“好。”梁云止就像每一次答应她的要求一样答应了她。就好像傅行歌看他一眼就能知道他在想什么一样，他看着傅行歌的眼睛也知道她在想什么。

在很多人眼里，傅行歌是一个智商完美、外表完美，但是性格真不怎么好的人。可是对于梁云止来说，这正好是他最喜欢她的地方。正因为她不够完美，所以他才觉得自己有了匹配她的资格。这么想好像有些自私而卑微，但那又怎样，他甘愿沉沦。

你是我生命里的光亮、快乐，与惆怅。

——梁云止

第五章

兵行险招的计划

爱大概就是，不管前方是什么，
能与你同行最重要。

——傅行歌

1

早餐之后，他们像往常一样争分夺秒地继续做实验。

其实十天之前，实验已经有了进展，傅行歌从安吉拉体内采集了“撒旦之吻”的活性样本，又将这些活性样本在同样的条件下注射进感染二期和三期的小白鼠体内。安吉拉体内的“撒旦之吻”已经进化到了极致，它们攻击一切，“撒旦之吻”的一期和二期病毒都在它们的攻击下失去了活性。这有点像我们所谓的以毒攻毒的道理，然而以毒攻毒之后，没有任何东西能够化解“撒旦之吻”这种病毒，小白鼠还是死掉了。这代表着研究再次陷入了僵局。

这个结果出来之后，帕克变得极焦躁，失去冷静的他给安吉拉注射了一种新的病毒。这种病毒暂时牵制了安吉拉体内的“撒旦之吻”，却也让安吉拉陷入了另外一种危险——这种病毒似乎比“撒旦之吻”温和，但是性质是一样的，只是它对人体的侵蚀慢一些。帕克没有说这种病毒是什么，但是傅行歌和梁云止都知道，像帕克这种心理不正常的怪人，很有可能会像安吉拉一样，恶毒地把这种有可能比“撒旦之吻”更恐怖的病毒传播出去。

自从给安吉拉注射了新病毒之后，傅行歌和梁云止就很少能见到安吉拉了。帕克把安吉拉放在了他自己房间里的一个特制的冰柜里，就在他的床边。安吉拉依然被冷冻，她的体内有两种很凶猛的病毒。

傅行歌在准备一个计划，可以称得上是兵行险招的计划。梁云止很担心，但是对于傅行歌想做的事情，梁云止从来不会提出反对，他只会全力以赴地去帮助她。

此时田小恋和顾延之已经跟着他们雇佣来的人在密林里转悠一周了。

资料显示这里有一个秘密的实验室，曾经是一个毒枭的据点，周围的陷阱很多，一行人遇上几次意外，但都算有惊无险。

糟糕的是，虽然他们知道那个实验室就在这附近，但是他们一直都找不到入口，仪器又全部失灵了，只能依靠经验摸索寻找。但是经验也是有限的，毕竟时间拖得越久，人就会越焦虑。

“我觉得一点都不用担心，傅行歌一定会想办法的，她超级聪明。”一行人中，大概只有田小恋是信心满满的，好像她来这里并不是参与对他们的营救，而只是为了凑热闹，“顾学长，真的，你不要太担心，梁云止和傅行歌肯定是安全的，他们真的很厉害。”

谁不知道他们厉害，但是现在他们被人绑架了，而且绑架他们的人是毒贩。

但是顾延之觉得自己没有办法向田小恋解释这一点，这小姑娘单纯得很，如果不是在这里前后都是险境，自己已经没办法把她送回去，他实在是不想带着她。

田小恋也很郁闷呢，她本来想宽慰顾延之，但现在看起来有点适得其反，这让她觉得自己看起来像个蠢蛋。

田小恋撇撇嘴，很是鄙视自己。

“再厉害的人，都有需要帮助的时候。”这一周多时间，小姑娘瘦了不少，脸上还弄得黑乎乎的，只有那双眼睛闪着亮光。

“嗯。我知道顾学长一定会帮到他们的，给你水。”田小恋把手里的矿泉水递给了顾延之，她的脸本来就抹黑了，这么一笑，显得牙很白，眼睛很亮。她的样子让顾延之觉得她像一个极力讨好自己的小朋友，不知道为什么，他的内心里闪过了一丝不忍：“你就这么喜欢我？”这句话问出来的时候，他自己也愣住了，因为田小恋已经很长一段时间没有对他表达过她喜欢他了，她上一次说他喜欢她，还是在大学毕业的时候。

他要毕业了，她还在读大二。身为一个人缘不错的学长，他毕业离校时，有很多人去送他。他请学弟学妹们吃饭，那天晚上他喝得有点多，回到宿舍的时候已经很晚了。

“顾学长。”田小恋就站在他宿舍楼下的墙脚，大概是喝了一点酒，小脸蛋绯红，脚步也有些虚。

顾延之没出声，只是看着田小恋，觉得这小姑娘有点可怜，因为她和自己一样，喜欢上了不应该喜欢的人。

“顾学长，我听说人和人相遇的概率其实并不大，认识的概率就更小，而喜欢上对方的概率，都快赶上宇宙大爆炸的概率了。所以呀，我觉得我能喜欢你，真的好幸运。”田小恋真的喝多了，否则她是不敢在顾延之面前说这些话的，“我喜欢的顾学长，真的是一个很好很好的人。”

初夏的晚风吹来，昏黄路灯下，女孩目光明亮。那一刻，顾延之心里的惆怅像夜色一样浓：“走吧，我送你回宿舍。”

那晚，他送她到宿舍楼下，又一个人去到傅行歌的宿舍楼下，望着傅行歌房间的窗户直到天色微明。

那时候他内心的惆怅似乎还清晰地藏在他心里，不知道是因为傅行歌，还是因为眼前这个单纯又执着的小姑娘。

2

顾延之他们找到隐藏的实验室时，爆炸已经发生了。正是爆炸的巨大动静引起了他们的注意。

在爆炸声响起的瞬间，顾延之有种肝胆俱裂的惊吓感，傅行歌！但听到田小恋的一声惊叫之后，他又瞬间清醒，伸手将她拉到了自己身边：“别怕。”

爆炸发生在关着傅行歌与梁云止的实验室，那时候，帕克正要从安吉拉身上抽取血液样本，巨大的声响与震感让他的手一抖，针头极深地扎进了安吉拉的手臂里，而他最先做的不是管外面发生了什么事，而是赶紧向安吉拉道歉：“我很抱歉，姐姐！”

他预料的安吉拉有可能会一掌打过来的情形没有出现，他想听到安吉拉说“你弄痛我了！你就不能小心点！”也没有听到。看着安吉拉毫无动静的脸，失落感从帕克的内心深处铺天盖地地涌了上来，他转头看向保镖，脸已经有些扭曲了：“该死的！赶紧去看看那两个人还在不在！”

实验室的爆炸还挺严重的，但其实也不算特别严重，因为只是实验室里的东西被炸掉而已。当然，守在实验室外的六个雇佣兵出身的保镖都陷入了昏迷，不知道是被爆炸震昏的，还是出了什么事儿。杰斯并不觉得意外，毕竟他前天才在梁云止的手上吃过亏，真不知道化学家到底是什么物种，明明手无寸铁，却拥有各种各样让人内心不得不害怕的玩意儿。谁知道空气中有没有无色无味的化学制剂！谁知道他们把那些可怕的小玩意儿做成了什么形态，放在了什么地方！

而傅行歌和梁云止都不见了。

“还不去追！”帕克气得站起来将轮椅摔到了一边，他从没有像此刻一样觉得无助，“追到别弄死！”梁云止能保住命，他的安吉拉就有可能有救。他恨不得两人死，却又偏偏不能让他们死。

傅行歌与梁云止很快地向有河流的方向走，现在他们身上穿着从雇佣兵身上剥下来的衣服与装备，虽然不合身，但是很适合在这样的密林中行走。然而两人在实验室里待的时间更多，这样在野外生存的经验并不多，一切只能靠书上的理论与临场反应，找路线，避开密林里的植物与野兽倒还是小事，关键是有一群经验丰富的雇佣兵在追他们。

爆炸发生五个小时之后，时间接近中午，太阳很大，天气很热，傅行歌与梁云止终于到了他们想到达的河边。

水里很危险，游泳顺河而下是不可能的，在后有追兵的情况下制造船只也不太可能，所以他们只能选择沿河顺流往下走，看是否能遇到猎人或者本地居民。

“喝点水。”梁云止从背包里拿出水递给傅行歌，顺手给她抹了一把已经顺着她细长的眉毛往下滴的汗水。经过五个小时不间断的逃亡，虽然两人此刻没有受伤，但是都有些狼狈。

“嗯。”傅行歌接过水，一边喝一边观察河边的环境，密林不好行走，这里如果有人，应该会选择船只，“你饿吗？”她饿了，想必梁云止也饿了，但两人身上又没有什么食物。爆炸一发生，他们就得走，所以一切物资只能从看守他们的人身上获取，而那些人身上没有食物。

“也许，我们可以来点蛇汤。”梁云止拿出匕首，盯着傅行歌身后的草丛，露出了微笑，“梁太太，你抓过蛇吗？”

听到蛇这个字，傅行歌明显地挑了一下眉，眼底有一丝不喜。她对各种各样的动物既不喜欢也不厌恶，只是对于蛇这种冷血动物，她好像想起它们的样子就有点儿不舒服，感觉它们很像安吉拉或者帕克，看起来似乎美丽无害，其实骨子里都是毒。

所以，梁云止处理那条倒霉的蛇的时候，是当着傅行歌的面，并没有避开傅行歌。他的妻子并不是什么弱女子，更不是怜悯一切的圣母。据说这样的女孩在现实中是不讨男孩喜欢的，可奇怪的是，当傅行歌关心的不是吃蛇会不会伤害小动物之类，而是那蛇有没有毒，会不会咬到自己时，梁云止心里的喜悦几乎止不住。这就是他的女孩呀，她当然不是其他女孩。

3

喝完梁云止用行军水壶做的蛇羹之后，挨不了饿的傅行歌感觉自己好多了，主动凑过去亲了梁云止的脸一下：“很贤惠，继续保持。”亲完后，她又扑哧笑出声，伸手抹去了梁云止脸上的一小块灰迹，“但是颜值有所下降，以后要注意。”

他们还在逃亡，梁云止知道傅行歌很紧张，正因为她内心很紧张，所以她在这种时候开的玩笑便显得特别珍贵。他伸出手抹去她嘴角的一点草屑，看她的目光深若远空：“嗯，我会努力的。太太负责赚钱养家，我负责貌美如花。”此刻，他在内心鄙视之前产生过的为了不拖累她从而选择离开她的念头，这样一个傅行歌，如果他离开了，他怕自己化成灰之后都是写着后悔的微尘。

顾延之一行人在遇到追捕傅行歌和梁云止的人之后，确切地知道了两人已经从实验基地逃走。双方不算有仇，又都是拿人钱财，替人办事的雇佣兵，所以没有起大的冲突，只不过双方都下足了工夫寻找逃跑的两人。都是有密林逃生经验的人，他们当然都知道往河边去。

他们确实都找到了河边傅行歌和梁云止留下的痕迹，但是傅行歌和梁云止已经不见了。他们找到的线索表示，傅行歌和梁云止可能找到了一艘小船，已经顺河而下了。

“那可能是本地人隐藏在河边的小船。”得到向导的肯定之后，顾延之低声地告诉了田小恋。傅行歌和梁云止逃出去了，顾延之心里也很庆幸，但不知道为什么，他告诉田小恋这一点，是有点想看小姑娘脸上会绽放的笑容。

果然，田小恋握着小拳头，笑得很得意：“我就说吧！歌歌和梁云止不会有事的！”

不过即使不会有事，两人就那样乘着小船顺河而下，也会遇到很多未知的危险。虽然这是事实，但是不知道为什么，顾延之不想再告诉田小恋了。这姑娘这么单纯，到底是怎么活到现在的？上次她说采访他能拿到十万块，采访倒是采访了，照片也拍了，但他并没有看到那本杂志把稿子发出来，她该不会是被人排挤了吧？

顾延之并没有发现自己现在越来越操心田小恋的事情了。

傅行歌和梁云止的“小船”行程并不顺利，在避开了两处漩涡与过了一处鳄鱼栖息地之后，他们顺着一道瀑布掉了下去。幸运的是，两人没有受什么伤，上岸之后，又发现了一条小路。有路就代表有人活动，果然，没走多久，两人就发现了由赶象人组成的木材运输队。

顾延之和田小恋一行人从密林回到城市之后，仍没能与傅行歌和梁云止碰上面，因为他们已经离开柬埔寨，坐上去美国的飞机了。当然，两人给顾延之留下了一些信息，说可能会有新病毒从那个实验室开始蔓延，让顾延之与田小恋最好做好防备尽快回国。

傅行歌与梁云止能用最快的速度离开柬埔寨，并不是因为他们的个人能力有多么强，而是因为在他们失踪之后，卡尔也一直在派人救援。

“撒旦之吻”还没有克制之法，一种名叫“初恋之吻”的新病毒又在美国的青少年中悄悄地蔓延开来。与“撒旦之吻”不同的是，“初恋之吻”会让人左边胸膛的皮肤上出现心形的花纹，对人体的影响也与“撒旦之吻”不同。“撒旦之吻”侵蚀人的内脏，“初恋之吻”侵蚀人的神经，会让人很轻易就处于一种飘飘欲仙的感觉里。目前这种病毒已经造成三人死亡。

这种病毒与“撒旦之吻”相似，进入人体之后会产生阶梯性的变化，而目前研究“撒旦之吻”的人中没有比傅行歌与梁云止更专业的了，所以，帕克需要他们，卡尔与他所在的机构更不能没有他们。

所以，傅行歌与梁云止只能在飞行途中简单地休息整理一下，一下飞机就直接去了特殊实验室。

4

“你是说，那什么‘初恋之吻’对一期抗体有反应，可二期、三期抗体完全对它没影响？”傅行歌一边翻阅资料，一边问原本负责“初恋之吻”研究的研究员罗森。她已经换上了实验服，但还没有戴防毒头盔。梁云止找了一根皮筋，正站在她身后帮她把一头浓密的乌发绑起来，这样方便戴上头盔。虽然罗森早已习惯两人在实验室里形影不离的秀恩爱状态，但还是觉得身为单身狗的他的心遭受了暴击：“因为这个该死的病毒，我没能去参加我女友的生日会，她现在要和我分手。”傅行歌与梁云止不在，他就日夜待在实验室里研究这玩意儿，别说去约会了，连家都回不了。这段日子里，罗森真是内心一片苍茫，因此他怨道：“就因为你们不在！”

不过傅行歌没理会罗森的抱怨。梁云止替傅行歌绑好了头发，又帮她把防毒头盔戴上，嘴巴在回答罗森，眼睛却盯着妻子：“你应该把你女友发展为我们的同事。”唉，其实他也希望他的妻子在工作时能分心看一下自己，傅行歌做事的时候太专注了，如果他不借这些侍候她的小活儿靠近她，在实验室里，一天到晚他都接近不了自己的妻子。

“我女友她是个网球教练。”让一个网球教练来搞研究吗？罗森深深地觉得这条路比哄回女友还艰辛。

“抱歉，帮不到你。”他的妻子可是他在十四岁时就看上，又是追又是等、又是哄又是培养才娶到的。

“不过还是要感谢你们，你们回来了，我就可以去哄女友了。”罗森快速地交接完手里的资料，赶紧走人。原本他挺喜欢在实验室做研究员这份工作的，工作环境不错，薪水也高，只是他那时候还不知道特殊实验室的特殊性在于加班时间和研究的东西。实验室里的东西都是要命的玩意儿呀，天知道当初他为什么要选择生物化学这个专业。

与罗森被加班折腾疯了的状况不同，回到熟悉的实验台前工作的傅行歌异常安心。这里有着目前最详尽的资料与实验数据，是柬埔寨那个小实验室完全不能比的，在那里要点什么东西还得想办法找帕克，在这里，她就是女王，说什么就是什么，而且，每一个人都与她配合默契。最重要的是，梁云止在这里更安全。

当然，这一次他们被绑架也不是没有收获，至少他们知道帕克的研究方向是什么了，结合他们之前的研究成果，说不定会有突破。

两个容貌俊美的人穿着防护实验服，各自在实验台前忙活，中间只用眼神与数据交流，很少说话却都能完全领会对方的意图，就这样配合默契地忙到了深夜。

正在做收尾工作的时候，头顶上的灯光忽然闪了一下，傅行歌愣了一下，快速转头看向门口，叫梁云止："梁云止。"

"我在。"梁云止也发现了不对劲儿，快速地拿起两人的"武器包"走了进来，"可能只是电压不稳。"

只是他心里知道，在这样的地方，在这样重要的实验室，不太可能电压不稳。他看起来云淡风轻，神经却紧绷起来。实验室的电源是独立的，跟整栋大楼没有关系。而正因为实验室的电源是独立的，所以灯光一旦出现闪烁，就说明有地方出现了问题。

傅行歌接过梁云止递过来的随身包扣在腰上，与梁云止对视一眼。两人瞬间读懂了对方眼神传达的意思，各自转头过去收拾资料。实验室可能出现了问题，他们必须马上离开。

两人以最快的速度收拾了必要的东西，双双离开了实验室，而且很一致地舍弃了电梯，走了消防楼梯。

实验室在秘密楼层，消防楼梯也设计得很隐秘。

傅行歌和梁云止本来觉得消防楼梯是安全的，但是没想到他们刚刚打开通往消防楼梯的门，迎面便闻到一股气味。他们迅速选择了闭气，然而已经晚了。傅行歌昏倒和清醒过来之前的第一个念头都是，她要研究出一种像薄荷糖一样的、能够解除多数麻醉性气味的药剂。现在她身上明明带着世界上最厉害的麻醉性气体 102，却着了另外一种麻醉毒气的道，实在是让人气闷。

更让人气闷的是，他们才从帕克那个小实验室里逃出来不到四十八个小时。

傅行歌倒在梁云止身上时，说的最后一句话是："梁云止，我发誓，下次我不会因为他没腿就让着他的。"

5

傅行歌醒过来的时候，就坐在一个灯光明亮的实验室里，手脚并未被绑起，可是她却没有了上一次被结实绑起来时的淡定，因为梁云止并不在她身边！

在站起来确认梁云止真的不在之后，傅行歌差一点儿就发狂了。该死！帕克打算用梁云止来威胁她！看来她就不应该对安吉拉手下留情，上次和安吉拉在实验室里待了那么些天，她就应该让安吉拉活不成，省得帕克不死心，总是想各种办法捣乱。

傅行歌查看了一下实验台上的资料，大概知道帕克要她做什么了。特殊实验室里是不是有内鬼？为什么她才研究出来一丁点儿东西，还没几个小时，帕克就知道了？

但她现在没有时间去操心那些，只能全力以赴，继续拓展她在几个小时之前得到的研究成果，直到有可能获得"撒旦之吻"的第四期抑制剂。

是的，她这一个晚上进展可喜——她发现了"初恋之吻"与"撒旦之吻"的共性，并且让它们产生了变化，有可能会产生一种新的病毒，新病毒正在显示克制"初恋之吻"与"撒旦之吻"的特性。她看到希望了，但新病毒的培养需要不断地调整，而且需要时间培养。

不幸的是，帕克好像已经了解这一点，所以，他把梁云止绑走了。

梁云止在哪儿？他有危险吗？帕克会对他做什么？傅行歌不敢去想象，她怕自己会忍不住心底那种想与帕克同归于尽的暴烈情绪。

梁云止此刻被关在一个房间里，他安静地坐着，眼睛看着前方的屏幕，屏幕上是正在实验室里独自工作的傅行歌。帕克阴冷的声音不知道从房间的哪个角落传了出来："你看，没有你，她工作的效率更高了。"

"她一向优秀。"梁云止的脸上没有表情，拳头却握得紧紧的。现在他全身都没有力气，连站起来都不太可能。他想，自己应该是被注射了类似 102 的麻醉剂，因为他刚才用了 102 的抑制剂，却没有效果。

"梁先生，千万不要试图逃出去。我的安吉拉现在很危险。我不希望你有危险，我想你也不希望你的太太有危险。"看到这一对既讨厌又无耻的夫妇，帕克真是咬牙切齿。为了抓住他们，他制定了很多计划，然而都让他们跑了，好不容易成功了一次，还损失了他在柬埔寨的基地。那次爆炸之后，那里已经被军方锁定，再也不能用了，而且，相信用不了多久，"初恋之吻"来自那个基地的事情就会被军方查出来。当然，帕克并不在意全世界都知道"初恋之吻"是他的"杰作"，他甚至觉得，安吉拉制造了"撒旦之吻"，他制造了"初恋之吻"，算是跟上了安吉拉的脚步，毕竟紧跟着她，是他遇到她之后最想做也是唯一想做的事情。

"安吉拉不会喜欢你。"梁云止坐在一张单独的沙发上，看起来很闲适，说出来的话却十分气人，让帕克不由自主地浑身颤抖了一下，但他很快恢复了理智："我不需要她喜欢我，我喜欢她就足够了。"他不管她是天使还是魔鬼，是活人还是现在的活死人，他只知道，如果不是安吉拉，他早就成了饿狼肚子里的肉。

"何必呢？她的神经已经被病毒侵蚀，她就算醒过来，也不会是原来的安吉拉了。"冷冻技术可能会让人脑死亡，却没能让病毒停止变异，很显然，安吉拉现在只不过是一个病毒的载体，就算醒过来，也不可能是原来的安吉拉了。

"她是！"帕克终于气得一掌拍断了话筒，随后怒气冲冲地去了实验室。他要亲自盯着傅行歌将新病毒培养出来，新病毒就是救安吉拉的希望。

房间里，梁云止几乎是用尽了全身的力气，才终于将自己的手放到了大腿上。独自一人做阶下囚的滋味太难受，见不到傅行歌太难受，也许，他可以试试别的办法。

6

梁云止终于用隐藏在纽扣里的固体 102 放倒两名守卫从房间里出来的时候，帕克气急败坏地让杰斯一脚踢烂了傅行歌刚刚收拾好的“床”。没错，她在实验台前忙了一个小时之后，就开始吃东西、听音乐、看书，甚至开始给自己搭床准备睡觉。这都什么时候了，她睡什么觉？

实验室里，巴赫的音乐仍在缭绕，傅行歌的表情冷淡，看起来也不是太在乎自己刚刚搭好的“床”被人踢烂了。但她看着杰斯的腿的眼神，让杰斯隐约觉得自己的腿骨有点儿发冷。他可没忘记几天前，在柬埔寨那种没有任何通信设备和材料的密林里，就在六名守卫二十四小时的严密监控下，傅行歌和梁云止居然炸掉实验室逃了出去。一想到之前那六名同僚在昏迷十几个小时醒过来之后又拉又吐了半天才恢复正常，杰斯就有一种想过去和傅行歌解释几句的冲动。他的本意是不想与这两名化学家为敌的，然而他拿着老板的钱，当然得帮老板做事呀。

想到老板帕克，杰斯没敢解释什么，更没敢回应傅行歌的眼神，只默默地回到了帕克身边，企图做透明人。

“你停下研究，是想看着梁云止死吗？”帕克现在好像了解为什么姐姐那么恨傅行歌了，这个女人的性格又臭又硬，像冰山又像刀刃，谁遇上她都讨不了好，真不知道梁云止那个蠢货为什么对她死心塌地。

“那就让他死好了。”傅行歌很冷淡地给自己倒了一杯水，唉，梁云止不在她身边，她连咖啡都没得喝了，“反正我看不到他，就觉得他跟死了差不多。”梁云止不在她身边，她做事会分心、心里会担心他是事实。看不到梁云止，她确实很不安，所以，她要让帕克把梁云止放回她身边。

“杰斯！去把梁云止的腿砍掉！”帕克也狠戾，就傅行歌这个阶下囚想威胁他？

“手也砍掉吧。”可傅行歌仍然冷冷淡淡，“杀了更好，反正我天天担心他会死也担心够了。他死了，我就不用担心了。如果我能活着出去，再给他报仇就是了。”傅行歌的语气虽然很冷淡，但是让帕克和杰斯都是一愣，因为她真的说得很认真，“他现在不死也是受罪，治吧，就是个实验品，每天都受罪；不治吧，迟早像安吉拉那样人不像人、鬼不像鬼。我可没那么多钱把他冷冻起来。再说了，现在他身上到处都是病毒，我们连接个吻都不敢，结了婚也跟守活寡差不多。他死了，我也好调整调整去找另外的男人。”傅行歌挺久没说过这么长的话了，所以她中间还喘了一口气，喝了一口水，然后才认真地看着杰斯说，“去吧，如果可以的话，下手利落点，让他死得痛快点，我会感谢你的。”

傅行歌这一句说完，杰斯彻底没了执行力，那……到底是杀，还是不杀呀？

而去帕克气得几乎整个人都要冒烟儿了。傅行歌到底是什么怪物？为什么她和普通的女人不同？他要砍掉她丈夫的两条腿，难道她不应该哭着求他说不要吗？

然而，帕克也不是这么好哄骗的，他冷哼一声：“你不愿意继续做事，不就是为了让我把梁云止给你送回来吗？听说当年你得知他的死讯时还差点成了疯子，何必在这里装作不在乎？妻子在乎丈夫不是应该的吗？我并没有笑话你，杰斯，拿着手机，把视频拍下来，给梁太太看梁先生的腿是怎么断的。”

傅行歌看起来真的一点都不在乎，甚至在刚才被踢歪的“床板”上找了个位置坐了下来，看起来优雅高冷，根本不像是一个着急的妻子："去吧，打残了他，他估计也不想继续活着。他死了，我就解放了，就让'撒旦之吻'和'初恋之吻'在安吉拉的身体里爆发吧。她那么爱美，到时候一定很好看。"

"别装了！我不相信你不在乎梁云止！"帕克几乎怒吼了，女人怎么这么奇怪？！安吉拉就够奇怪的了，怎么这个傅行歌比安吉拉还奇怪？！

7

"在乎呀，谁说我不在乎？但是在乎是一回事，他不能用又是一回事。他在研究上的成就不如我，长相也一般，重要的是，因为他身上那该死的病毒，做我丈夫这么久，连丈夫义务都不能尽，而且每天都有可能会死，你说，我要这样的丈夫做什么？要来拖累自己的人生吗？我才二十五岁，总不能一直为他守寡吧？"傅行歌冷冷淡淡地说着自己的"闺怨"，她高傲自私的样子，可能在别人看来十分可恶，然而在习惯将人性想得极黑暗的帕克来说，反而显得有几分真实起来。是呀，一个没有什么用、只会拖累自己的丈夫，要来做什么？就像他，如果不是发现他的智商惊人，如果他只是一个普通的残疾孩子，安吉拉和义父会收养他吗？

帕克那双如毒蛇一样阴冷的金棕色眼睛足足盯着傅行歌看了几十秒，才示意杰斯去将梁云止带过来。其实他也不是非要分开他们不可，只是上次他们炸掉他的实验室，他想给他们一点教训，毕竟他的目标不是折磨他们，而是尽快研制出"撒旦之吻"的抑制剂。对了，现在他还需要"初恋之吻"的抑制剂。

想到"初恋之吻"，帕克的眼底有一丝得意，也有一丝挫败。他是"初恋之吻"的培育者没错，然而他自己也研究不出"初恋之吻"的抑制剂。

杰斯刚走到实验室门口，就看到了站在门外的梁云止，一时竟愣住了。一想到眼前这个好看的男人身上有“撒旦之吻”，没几天好活了，杰斯忽然对他有一丝的同情。

梁云止微微一笑，自己走了进去：“不用太惊讶，我听说我的妻子在抱怨我没有尽丈夫的责任，一气之下就自己来了。梁太太，你怎么能把我们的秘密告诉别人呢？你这样，我会很没有面子的。”

“跟着我，你需要什么面子？”在看到梁云止的瞬间，傅行歌冷淡如冰的眸子里闪过一抹光亮。他不愧是她的男人，不管什么境况，都没有坐以待毙。

“老婆，我们没有洞房真的不是我的错。”梁云止根本没有看帕克，走过去搂着傅行歌的腰，看起来很像是撒娇。帕克彻底看不下去了：“你们赶紧给我做事！这是我的地方，不是你们家！”

在他的实验室里讨论夫妻私密话题？像话吗？像话吗？

就像进来的时候一样，帕克气急败坏地离开了实验室，杰斯赶紧跟出去，并且把门给重重锁上。《G 小调的巴赫》还在流淌，梁云止微微低头亲了一下傅行歌的发顶：“没有我，所以坚持不下去了？”他们被抓进来应该已经超过十二个小时了，自从两年前他们重逢之后，他们几乎日夜在一起，这是他们头一次分开这么长时间。

“嗯。”傅行歌点头，诚实地承认自己没有他不行，“你不在我身边，我没有办法专心。”两人经常在实验室里各做各的事，一待就是一整天，有时候根本连聊天的时间都没有。然而她知道他在，她就能一直保持专注，高效地工作。这十几个小时，虽然她知道自己必须加快速度，安吉拉不能等，梁云止也不能等，但是，她就是做不到。

爱上他之后，她真的脆弱了许多。以前她几乎没有弱点，但是现在的她不一样了。梁云止就是她的最大命门，没有他，她什么也做不了。

“我回来了。”梁云止将她拥进怀里，她没有他不行，他亦然。

回到国内的顾延之与田小恋去医院做了很详细的化验检查，他们都去过爆炸之后的实验室，谁也不知道他们有没有感染上病毒，但现在即使做了检查也不能完全确定，因为“初恋之吻”是新病毒，人类对这种病毒的研究与了解都十分有限。医生能参考的只有傅行歌悄悄发给顾延之的一些并不详尽的资料，检查之后，谁也不能确定的情况下，只能建议顾延之与田小恋两人都住院，隔离观察一周之后再说。

8

住院期间，各种工作文件与资料源源不断地送进了顾延之的病房。田小恋与顾延之住在同一层，也是单独的隔离病房，两间病房离得并不远。头两天，一切正常。第三天，顾延之终于觉得奇怪了，怎么田小恋这小丫头都不来找自己了呢？以她那种活泼单纯的性格，这个特殊病区里又没有其他人，医生、护士都穿着极严密的防护服，隔着无菌玻璃与他们交流，她不会无聊吗？

顾延之很忙，他本来是没有什么时间去理会田小恋在做什么的，但是这个“田小恋会不会无聊”的念头出来之后，他就有些坐不住了。

终于，第四天中午，他拿到了午餐，才吃了两口，就站起来托着餐盘去敲田小恋的门：“做什么呢？一起吃饭吧？”

但他原本以为马上就会打开的门依然紧闭着：“顾学长，我在吃饭呢。”

他就是知道现在是吃饭时间才叫她一起吃呀，两个人吃饭比一个人吃饭有意思吧，于是他问道：“怎么不开门？”

“不开门了，顾学长回你的房间吃吧。”门依然是关着的，从里面传出来的田小恋的声音也有点闷闷的。顾延之愣了一秒，刚想转身离开，忽然想起了什么，继续拍门，吼道：“田小恋！开门！”

“不开！我吃完了，我要睡午觉了！”田小恋双手抱膝坐在床上，一张小脸有些苍白，旁边的桌上放着丝毫未动的午餐。

“田小恋！开门！”顾延之急了，“你再不开门，我就踹门了。”这蠢姑娘居然不给他开门，是出什么事了吗？难道……顾延之没敢深想。

“田小恋，你是不是发现了什么？”

感染“初恋之吻”这一病毒的人——开始是处于一种迷幻的状态，有的表现是兴奋，有的表现是昏睡，并在昏睡过程中不断地做美梦，几天之后，胸口会出现心形的印记，就像是胎记一样，而且是粉红色的。难道之前三天田小恋一直待在房间里是因为她在昏睡？

顾延之整个人都有点激动了，他放下餐盘去按铃，然后后退几步，开始踹门。

顾延之踹门的声响很大，田小恋终于哭了起来：“顾学长！你不要进来！你会被我传染的！”

她住进这里之后就开始睡觉，睡着的时候一直在做梦，第一天连饭都没有吃，第二天也一直在睡觉。昨天她没那么想睡觉了，但是换衣服的时候，她发现自己身上长了一些粉红色的印记，有点痒，她……她觉得自己完了。她没敢走出这扇房门，只敢在医生例行检查时告诉医生自己的症状。她问了医生自己是不是感染病毒了，医生便抽了她的血液去化验，却没化验出个结果，这样她怎么敢去找顾延之，万一将她身上的病毒传染给他呢？

田小恋真的沮丧极了，她觉得自己简直愚蠢，明明知道跟着去也是拖累顾学长，却自私地想多一些和他相处的机会，便偷偷跟了去。这下好了吧，她感染可怕的病毒了。她还有可能把病毒传染给顾学长，她真是……

“顾学长！求求你！不要进来！真的不要进来！”田小恋都哭了，她都要考虑是不是从窗口跳下去了。如果窗户不是密封的话，她真的有可能跳下去了。

终于踹开了门冲进房里的顾延之看到田小恋居然在试图开窗

户，一时吓得肝胆俱裂，冲过去拉住她，伸手就扯开她衣服的领口——她的脸看起来没事，手看起来没事，脖子和露出来的皮肤看起来都没什么问题，那么只有可能是胸口心脏位置的皮肤有问题了。

"顾学长！"田小恋惊讶得不知道要说什么才好，因为顾延之已经扯开了她的胸衣，看到了她胸上长的印记——粉红色的，有点像心形，密密麻麻地长了一片，刚巧就在她的左胸上方，布满了她的半片雪白。

田小恋在惊讶中也顾不上害羞，而顾延之在惊惧中只想确认她是不是真的感染上了可怕的病毒，不但扯开了她的衣服，还将脸凑到她的胸前去观看。毕竟他虽然不是医生，却是为数不多看过傅行歌发过来的病例照片的人。

只是田小恋身上长的那印记有点像心形，又有点不像，到底是……顾延之也没想太多，忽然就伸出手摸了上去："痒吗？"

9

"……有……有点痒。"田小恋根本不敢动呀，顾学长离自己也太近了吧？而且，他……他呼吸时的气息喷到了她的皮肤上，她……她……

"叮。"隔离病房的传讯窗口忽然有了响动，一份资料传了进来，隔离门随即也打开了，医生出现在隔离玻璃门外："田小姐，你的检验……顾……顾先生？"

屋里的两人……男人扯开了女孩的衣服，露出了女孩胸前的半片雪白，还凑到了女孩的胸前，这……医生不禁觉得自己是不是打断了什么好事。

幸好顾延之很快就反应过来了，他飞快地拉好了田小恋的衣服，身子站直。其实这个动作多少有点隐藏田小恋不让医生看到的意味，只是他自己也没察觉这种保护欲有点像占有欲。

“她是什么情况？”田小恋的胸前确实有粉红色的印记，有点像“初恋之吻”的症状又有点不像。田小恋说那地方有点痒，但根据傅行歌传来的资料，感染“初恋之吻”这一病毒所出现的印记是不会痒的。

“她的体内有一种不明毒素。”医生推了推眼镜，在顾延之的表情绷裂之前，说出了真相，“但应该不是‘初恋之吻’，有可能是一种不知名的虫子的体液引起的过敏症状。你们之前去的是柬埔寨的密林，那里确实有一种体形非常小的虫子能分泌一种让人陷入昏睡的体液，并且会在不同的人身上引起不同的过敏症状。数据资料刚刚已经给你们了。”

顾延之赶紧拿起医生刚刚传进来的资料查看，一边看一边和医生进行讨论。终于初步确定田小恋只是对虫子的毒液过敏而不是感染了“初恋之吻”后，顾延之整个人都放松了，对医生笑得如沐春风，与刚才那个从田小恋胸前抬起头时阴沉着脸的他判若两人。

医生走后，顾延之笑着把资料递给田小恋：“听清楚了吧？你没感染。这么胆小？吓得饭都不吃了？梁云止都感染病毒两年多了，这不还活得好好的？”

话虽这样说，但顾延之还是有些心有余悸，看着田小恋还含着眼泪的眼睛，他没忍住伸出手揉了揉她的头：“吓坏了吧？别担心，你没事。”这姑娘的头发不似傅行歌的长直黑，而是浅栗色的自然卷，摸着软软的，不知道为什么让顾延之想起了一个字——“萌”。特别是她两只手都抓住胸前的衣服，一双大眼睛含着眼泪点头的样子，真像一只让人想蹂躏的小白兔。

想到白兔，顾延之忽然想到了什么不应该想到的东西，耳根忽然就热了。他刚才太着急，也没管田小恋是个小姑娘家，就那么把人家的衣服给扯开了，难怪她两只小手抓住胸前的衣服不放。

没来由地，顾延之不但觉得耳根发热，还觉得自己像个蹂躏了小白兔还不肯负责的臭流氓。

“没事了，你好好吃饭，我走了。”顾延之一本正经地吩咐道，然后刻意忽略自己微红的脸，赶紧离开了房间，在看到那被他踹坏的门的时候，不禁一阵郁闷：奇怪，他最近怎么变得这么冲动了？

此刻，在美国某个不为人知的实验室里，傅行歌手里拿着一支针筒，针筒里是半管紫色的液体。她面前的实验台上，一只四肢朝天的小白鼠忽然动了动爪子，然后，小眼睛也慢慢地睁开了。

梁云止站在傅行歌的对面，一边指着屏幕上的数据一边向帕克解释：“三次的数据对比，用不用由你自己决定。”

是的，在一周之内，他与傅行歌终于试验出了一种可以抑制安吉拉体内的两种病毒的药剂，三只体内有两种病毒的小白鼠在使用了抑制剂之后都苏醒过来了，而且都还活着，生命体征也是正常的，虽然病毒并没有被清除，但是病毒的数值减少了许多。

之前帕克为了延长安吉拉的生命，冒险将“初恋之吻”注射进她的体内，两种病毒都在她体内存活，她没死，生命体征变强了一些，但造成了她的脑死亡。

这个世界上，大概还没有一个人能像安吉拉一样，身上有那么严重的两种极致病毒还活着。

傅行歌不能确认丧心病狂如帕克有没有找活人做过试验，但是她是不会用活人做试验的，在梁云止身上不断地尝试已经够她受得。她之所以必须要梁云止待在自己身边，为的也是防止帕克脑子抽风把梁云止当成另一个试验品，给他注射“初恋之吻”。

10

“剂量确定？你确定她能醒？”帕克此刻也很犹豫。抑制剂是研究出来了，同时能抑制两种病毒，却不能只抑制一种病毒。这也就是说，这玩意儿对梁云止没用，只对安吉拉这种身上有两种病毒的人有用。帕克并不想将这种药剂给安吉拉用，因为这只是试验品，并不能完全确定人体里会发生什么情况，毕竟安吉拉不是小白鼠。但是他现在又没有别的办法，如果不是傅行歌和梁云止有些能耐，他真的早就让他们死一百次了。他的安吉拉……

“不确定，只有数据支持。”傅行歌冷冷地将手里的抑制剂递给帕克，“用不用，你自己决定，我们已经尽力了。”

“不！你们没有！给我继续！”帕克接过抑制剂，忽然吼了一声，“在安吉拉完全恢复之前，你们不可能恢复自由的！”他很想先在梁云止身上试一试，把“初恋之吻”注射给梁云止，再在梁云止身上试这支抑制剂。然而现在抑制剂只有一支，而且傅行歌是个古怪的女人，如果他把梁云止怎么样了，她肯定不会继续像现在这样研究抑制剂了。

帕克陷入了两难的境地，梁云止却抱着傅行歌躺在实验室一角用简陋桌子搭出来的“床”上，开始了两人三天以来第一次真正的睡眠。

“梁云止。”窝在梁云止怀里，傅行歌的眼睛都睁不开了，声音也低哑，带着一种惹得梁云止心痛的娇憨，“我要把这里炸掉。”

听到妻子这一声坚定而且有计划的抱怨，梁云止的嘴角微微勾起，吻了一下她的头顶：“好。”

傅行歌：“不要亲我的头发，我好多天没洗头了。”她既是阶下囚又是实验狂人，这里除了厕所什么也没有，她有洗头的机会才怪。

梁云止笑着又亲了她一下：“我也没洗。”

“我们算不算臭臭夫妇？”

“嗯，所以快睡吧，睡醒了，我们回家洗头。”

不知道明天一早帕克发现自己的实验室又被傅行歌炸掉了一个，会是什么样的表情呢？梁云止觉得，那还挺值得期待的，毕竟他的梁太太真的很不好惹。

帕克在安吉拉身边坐了一夜，那支抑制剂就在他手边，但是他真的拿不定主意。安吉拉已经脑死亡了，用了抑制剂她会醒过来吗？她醒过来之后，还会记得他吗？如果她记得他，那她也会记得梁云止吧？梁云止已经娶了别的女人，她会很痛苦吧？她会不记得他吗？那样也不错，他可以重新和她相处，说不定她会爱上他。但是，他首先要确保她真的能醒过来。

就在这样的犹豫里，一夜过去了。帕克的性格隐忍阴狠，唯独在面对安吉拉的时候，他会像一个小男孩一样没有办法狠下心做决定。不得不说，傅行歌看他的性格看得很准，所以，他再一次被爆炸声惊醒过来的时候，他几乎都记不得愤怒了，只是手里紧紧地抓着那一支抑制剂，嘴里很清晰地骂了一句“该死的女人”。

这一次，傅行歌把帕克的这个实验室也炸得很彻底。虽然在上次爆炸之后，帕克就已经做了很多准备，很多有可能会引起爆炸的实验材料都已经被清除出了实验室，然而有什么能够难倒两个顶尖的化学家呢？一个有顶尖研究设备的实验室还是被傅行歌和梁云止给炸毁了，而且，FBI 的人也来了。

帕克带着安吉拉有些狼狈地弃巢而逃的时候，心里一边怨恨一边反省，他是不是不应该绑架傅行歌和梁云止？这两人的身手不见得多好，能耐也不见得多强，脾气也怪得很，但就是有办法让他看着占便宜，其实吃了闷亏。

所以，那支好不容易才得来的抑制剂，他到底要不要给安吉拉用？

我的世界很大，又很小，里面只有你。

——梁云止

第六章

没有止境的喜欢

一张嘴就是你的名字，一闭眼就是你的样子，我的习惯就是你，你让我怎么改？

——傅行歌

1

傅行歌和梁云止这一次逃跑比上一次要艰难一些，因为这儿毕竟是美国，不是不易防守的密林，到处都有监控设备与高科技的防守设备，外加防备心变强的帕克又多设置了几层人工守护，因此实验室爆炸之后他们确实跑出来了，离开的路线也没有问题，然而实验就在一幢摩天大楼里，在这样的地方逃跑，要比在密林里逃跑艰难，即使是撑到卡尔带人来支援，他们也很不容易。两人在天台等卡尔的直升机的时候，来救援的人与帕克的人激烈地交火，梁云止抱着傅行歌滚到了有遮挡物的角落里才避开了交锋。

尽管知道自己的生活在惹上安吉拉和帕克之后，就在狗血的好莱坞剧情里越走越远了，但傅行歌还是很不适应她居然在这种枪林弹雨中逃命的生活。

“该死！”傅行歌刚骂完这个词，就听到梁云止在自己耳边哧地笑出了声，她回头瞪他，他笑得更动人了：“难得听你骂人，我觉得你好可爱。”是的，不管傅行歌做什么，他都觉得她可爱。他大概是魔怔了吧。她已经是他的太太了，而他，居然才发现自己能更喜欢她。

“梁云止！你怎么了？”傅行歌问出这句话的时候，还没有发现梁云止已经中了流弹，她只是觉得梁云止的脸色有些苍白。虽然他在佛城治疗的时候，她见过他脸色更苍白的样子，但在这个时候，他的脸色这么苍白让她心惊，她忙问：“是哪儿受伤了吗？”

梁云止居然还在笑：“我没事，不是要害。”

不是要害，那就是受伤了！傅行歌转身去抱他，就摸到他背上一片潮湿。血液还是温热的，他应该刚中弹没多久。梁云止还是尽量弓着腰将傅行歌护在怀里，流弹不长眼睛，他背后中的那颗子弹不管到了傅行歌身上的哪一个地方，他都没法儿忍受。她为了他在这样糟糕的地方逃命也就算了，如果她再有什么事，他简直……

在瞬间的惊惧过后，傅行歌很快找回了理智，她已经摸到了梁云止受伤的位置："好像是在肩胛上，没准你的一只手臂会废。我去找空调口，你把解药吞了。"

她将102改良成固体后，它可以在人工作用下快速分解，融入空气。这么重要的武器，在这种逃命的时刻，她当然带了不少。原本她还想等自己人救援的，但这会儿梁云止受伤，她才不管那么多，干脆把这一楼层的人都放倒好了。

这么多年，梁云止绝对不是第一次眼睁睁地看着傅行歌离开自己，但没有一次像此刻这样，他因为腿部和肩膀都受伤了，只能坐在原地看着她自己一个人避开危险去找空调出风口下毒。双方在这一层楼交火，刚才他们在躲避的时候，他已经受伤了，他根本就不能保证傅行歌能安然无恙。

梁云止觉得，傅行歌离开的十几分钟比他喜欢傅行歌的十几年时间还要漫长，他心里有一百万种可怕的念头在闪过，又有一百万种祈祷在默诵。

幸好原本还激烈的枪声忽然变小了，然后，四周就悄无声息了。再然后，傅行歌快速跑了过来，精致白皙的脸蛋好像擦伤了一小块，原本白皙嫩滑的双手也沾惹了灰迹。但幸好，她没事。

"来，我背你。"傅行歌跑过来，像梁云止打量她一样快速地用目光检查梁云止是否再次受伤，还想将梁云止拉到自己的背上。若在三个月之前，她背着梁云止可能有些吃力，但经过痛苦治疗的梁云止暴瘦了几十斤，她背他到顶楼比受伤的他自己走要快。

可梁云止哪里肯让她背着，忙道："腿上只是擦伤，一起走。"

傅行歌也没强求，她此刻只求快点将梁云止送到医院救治，因为谁也不知道在中弹和严重失血的情况下，梁云止体内的病毒会不会有新的变化。

那该死的“撒旦之吻”，她傅行歌绝对不会让它把梁云止抢走的。梁云止是她的，除非生命到了尽头，他们一起死亡，否则谁也不许抢。

2

幸好接下来他们与直升机的接头很顺利，只是卡尔不太明白进去营救他们的人怎么全都没反应了。

傅行歌好心地提醒了一句：“带着 102 稀释剂再派人进去吧，里面的人我都放倒了。”

卡尔很想吼一句“你要放倒人就放倒对方的人就行了，去救你的人你能不能放过呀？大小姐”，但他不敢。虽然傅行歌从来没有宣告过她对梁云止怎么样，但现在梁云止受伤了，傅行歌能不急才怪。这时候去找傅行歌讲道理，根本就不可能讲得通。

将梁云止送进手术室之后，傅行歌回头一把抓住了医生：“腿和右肩中弹，腿上的子弹穿透了皮肉，可能会影响肌腱以及以后的正常运动。肩上的子弹可能卡在肩胛骨里，他的血型是 B 型，‘撒旦之吻’三期感染者，输血时确保他的安全。”

医生在听到“撒旦之吻”这个词之后，身子明显僵硬了一下，而傅行歌没有放过他眼里一闪而过的恐惧：“一期、二期、三期的病毒阻断药我都有，手术成功之后我会马上给你，现在进去吧。”

这大概是医生做过的最惊心动魄的外伤手术吧。“撒旦之吻”的传播途径很诡异，有人一起和感染者生活很久，感染者都已经去世了，另一人却安然无恙，而有的人只是经过感染者旁边，都有可能感染上病毒。总之，“撒旦之吻”的诡异就在于谁也说不准自己什么时候就会传染上它，更不用说这种给感染者做外伤手术的情况。

可是如果不好好做这个手术,伤者如果出了什么意外,医生可以肯定,外面那个女人根本不会管他的死活,所以他不拼尽全力都不可能了。

医生心惊胆战地做完手术之后，没有全麻的梁云止笑着安慰他：“不要害怕，马上注射一期阻断药，你不会有事的。”他的小妻子大概在手术室外面恐吓医生了吧?

手术室的灯一熄灭，傅行歌就推开了手术室的门。这种时候，她可真顾不上规矩什么的，只想确定梁云止没事。

医生看着傅行歌一只手将一支药剂抛给自己，另一只手去拉梁云止的手查看他的情况，禁不住再次感觉到害怕。如果他没能把人救回来，可能……他真的活不成了。

这时候，几乎所有人都忘记了，梁云止只是腿部和肩膀中弹，因为傅行歌给他做了及时的止血处理，他并没有生命危险，如果有，也只可能是受伤加失血引起了病毒的反应。

梁云止回到病房之后，傅行歌就用刚刚她让人送过来的简单的病毒检测仪给他做了检查，随即给他注射了抑制剂。受伤失血会激活人体的造血功能，同时会让病毒细胞变得活跃。

在药物的作用下，梁云止终于入睡，傅行歌却不敢休息，她就守在他的旁边做功课。她从帕克的实验室带回来的资料需要汇总与分析，梁云止体内的病毒发展得太快，这一次受伤后更甚，她没有多少时间了。

梁云止在清晨醒过来的时候，张开眼睛就看到了傅行歌，他的妻子就趴在他的病床边睡着了。因为肩膀受伤，他是侧躺着的，她就趴在他胸前留出的位置，一只手还搭在旁边的电脑键盘上。

有一缕柔软的黑发搭在她细白光滑的脸颊上，衬得她眼下淡淡的青影明显。

梁云止一动不动，就这么看着累极睡去的妻子，心里的惆怅与爱意都很满，像满月夜的潮水，汹涌又澎湃。

他本应该将她抱到床上来睡，可是他怕自己一动便会吵醒她，之后她便再也睡不着。这两年来，她几乎每一天都在缩减自己的睡眠时间，因为她觉得她需要更多清醒着的时间去做研究。

他曾告诉她："没关系，真的没关系，能和你在一起的每一天都已经是恩赐。"

傅行歌是这样回答他的："不够，梁云止，我要的是一辈子。"

他知她不舍得他死，可是，他又何尝不想陪她一辈子？

3

梁云止在医院里住了一周，这一周里，傅行歌白天待在实验室里，晚上陪床。她陪床的大多时候是在工作，她把工作带到了病房，很不客气地让梁云止也做，反正数据分析这种事情只需要用脑子，不需要用体力，但梁云止还是用体力了。每天晚上他把傅行歌拉过来亲到她发昏，再把她扣在床上让她睡觉，可真是一个费大力气的活儿。

"老婆。"梁云止腿上有伤，所以傅行歌不让他下床，他只能在床上诱惑她，"我后背的伤口有点痛，你过来帮我看看。"在昨晚和前晚都被梁云止强行拉上床睡觉之后，傅行歌现在不坐在床边干活了，她选择了窗户边的沙发，那里离病床最远，梁云止伸手拉不到她。她倒不是不能反抗梁云止，可是梁云止身上有伤呀，她怕自己动作大了，让他的伤口撕裂："我让护士过来帮你看。"

"护士是女的。"梁云止提出了可行性建议，"梁太太亲自来看看比较好。"

"你不痛，你只是想让我过去睡觉。"傅行歌揭穿了丈夫的谎言，但是她的嘴角微微勾起，因为心底了解梁云止只不过是想让她休息，"时间很紧张，让我做完这点。"每天她都在一遍又一遍地分析实验数据，生怕自己漏掉了哪一个重要的小环节，导致实验结果出现差错。她给安吉拉研究的抑制剂梁云止不能用，但是她有了新的方向，所以必须更努力。

“没有，我只是想你过来，我今天都还没有抱过你。”傅行歌清晨就走了，快十一点了才到病房，一进门就窝在沙发里工作，让梁云止有一种被遗弃感，“我受伤住院，我是病人。”

难道病人的要求不应该满足吗？

“一会儿再抱。”可傅行歌冷硬地拒绝了丈夫的要求。

“好。”梁云止一边应着，一边看向了墙上的时钟。此时已经凌晨一点半了，傅行歌一般清晨六点就会醒来去实验室，就算是现在入睡，她也只能睡四个多小时。

“乖……哎……梁云止！”傅行歌继续低头干活，也许是太专注，也许是梁云止刻意放低了自己下床的声响，当她被梁云止一把抱起的时候，她惊叫了一声却不敢挣扎，只敢瞪着他，他的身上都是伤呢。

“好像轻了？”梁云止知道自己因为在佛城的痛苦治疗消瘦了许多，但他现在已经在慢慢地恢复体重了。倒是傅行歌，也许是因为焦虑，也许是因为每天的工作实在消耗了她太多的能量，她也消瘦得十分明显。

“对，怕我经常受伤的丈夫抱不动，所以我要减肥。”做冷面笑匠这件事情，傅行歌在梁云止面前渐渐驾轻就熟。她喜欢冷着脸跟他开玩笑，因为他总是在别人都把她的玩笑当真的时候，温柔如霁月般地微笑着接下了她的梗：“嗯，很有成效，谢谢太太的体谅。”

傅行歌为什么那么喜欢梁云止呢？因为他从来不玻璃心。即使她在帕克那些人面前抱怨他不能人道，他也只是一笑置之，甚至会配合她的话陪她演戏。最重要的是，很多事情她从来没有告诉过他要怎么做，而他总知道要怎么做会让她满意。对于她这种骄傲高冷、脾气不好又内心别扭的人来说，梁云止难道不是天使吗？

“你这样看着我的时候，你知道我在想什么吗？”梁云止将傅行歌放在病床上，一只手撑在她的耳侧，一只手抚上她的脸颊，那种花瓣一般的触感让他的内心苍凉又充满了幸福的被诱惑感。

“你在想，我这么可爱，却只能看，不能吃，所以你内心很悲伤？”傅行歌冷着脸说出这一句“我这么可爱”的时候，她自己都有点儿受不了，她到底是怎么做到面无表情地调戏梁云止的？是她缺乏表情这个功能吗？好吧，她确实在表情功能这方面有点弱。

“会吃到的，我只是在想，我真是天底下最幸运的人。”

“这句话你说过很多次，现在有点打动不了我了。”

“那就不说了。”

“不换一句吗？”

“不换。”直接亲比较实际，而且更能表达他内心的感受与渴求。

4

安吉拉已经清醒过来的消息是在梁云止住院的第五天传来的。收到消息的是傅行歌，帕克主动发来的消息，一段视频，视频里的安吉拉在笑。

那也许是安吉拉以前的照片，但显然帕克为了澄清这一点，特意让安吉拉说了一句话。

“傅行歌，我回来了。”

梁云止盯着那条视频，看了两次，然后才放下手机：“脑死亡完全恢复？”

两种致命病毒的夹击下，安吉拉脑死亡了，在这样的情况下，帕克用特殊冷冻技术储存的不过是安吉拉的身体，里面两种病毒都空前活跃，基本已经失去了生命迹象的身体。

安吉拉等于是死了，这一点傅行歌是亲自确认过的，所以，她研究出来的抑制剂非常猛。那算什么抑制剂，那只不过是她用“撒旦之吻”与“初恋之吻”培育出来的新病毒而已。那是一毫克稀释后能有效杀死上千人的邪恶病毒，这样的病毒注射进了安吉拉体内，不但让安吉拉活了过来，还能让脑死亡的情况好转？

梁云止不信。

傅行歌自然也不信。

可是，帕克将这个视频发过来是什么意思呢？不可能是感谢她让安吉拉醒过来吧？威胁她？威胁她什么？她什么时候怕过安吉拉？

“你为什么看着她的脸两次？”梁云止在沉思，傅行歌却盯着他的脸，这明确地表示她吃醋了。

“只是想确认一下视频的真实性……抱歉，我不应该看别的女人的脸那么久。”梁云止解释了一半，马上选择了道歉，他笑看着故意冷着脸故意装吃醋来活跃气氛的妻子，眸光似水波荡漾。

“不想接受道歉。”傅行歌式的撒娇是直接把人拉了过来，吻上了他柔软的嘴唇。

“喀，抱歉。”因为事情太急，所以敲完门就开门走了进来的卡尔猝不及防地吃了一大口狗粮，“我说你们能不能……好吧，我可以等会儿。”毕竟人家是恩爱的新婚夫妻，在病床前亲一个怎么了，也不犯法呀不是？

“进来吧。”梁云止一边让卡尔进来，一边帮傅行歌把有点凌乱的衣服整理好。唉，像他这种只能看、不能吃的丈夫，一抱住太太就忍不住动个手什么的。

“安吉拉清醒过来的视频你们看到了吗？”一个小时之前，那条视频已经在全球网络上光速流传，“撒旦之吻”的感染者已经开始组织抗议和游行。政府研究出来了可以完全对抗“撒旦之吻”的药物，却只给大毒枭用，不开放给同样被感染的平民！

在卡尔看来，这很快将会成为一场全球危机，因为他们根本就没有研究出来彻底有效的抑制剂！

“看到了。”傅行歌淡定地坐在梁云止的病床上，打开电脑开始翻查视频来源与各种资料。梁云止把下巴搁在她的肩膀上，和她很亲密地一起看着电脑上的信息。

“你们……不着急吗？”卡尔一颗老心脏现在有点受不了这对

腻歪的夫妻，一个都快死了，一个毫无办法，难道不是之前那种傅行歌焦虑，梁云止假装淡定的情况才正常吗？怎么现在两人都开始毫不在意起来了？

“急呀。”傅行歌嘴上说急，可谁都听得出来，她回答得很敷衍。

“我们中国人有句话，叫欲速则不达。”梁云止好心和气地给卡尔解释了一下夫妻二人现在的状态。

自从经历了在佛城治疗失败而生死一线的危急情况，与连续两次的绑架逃亡之后，傅行歌确实变得更紧张了。但这一次梁云止受伤之后，傅行歌好像忽然之间就有些想开了。她仍然在尽力研究病毒，每天很早去实验室，一直忙到深夜，真的是饭都顾不上吃的，回到病房之后，她仍然带着工作。梁云止为了让她休息，不顾自己受伤也要把她抱到床上去。前天晚上，梁云止下床强行抱她上床的时候，腿伤还好，但肩膀上的伤口裂开了。因为不想让医生与护士再次遭遇被感染的危险，最后是傅行歌自己动手帮他处理伤口的。伤口在他身上，痛的是她的心。

她心疼他。

他也心疼她。

两个互相爱着的人，便应该互相支持。梁云止不想她那么焦虑到连自己都不顾，她便应该让他放心，这也是她现在唯一能够为他做到的事情。

他想让她放宽心，她便尽量放宽心，尽管她知道自己不可能做到。

5

“初恋之吻”因为冲动无知的青少年的传播，在短短一个月里成了世界流行的不可治新病毒，势头强劲，就这一点已经够他们头痛了。

然而在帕克抛出安吉拉痊愈的视频之后，所有人都开始指责政府与毒枭勾结，弃平民生命于不顾，一时引发了大规模的游行示威。

而视频里提到的傅行歌——傅行歌没想到自己有一天会像当年的梁云止一样，成为家喻户晓的名人。

不同的是，梁云止是帮警察破获贩毒大案的英雄，而她是一个与毒枭勾结只给毒枭研制解毒剂的妖女。

报纸上、网络上确实是这么形容傅行歌的："那个黑头发的东方妖女""那个黑头发的女巫""那个来自神秘东方的邪恶妖女"。

傅行歌拿着一屏幕的"妖女"递给梁云止看："我是妖女吗？我觉得，我长得还算是正气脸呀。"

"哧。"梁云止现在根本抵挡不住他一步一步向顶级冷面笑匠进化的妻子的玩笑：什么叫"长得还算是一脸正气"？有她长得这么漂亮完美的正气脸吗？

"谁说你长得一脸正气？一脸冷气还差不多。我生的女儿怎么可能一脸正气？"傅明奕可不认为一脸正气是什么好词，她倒是觉得妖女是对她女儿的赞美。与傅行歌相似的是，她同样是面冷心热的理智型女人。在女儿成为网络红人之后，她几乎立即结束手中的工作来美国"度假"。网络上那些言语并不好听，她想陪在女儿身边。当然，这一次她没有带自己的前任男友，而是带了现任陆汉青教授。

"难道不是一脸正气更适合我吗？"傅行歌坐在沙发上，窝在梁云止怀里看向母亲。傅明奕这会儿手上戴着烤箱手套，陆汉青站在她身后，正用皮筋帮她把长发束起来。这情形似曾相识，似乎梁云止也经常这样帮她扎头发。

"一脸妖气更适合你。"梁云止凑在她的耳边说，"快把我迷死的妖精之气。"其实他很不想傅行歌的资料和照片在网络上流传，如果要彻底封杀那些资料和照片也不是做不到，只是傅行歌不同意。帕克抛出了这么大一个诱饵，却并没有让安吉拉再次露面，只能说明他有所图却无所得，诋毁傅行歌，只是为了逼迫傅行歌。大概是两个实验室被炸了之后，面对着只能抓住不能杀的傅行歌，帕克放弃了再次绑架她的想法，转而想逼她投诚。

傅行歌现在确实在承受压力，她不能再去实验室工作了。作为被全民抗议的“叛徒”，她被停职了。

但是，她的工作并没有停下。她现在在德国医生维克斯沃克的医学实验室工作。比起 FBI 的特殊实验室，维克医生的实验室好像更高端一些，据说投资人是研究太空生物材料的。令傅行歌惊喜的是，维克医生也对“撒旦之吻”与“初恋之吻”很有兴趣，所以他的实验室里竟然有比特殊实验室更详尽的数据与资料。

所以，现在傅行歌根本不介意外面的人怎么说自己，也并没有感受到什么压力。只要她有方法和途径继续研究能够让梁云止痊愈的方法，她就不会有什么压力。

只是她现在真的挺想帕克再来绑架她一次的，因为她很想去确认一下安吉拉是否真的是使用她研制出来的超级病毒之后痊愈的，安吉拉是否真的痊愈，现在也是一个她很想求证的问题，因为那将会给她现在的实验与研究提供一个可能正确的方向。

“梁云止。”傅行歌忽然坐了起来，回头盯着梁云止，“有没有办法找到安吉拉在什么地方？”

“你要做什么？”梁云止微笑着，觉得妻子就算从来不叫自己老公，也没有喊其他亲昵一点的称呼，只是连名带姓叫自己的名字也很特别，“你是要找她，还是让她来找我们？”

“你觉得呢？”听梁云止这么回答，傅行歌就知道找安吉拉是有可能的。傅行歌回想起当初梁云止竟然能拍下她在房间里痛哭的视频，心想，梁云止研究化学是不是浪费了什么才能？

6

法国南部的乡村道路上，一辆黑色悍马闯入了田园风光里。

乡村道路行人稀少，但也不好走。傅行歌看了一眼眯着眼快要醒过来的梁云止，在经过一个坑洼时故意加速，突然剧烈的颠簸让梁云止全身一颤，瞬间惊醒过来："老婆！"

在看到傅行歌冷冰的脸，嘴角却明明有浅淡的笑意后，梁云止笑了："你又捉弄我。"

"我没有。"傅行歌抿了抿嘴唇，她耍赖皮的方式看起来也是冷淡而又认真的，"你醒得很及时，快到了。"他们是连夜开车过来的，昨晚是梁云止开车，早上才换了她。她很想让他再睡一会儿，但是他们已经到了。

梁云止看向道路尽头的乡村城堡，笑了："梁太太，欢迎来到法国的家。"

"你真把这里买下来了？"傅行歌挑了挑眉，她知道自己这两年因为几项药物专利变得挺有钱的，但她没空去打理财务，这些都是交给梁云止的。

"应该说是我们把这里买下来了，梁太太，这是婚后财产。"婚后第一次为两人购置房产，梁云止还是很期待讨得太太欢心的，"希望你喜欢这里。"傅行歌说过，她大一寒假到法国的乡村度假，感觉挺不错的。正巧这处旧城堡要出售，他就买了。虽然价格并不算太贵，但是邻居不太好，与这个旧堡相邻的房子以前是毒枭的别墅。后来，那里发生过枪战流血事件，直到现在也不知道那里住的是谁。这种地方，连度假都不安心，所以卖得便宜。

毒枭、枪战什么的，梁云止倒不是太介意，毕竟他们来这里就是为了找毒枭。帕克接收了安吉拉未被铲除的全部势力，不管他对那些事情有没有兴趣，总之他已经与那些事情脱不了干系了。

"我来过这里。"傅行歌终于确定了，她确实来过这里。不知是不是只来过一次，感觉不熟悉的原因，她来了这里之后一直宅在花园里，根本不出门，即使有人邀约，她也会干脆拒绝，而那个邀她一起玩的骑马少女就是安吉拉。

这么想来，梁云止查到的资料应该没有什么大的差错，这里曾是安吉拉父亲的产业，现在帕克带着安吉拉住在这里也正常。

“你来过？”梁云止是真的被这样的巧合惊讶到了，他并不知道她来过这里，毕竟十七岁的她还没有爱上他。

“嗯，十七岁那年，那时候我刚认识你，觉得你在学校里的风头也太过了，就用了一个学期把你的风头压下去，然后就来这里度假了。”其实那个时候，她做什么都提不起兴致，来度假也是每日在花园里看书，大概她已经被梁云止扰乱了心神吧？

“你知道那时候我在想什么吗？”车停好了，但梁云止没有下车，而是侧身凑近傅行歌，一双深眸里柔情满溢，“那时候我每天都很惶恐，因为每一天发现你的好的男人都在增加，害怕出现很厉害的对手，害怕首先进入你心里的人不是我，害怕我不能吸引你。”

是呀，谁能想到看起来无所不能的天才少年梁云止竟然会那么自卑呢，虽然他从没表现出来，也从没告诉过任何人他曾那样惶恐、害怕过。

即使是现在，他仍然有些惶恐，所以每天在确认傅行歌爱他的时候，他内心都会有一种难以描述的惊喜。这种感觉让他觉得自己每一天都比前一天要喜欢她，似没有止境，但他甘愿沉溺。

“我只想知道你现在在想什么。”傅行歌都不想再回忆两年前得知他曾多久多深地喜欢她之后，她掉过多少眼泪。

7

傅行歌从来没有想过，梁云止会是这样一个喜欢对她表达爱意的男人，有时候甚至要无赖，比如说现在，他居然赖在车里亲她。他们明明是来闯龙潭虎穴的好不好？说好的温文尔雅呢？

梁云止可不管这些，现在傅行歌是他的合法太太，这里是他们买下的房产，他们在自己家门前接吻应该不会碍着谁吧？

傅行歌想着，这里应该不会有什么人，就随便他了。结果，等她被梁云止亲得脸颊微粉、呼吸不顺的时候，她忽然看到车的侧前方站着三个人！

傅行歌双手用力推开梁云止，下意识就去掏武器。这一趟出门，她做了很多准备，从她最擅长使用的各种形态的102到枪与匕首，她全都带上了。

梁云止看到了她的动作，伸手按住她，又在她耳边轻轻亲了一下："那是管家和用人。"

傅行歌看过去，觉得那管家与用人也眼熟。她六七年前来度假的时候，他们应该就是这里的管家和用人了吧？

梁云止跟她解释，这座乡村城堡的原持有者就是那位小提琴家，他大概不太会理财，现在经济出了点问题，加上这古堡的邻居不好相处，所以他就想把这里卖掉。梁云止买下这里之后，已经在这里生活了一辈子的管家不愿意离开，几名用人就住在附近，需要在古堡工作的薪水养家，所以，梁云止就让他们留下了，反正他的太太智商超群，工作出色，只是生活上很需要人照顾不是吗？

管家和用人发现古堡新的主人居然是曾经来古堡住过的少女之后，非常高兴，虽然傅行歌性格冷淡，不好相处，但是性格冷淡不正是贵族主人的气质吗？所以管家光是说"新主人与这里很配"这句话就说了两次。

"买房子还赠送管家和用人，真不错。"傅行歌窝在宽敞的法式风格大沙发上，看着梁云止给她泡法式红茶。她发现梁云止越来越适合做一个精致生活的美食家了，枯燥的实验室生活实在是太埋没他的才华了，能在烧杯里做出樱花诗句的男人，一天到晚和化学方程式在一起，也太委屈了。她莞尔道："梁云止，等你好了以后，你想做什么就做什么。赚钱的事情我去做，你只负责去过你想过的生活就好。"

“那以后就要请太太多多指教了。既然这样，我先告诉你，管家和用人不是白送的，需要每月付给他们薪水。而且这处房产岁月久远，修缮与维护的费用也将由我们承担。”若是别的男人听到那样的话，大概大男人主义会上头，认为傅行歌歧视自己，然而梁云止不会。说白了，傅行歌就是一个性格别扭的直肠子，普通女孩那些弯弯绕绕的心思，在她这里根本就不存在，她只会有一说一，如果觉得没有必要说就缄默。不过，只要还在傅行歌身边，是傅行歌的男人，梁云止对于自己做什么事、成为什么样的人并没有什么意见。

“所以我们看起来是拥有了一座城堡，但其实是多了一大笔支出？”傅行歌认真地想了想自己赚的钱够不够在支付了一切费用之后还能让梁云止去做他想做的事。

“我想做的事情，”梁云止把精致的茶杯递到了傅行歌的唇边，他的话则甜如蜜，“就是不管做什么，都与你一起。”

“梁云止。”两人坐得很近，傅行歌被他的话撩得有点心痒。

“嗯。”

“不要再说情话了。”

“嗯？”

“再说下去，我就不管什么病毒不病毒了。”傅行歌白皙修长的手指忽然挑开了他衬衣上的一颗扣子。

“老婆。”他们结婚这么久，都因为病毒忍着，真的忍得很辛苦。

“也许可以使用避孕措施？”避孕套能隔绝艾滋病病毒，应该也能对付“撒旦之吻”吧？

“我去给你拿点饼干。”可梁云止落荒而逃了。从目前的研究数据来看，如果一方感染了“撒旦之吻”，最容易感染的是感染者的亲密伴侣。

虽然梁云止很享受被傅行歌调戏，但他不想也不允许自己为了肌肤之亲拿傅行歌冒险。

8

傅行歌很少笑，但是，她在调戏梁云止成功的时候总会笑。比如此刻，看着梁云止赶紧离开她去“拿饼干”的时候，她脸上的笑容便似整个春天的花都在同一时刻绽放。她不笑的时候是美人，笑的时候更是美人；不笑的时候是遗世独立的美人，笑的时候便似出淤泥而不染的荷花一般干净，如果这个小仙女儿的笑容除了调皮俏丽之外，不曾带着一点伤感的话。

如果安吉拉活着只是一个假象，那这个一心一意爱了她这样多年的男人怎么办？她应该拿他怎么办？

尽管傅行歌已经尽力收好了自己的焦虑，尽力劝自己不要太注重结果，尽力劝自己要与梁云止且行且珍惜，可是这个问题始终在盘踞她内心的角落里，像一枚原子弹爆炸之后产生的伤痕，无论用什么都不能完全覆盖。

所以，尽管这生活看起来很美好，这里会成为他们的家，她与梁云止甚至已经开始设想，如果他们有孩子，带孩子来度假的时候住哪个房间，但是，这些都不是最重要的事。

傅行歌与梁云止选择在清晨突袭了安吉拉的别墅，当然，现在那里属于帕克了。

在去那里之前，傅行歌做了很多准备，所以两人虽然看起来穿得很休闲，但都是方便活动与携带武器的猎装，这也让她和梁云止看起来就像是一对出来休假打猎的年轻情侣。

他们放弃了汽车，选择骑马前往那里，因为附近有一个驯马场，所以骑马倒成了更不容易引起注意的方式。

两人就这样去找帕克，其间傅行歌想过很多种可能。再次被俘虏，遭遇各种危险，中了帕克的陷阱，甚至被安吉拉狠狠报复，这些她都有设想过，并且已经尽可能地找了支援。在已经得不到卡尔明面上的支援的情况下，古堡的周围仍然有一小支海军陆战队队员组成的突击队在埋伏，以便在她和梁云止无法解决危机时提供紧急救援。

这当然是她人生中最重要的一次冒险。自从安吉拉的视频出现之后，网络上铺天盖地的骂傅行歌的信息已经快成为一种现象了，可是帕克仍然没有任何行动。帕克有时间和耐心等，可是傅行歌没有。

每等一天，梁云止的生命就多消耗 天，她等得下去吗？

所以傅行歌想过了，即使是缺胳膊少腿，即使有可能会丢掉小命，这一次她都必须来。

可是，傅行歌没有设想过这一种可能——

她和梁云止单枪匹马、畅通无阻地进入了安吉拉家的马场别墅范围，好像惊心动魄但其实极度平静地走过了大门的关卡，直到进入了主别墅区，他们都没有遇到任何阻挠。

保镖？没有。

枪声？没有。

陷阱？也没有。

甚至面积巨大的别墅群里，一个人都没有。

不，他们倒是遇到了几头全身上下布满了新旧不一的伤痕且十分凶悍的狼的。不过他们毫发无损地就把四头恶狼给解决了。那些狼虽然看起来凶狠，但解决起来并不难，因为它们之前好像受到了虐待，身上都有伤，并没有多大的攻击性。狼身上的伤口都是人为造成的，说真的，傅行歌觉得自己杀死它们也许是帮它们得到解脱，因为它们身上被虐待的痕迹太严重了。

当然，那些被虐待的狼让傅行歌和梁云止同时想起了一件事情：帕克小时候曾经被狼攻击过，所以很有可能那些狼身上的伤痕都是帕克留下的。曾经的弱者变强大之后，囚禁和虐待曾经的强者是出于一种报复心理。

但那几头狼肯定不是当年攻击帕克的狼，所以帕克是疯了吧？

傅行歌和梁云止对了一下眼神，继续在别墅里找人。

是的，就是找人。因为他们一路进来，真的连一个人都没有见到，别说是帕克和安吉拉了，保镖和马夫也没有，甚至用人都找不到一个。

房子很大，充满了现代科技感，但也很空，因为一个人也没有，所以有一种诡异的寂静感。

9

这是一个陷阱，帕克和安吉拉根本不在这里，他们查到的只是假线索。

所以，当他们打开楼上一个房间的门，看到失魂落魄地坐在实验台前的帕克时，他们不约而同地露出了惊讶的表情。要知道，这两人在别人面前向来是冷淡面瘫型的，他们是一对不屑于也不喜欢在伴侣之外的人面前露出表情的夫妇。

傅行歌还是很紧张，双手都紧握武器，她不太相信竟然一点危险都没遇到就找着了人。没错，帕克旁边还有一个特制的冷冻冰柜，看样子安吉拉在里面。

与傅行歌相比，梁云止更快地判断出了眼前的状况，并且快速地走过去。在看清楚冰柜里的安吉拉的瞬间，梁云止全身的戒备都明显降低了——冰柜里的安吉拉已经腐烂，彻底死去了。

梁云止示意傅行歌过去看冰柜里的安吉拉——即使已经死了，安吉拉也死得很奇怪。一般来说，被冻在这样的超低温冰柜里，安吉拉是不会腐烂的，但此刻的安吉拉看起来就像是丧尸片里的恶心丧尸。

傅行歌很仔细地看了看冰柜里的安吉拉，那应该已经不能算是安吉拉了，那只是死去的安吉拉的腐烂的身体。

“要么是已经腐烂了才被放进冰柜，要么病毒在极度低温下仍然活跃。”傅行歌告诉梁云止这个结论的时候，眼底的凝重根本就没有办法掩藏。

帕克给安吉拉用了合成的超级病毒，安吉拉活过来了，但安吉拉也死了，这就意味着，她之前的研究方向是错误的，一切需要重新开始。

“帕克？”梁云止叫了帕克一声，但帕克没有动，依然维持着失魂落魄地瘫坐在实验台前的姿势。梁云止是能理解帕克的绝望的，救过他、给了他新的人生的人都死了，他尽了自己最大的努力，却仍然没能救活她。

“别动他。”傅行歌提醒道。她是看出来了，帕克暗恋自己的姐姐，不过，她没有梁云止那么感性，所以并没有关注他的情绪而是关注他是否有危险。也许，帕克并没有将所有的超级病毒用在安吉拉身上呢？

“她死了。”帕克终于开口了。他看起来很落魄，好像已经在这里不吃不喝地坐了几天几夜，俊秀的脸已经被憔悴覆盖，下巴上胡茬一片，眼窝深陷下去，嘴唇起皮。那个淡定地在他们面前吃着早餐、与他们谈判的精致少年不见了，取而代之的是一个绝望的男人。

“怎么死的？”有着极速超低温冷冻技术，不管怎么死都不应该腐烂得这么快才对。傅行歌又看了安吉拉一眼。安吉拉自己也很郁闷吧，美貌少女的死法实在是有点太……恶心了。

“病毒。”帕克的嘴唇颤抖起来，然后全身都开始颤抖，“病毒太可怕了，我们不应该研究病毒。病毒什么也不怕，什么也阻止不了病毒，太可怕了！”

眼看着帕克已经答非所问，全身抖得像筛子，傅行歌和梁云止都沉默了。显然，傅行歌被帕克逼迫着综合了“撒旦之吻”与“初恋之吻”研制出来的超级病毒导致了安吉拉的死亡，而且，低温技术也没能阻止病毒的进化蔓延。

安吉拉死了，而帕克因为安吉拉的死疯了。

“整个别墅区都必须封锁，寻找在这里出现过的人，包括用人、保镖还有工作人员。进来的人穿上全套防毒装备，带上抑制剂，我们可能已经感染了。”

讲完这个看起来冰冷却代表着绝望的电话之后，傅行歌看着阳光满满的庭院，没能忍住深深地叹了一口气。如果她和梁云止都感染了超级病毒，先死的会是谁呢？她没梁云止那么坚强，她可以自私地选择做先死的那一个吗？

梁云止沉默着，从背后将她拥抱进怀里，很想对她开一个玩笑，比如说，两人都感染了病毒，谁也不怕害了谁，终于可以洞房了之类的。

然而他说不出来，终于，为了救他，他亲爱的女孩被他拖入了地狱。

10

特殊的隔离病房里明明有两张病床，但是傅行歌舍弃了自己的病床，跑到了梁云止的病床上睡。原本一个人躺着刚刚好的病床，因为多了她就显得很挤，梁云止不得不侧身睡着才能完全抱住她。

“也许现在你还没被感染呢，你这不是强行增加自己的感染机会吗？”梁云止说。

傅行歌动了动，在他怀里找到了最舒适的位置：“等检查结果出来之后，我们就一直住在实验室里吧？”她没打算放弃，也不怕被传染，即使自己真的被传染了，她也会努力到最后一刻的，所以她现在思考的还是超级病毒的问题，“为什么用在小白鼠身上就没事，到了安吉拉身上就出事了呢？”各种调查结果都显示，在他们进入那个别墅区之前，安吉拉死亡还不到七十二个小时。在超低温极速冷冻技术的支持下，死亡不到七十二个小时的人腐烂成那个样子，除了超级病毒的作用，她想不出其他了。

“病毒出来之后，第一只进入试验小白鼠最长的时候才两周。”而从视频出来到目前已知的安吉拉的死亡时间，是二十九天。

“所以我们炸了实验室后，只是给小白鼠换了一种死法。”梁云止说得对，被关在实验室里，谁也没考虑过时效问题，只是一次、两次、三次都成功之后，就以为超级病毒真的有用。当然，超级病毒是有用的，只是有时效，而后果很严重。因为实验室发生爆炸，所有的人都把这一点给忽略了。

这段时间，傅行歌在再次培育超级病毒，只是还没有成功。她有点庆幸培育没有成功，因为如果成功了的话，她可能会因为安吉拉恢复健康而让梁云止冒险。现在她知道了，这是不能冒的险。

“不累吗？”他们率先进入了那个别墅，又了解病毒与各种实验设备，所以整个别墅区的搜索清理工作都是由他们亲自带着工作人员完成的，完成之后又马上赶回了这里，进行检查化验，至此他们已经快两天一夜没有合眼了。

“累。”傅行歌往梁云止的脖子上靠了靠，“我是不是把你拖得很累？”她内心焦虑，所以做什么都急迫，又需要梁云止配合她，而这大概让梁云止觉得很累吧？

“嗯。”梁云止在她头顶闻着她的发香轻笑，“不过，如果你再在我怀里这样扭来扭去，我可能就顾不上累了。”

说完，他手臂用力，将傅行歌往自己怀里扣得更紧，让傅行歌感受到他软玉温香在怀却什么也不能做的折磨。

感受到了梁云止无奈的急迫，傅行歌半闭着的眼睛陡地睁大：“梁云止，这生死关头呢，你能不能别老想着这事？”

“所以你回你的床上睡呀，不抱着你，我就不会想了。”梁云止笑意满满，调戏妻子大概是他现在最喜欢的事了，只是调戏之后他自己很难受就是了。

“就不回，憋着吧你。”傅行歌哼完这一句，忽然觉得自己真是一个双面人，在别人面前高冷矜贵、八风不动，到了梁云止面前，居然可以完全不要脸。见鬼的是，她自己还很满意这样的状态。

“憋着呢，所以太太能不动了吗？”

“就动。”

“再不听话亲你。”

“来呀。”

梁云止很为难，亲吧，越亲越憋得难受；不亲吧，这么甜蜜的邀请他怎么抵挡得了？

不管了，亲了再说吧。

然而，傅行歌亲着亲着就睡着了，而梁云止亲着亲着，就彻底睡不着了。

唉，那要命的病毒呀，确实快要了一个新婚丈夫的命。

可不管病毒多要命，他都感觉幸福多于痛苦——他的妻子是傅行歌，得妻如此，夫复何求？

我从没如此害怕过死亡，因为我害怕我死之后，无力吻去你眼角的泪珠。

——梁云止

第七章

与病毒战斗到最后

只要与你在一起，去哪儿都好。

——傅行歌

1

大早上的，忙活了一夜的卡尔来跟两人商谈调查结果的时候，隔着隔离玻璃看到的就是小夫妻俩挤在一张单人病床上的情形。与梁云止相比，傅行歌的睡姿要霸道一些，她的一双长腿挣脱了被子，扣在梁云止的腰上，把梁云止与被子一起当成了抱枕，而梁云止好似很享受被妻子这样控制，一只手搭在她的腰上。卡尔有点看不过去，嘟囔道："这是隔离病房好吗？你们的情况是二十四小时监测的。"年轻人热情洋溢不奇怪，然而也得讲究点场合吧？万一他拿病房监控视频的时候看到什么不应该看的怎么办？

梁云止先醒过来，他敏锐地察觉到有人已经站在隔离玻璃外之后，第一个动作就是用被子把傅行歌不老实的腿盖了起来，然后才按了床边的通话装置："早上好，卡尔。"

卡尔这样早就出现在这里，是出了什么事吗？

"帕克也死了。"把帕克从法国的乡村别墅带回纽约之后，他们用了很多办法想从帕克嘴里问出一些资料，然而都失败了。最后，卡尔使用了傅行歌发明的一种重度致幻药物才从帕克嘴里问出一些东西，只是卡尔并不能保证那些东西是真实的，还需要去查证，因为那种药物之所以被列为不能轻易使用的审问药，一是法律不允许，二是因为它能极大地激发人的心理潜能，也就是说，很多说出来的事实有可能是虚构的。比如帕克说，他已经知道怎么研究出能彻底消灭"撒旦之吻"的抑制剂了，不过，安吉拉已经死了，那就让这个世界也毁灭吧，他自己也毁灭。

卡尔不知道如何证实帕克的话，只能来找傅行歌和梁云止。

然而，傅行歌最关心的是：“帕克是怎么死的？当时的情况是什么？他使用了超级病毒吗？死后尸体的状况如何？”她心情不好，虽然是在梁云止怀里醒来，但玻璃墙外站着卡尔这个煞风景的人，所以她的起床气有点儿大，“你应该已经整理了资料吧？照片与视频，别告诉我你没有。”

“这个……有的，但不是太清晰。”卡尔有些汗颜，帕克死得太迅速了，那情形又太惊悚了，他根本来不及想起来拍高清视频，所以他拿来的只是监控视频。

帕克是用残留下来的超级病毒自杀的，可能只是很小很小的剂量，因为审讯之前，卡尔派人对他进行了非常严格的搜身，连指甲缝都清洗过的那种。当时他们并没有发现他身上有任何可疑的地方，还使用迷幻剂审讯了他。在六个小时之后，帕克清醒了过来，随后要求清洗换衣服。回到关押他的单独房间之后，他躺在了床上，安静、规矩得像是要睡觉的样子。但是，一个小时之后，他身上的皮肤开始变紫变黑，随后开始以肉眼可见的速度腐烂，等工作人员做好严密的防护措施进去时，房间里弥漫着一股难闻的味道，他都快成白骨了。

“这是什么，这么邪门？”卡尔不敢相信这玩意儿居然比强硫酸还厉害，然而这是他亲眼所见，他又不得不信。

“超级病毒。”超级病毒是“撒旦之吻”与“初恋之吻”这两种病毒的结合物，就像两个极优秀的人类在一起生出了一个无敌的大才宝宝一样，它就是一个能在杀死“撒旦之吻”和“初恋之吻”之后，还能杀死一切的怪物。

卡尔一听超级病毒这个词，头都大了。“撒旦之吻”已经让他们疲于奔命了，而“初恋之吻”是雪上加霜，再加上这个超级病毒……人类是活到头了吗？

“已经流传出去了吗？怎么办？”帕克等于是厌世绝望自杀的，

而且用那么惨烈的方式，他会不会已经将新的超级病毒传出去了？

“不知道，大概只有上帝才知道怎么办。不过我们应该没感染，如果感染了的话，撑不到现在的。”得出这个结论后，傅行歌轻松了一些。目前他们还不知道超级病毒的传播途径，但至少知道空气不会传播超级病毒。

傅行歌绾起头发，去卫生间洗漱。梁云止一边看卡尔带来的资料，一边小声与卡尔讨论。傅行歌洗好脸出来的时候，他们的检验报告也出来了：一份来自官方的特殊实验室，一份来自维克医生的私人实验室，两人确实暂时都没有感染新病毒。

至少，“撒旦之吻”暂时还能克制。

梁云止轻松许多，凑过去亲了傅行歌一下：“老婆威武。”

傅行歌一脸嫌弃：“你还没刷牙。”

卡尔隔着玻璃默默地咽下了他们发的狗粮：“那么两位，今天就回实验室工作吗？”

2

傅行歌拒绝了回特殊实验室工作，尽管当初她花费了不少努力才进去，还成了特殊实验室里的顶尖专家。

梁云止自然是傅行歌去哪儿，他就跟着去哪儿。

卡尔有些欲哭无泪：“并不是我们不想维护你，而是当时要注意民意和影响呀……”不管上面怎么想，反正他是相信傅行歌的，但是上面下令停了傅行歌的职，他也没有办法呀。

傅行歌没理会卡尔的解释，倒是梁云止拍了拍卡尔的肩膀：“我们的离职信已经寄到了你的邮箱，没有人怪你，我们只是希望能够更自由地工作。”

“你们有危险的时候，至少我们还是后盾呀。”婚礼上、柬埔寨，还有这几次，不都是他派人去救援了吗？

“嗯，所以之前那些玩意儿，我就不收专利费了。”傅行歌冷哼了一声，卡尔顿时不装可怜了。现在世界上最先进的武器已经不是刀枪等冷兵器了，傅行歌发明的一些小东西，比如102、迷幻审讯剂什么的，简直让他们的工作如虎添翼，如果傅行歌不在，以后他们就少了不少好用的玩意儿。

卡尔离开之后，傅行歌告诉了梁云止自己的打算：“我想再去一次柬埔寨那个密林实验室。”她有一种直觉，安吉拉在那里培育了“撒旦之吻”的母本，而帕克则在那里培育了“初恋之吻”的母本，那里本来就是一处制毒基地，好几种现在流行的毒品都来自那里，也许金老先生的话真的有道理：解铃还须系铃人，既然系铃人都死了，那就去制造铃铛的地方看看好了。

“好。”梁云止坐在电脑前传输与清扫数据，头都没抬一下。

“梁云止。”

“嗯。”

“你刚才说，我去哪儿，你就去哪儿。”傅行歌看着在电脑前专注工作的男人，这个男人因为病毒变得消瘦，但脊梁笔直如山峰削立。他像山一样沉默与坚定，又像海一样包容与宽大。是因为他比她强大吧，所以他总能很温柔地对待她。她爱上他的这四年，与他在一起的这两年，他一直默默地跟着她，一直默默地支持她，让她去做自己想做的事，让她做她自己，让她成为她想成为的人，让她不管在什么样的境地，都感觉自己是一个被深深地爱着的人，让她觉得自己从小就出现的那些碎小细微的爱的缺口，一点一点地被补充完满了。能被他爱上，她真的太幸运，于是她：“我也是，只要与你在一起，去哪儿都好。”

梁云止停下手中的事，愣了一下，才回头看他的妻子。

傅行歌素来淡漠，即使向梁云止表达她霸道的爱意，也多是命令与冷漠的语气，要不就是在两人的私密时光里小小地耍无赖与撒娇，她从不曾这样感性温柔地向他表达过爱意。一直以来，不管她做什么，他都觉得她可爱迷人。而此刻的她，是前所未有的可爱与迷人。“傅行歌。”自从结婚之后，梁云止就很少这样叫她的名字了。

“嗯？“

“过来。”

梁云止的语气，很像之前的自己，傅行歌挑了挑眉，但还是走向了他。

梁云止一只手拉她，一只手敲下电脑键盘上的回车键。他要亲老婆了，亲之前先把这间隔离实验室从昨晚到现在的数据彻底破坏掉。

他是很喜欢向世人宣告他是傅行歌的丈夫，但是，与傅行歌的亲密时刻，他还是留着自己独享的好。

另一个房间里，卡尔看着刚复制了一半的隔离室资料忽然断掉，电脑死机，随后黑屏，愣了一下后骂了一声，但也无可奈何。他无意窥探梁云止与傅行歌的隐私，只不过出于例行程序，他们在隔离室里的情况是要存档的，但显然梁云止并不赞同。

该死的，因为梁云止和傅行歌不肯配合，他这一次的报告又变得很难写了。

3

顾延之在安检处被拉着小行李箱急速冲刺的田小恋一把抓住：“顾学长！”随后她对着顾延之身边的大高个儿李和巽笑，“李大哥你好！”

李和巽看了一眼田小恋的行李箱，没出声，顾延之却眉头一锁：“你要去哪儿？”

“和你一样，去柬埔寨呀。”田小恋上次剪得很短的头发好像长长了一点儿，戴了一顶棒球帽，穿了迷彩工装裤和冲锋衣，看起来像个年轻的男孩。

“去做什么？”顾延之问出这句话的时候，只觉得太阳穴突突直跳：田小恋不会是也知道傅行歌和梁云止在柬埔寨密林里失踪的消息，所以想跟着他去营救他们吧？上次的事情再来一次？不！他不要。

“歌歌最后一次和我通电话的时候说她在柬埔寨，就是上次我们去的那个森林里。从那时到现在都快一个月了，她都没有消息，我根本打不通她的电话。我问过其他人了，还打电话去问了傅阿姨，大家都没有她的消息。傅阿姨已经报警了，我也要去救他们。”田小恋很认真地说出自己的想法，而且为了显示自己不是开玩笑的，她还展示了自己的肌肉，“我做了很多准备，资料什么的。还有，上次回来之后你说我太弱，我就去报了一个武术班，现在我也能自保了。”

自保？又瘦又小，一看就是女扮男装、离家出走的小女孩怎么自保？顾延之不想多与田小恋废话，直接就霸道总裁了：“巽哥，田小姐的行李有点问题，没法上飞机，你送她回家吧，我先去，你搭下一趟航班。”

“是。”李和巽应得很爽快，一只手把顾延之的行李递过去，一只手把田小恋的行李箱给提起来了，“田小姐，回去吧。”

田小恋眼睁睁地看着顾延之头也不回地走进了安检处，她想追上去，但是她的证件、机票都在挂在行李箱上的小包里呀，想回头抢行李箱吧，李和巽可是专职保镖，她哪里抢得过，只能急得直跳脚：“顾学长！喂！”

可顾延之根本没回头。顾延之消失在安检处后面之后，田小恋哭了，右手握拳就给了李和巽一拳头：“你这个人怎么这么讨厌！”

李和巽低头看了一眼被田小恋打的地方，觉得这女孩儿真是奇怪，这种拳头怎么可能打得痛他，跟骚扰差不多。想到骚扰，李和巽的心情顿时变得不太好：“别整天跟着顾先生，他很忙。”

“关你屁事！”田小恋哭得都没形象了，顿时也顾不得那么多了，“你在笑话我对吧？觉得我癞蛤蟆想吃天鹅肉对吧？觉得我不应该喜欢顾学长对吧？！你这种人懂得什么是喜欢吗？！我又不要怎么样！我只是怕他有危险的时候我不在他身边！”顾延之走了，行李又被李和巽扣着，田小恋顿时将所有的委屈、不满都发泄在他的身上，“你们男人其实什么也不懂，就只会觉得自己伟大，觉得自己的感情是感情，觉得自己的付出是付出！我只是喜欢他，我又不要他也喜欢我，这样都不行吗？！”

机场里的人不少，田小恋闹的这动静也挺大，李和巽感受着各种谴责的目光，想解释一句“不是我惹了她呀，真不是我呀，”可是又没法儿解释，最后他只能一只手拖着行李，另一只手像提一只小鸡崽一样将田小恋带离了现场。

田小恋在挣脱无门、踢打无力，外加求救被化解，想跳车发现车门被锁上，骂李和巽而李和巽根本像没听到一样，折腾了一个小时之后，发现已经错过了飞机起飞的时间，终于消停了。

“我是不是很蠢？”

田小恋这一句问得可怜兮兮的，开着车的李和巽用眼角余光扫了一眼缩在座椅上，像个没吃到糖的委屈孩子一样的田小恋，顿时心软了几分：“我会保证他的安全的。”

“这可是你说的！”田小恋忽然坐直，双眼都在发光，盯着李和巽，“如果他出了什么事，我做鬼也不放过你。”

——那首先你得做鬼呀。

李和巽想笑话田小恋一句的，但小姑娘认真的眼神让他没忍心开口。

4

“还好吗？”梁云止的声音有些干涩，他们困在这个崩塌的地下室里已经有一段时间了。因为两人是摔下来的，所以彼此都有些狼狈，但幸好受的都是小擦伤，并不影响行动，带的水和食物还有一些，手电有一个，但电量应该不多了。

“还好。”傅行歌脸颊上有一块明显的擦伤，这显得她整张白嫩如瓷的脸有些缺陷美，也让梁云止很难掩饰自己眼底的愧疚。

“只是小擦伤，不会有疤痕。倒是你这里，伤口很深。”傅行歌伸出手指，摸了一下梁云止下巴上的划伤，“不过留了疤痕正好，省得什么韩真儿、张真儿的又追到我面前来。”

“我什么真儿都不要。”梁云止嘴角微扬帮她整理了一下头发，“休息好了吗？”

“嗯，继续。”他们掉进这里已经四天三夜了，食物和水都快消耗尽了。这是实验基地的地下室，里面有一些东西可以用，但绝大部分东西都在爆炸和崩塌后成为有毒的垃圾，他们不敢轻易喝这里面的水。昨天他们通过回声定位到了一个可能离地面或者河流比较近的地方，现在正在尝试挖土。

——和我在一起，你失望吗？

梁云止看着尽管很累，但仍然坚强地站起来的傅行歌，很想问她这一句。因为他，她每日与这世界上最危险的病毒为伍；因为他，她经历了枪战、绑架、丛林生存，还狼狈地被埋在地下，这样灰头土脸地在这里挖土。因为他，她还很有可能陪着他死在这里。

可是，梁云止知道，如果他问了这句话，傅行歌就会真的对他绝望了。

傅行歌是很焦虑、很难过，但是她从不曾放弃。即使是在这样灰暗的环境里，即使是处在有可能会悲惨死去的绝望里，她也从没有放弃。

希望的光芒一直就在傅行歌的身上，所以即使她身在这样的环境里，仍然闪耀如最美好的仙女。

“为什么这么看我？”傅行歌拿起了挖掘工具，“是你说的，大约还有一百三十厘米厚的土需要我们去挖。”

“你很美。”这三个字，梁云止说得很诚恳。他时常觉得她很美，但没有一刻比此刻觉得她更美。

“我现在更希望我有更多的力气。”傅行歌不愧是智慧型的理智女生，“这样我就能保证把这一百三十厘米的该死的土给解决掉。”

“我们会解决它们的。”梁云止拿起了铲子，然后又停了下来，“好像有声音。”

“声音？”傅行歌也停下了动作，自从她感染过“撒旦之吻”病毒痊愈后，她的视力与听觉，包括反应能力都强了不少。她停下动作，平心静气地听，居然真的听到了声音。

“是什么？”

“在右边。”

“测一下。”梁云止带了一个虽然简单，但是很有用的，可以测量土层厚度的仪器，正是这玩意儿让他们并没有在崩塌而昏暗的地下室里抓瞎。

“有空间。”

“要进去吗？”

“土层厚度比这边稍微薄十几厘米。”

“方位？”

“我们掉下来的地方，有可能是另一个地下室房间。”

两人沉着冷静地讨论着向哪一个方向挖更有可能获得生机，没有废话，也没有情绪，像两个完全理智的陌生人，又像是自己与自己商量。

顾延之一行人看到梁云止和傅行歌两人的时候，他们两人浑身都是泥土，看起来很是狼狈，然而两人都站得笔直，脸上没有丝毫惊慌失措的神情。要知道，这两人可是在暗无天日里困了快一周了，而且是经过爆炸之后随时会发生新的崩塌的地下室。

而傅行歌根本顾不上看惊讶的他们，而是问顾延之：“这些人我都可以用吗？往右边挖，大约三米处还有一个房间，里面可能有东西。”

傅行歌这么说话的时候，她的眼睛里是有光芒的，而那些光芒完全掩盖了她身上的狼狈。

“还挖？”这地下室很大，再挖下去，难保不会所有人都被埋进去。

“挖。”她来这里就是为了找病毒的根源，也许它就埋在她已经发现但还没有进去的那个房间里呢。

5

顾延之看着一身工装灰扑扑的却在指挥几个人挖土的傅行歌，有点不可置信地看了一眼面色如常，根本没打算去阻止的梁云止，疑惑道：“就这样让她挖下去？”

“这是她想做的事。”梁云止说着坐了下来，“有药箱吗？”其实他的腿上还有一个大的伤口，之前他背着傅行歌简单处理了一下，再不清创就来不及了。

顾延之赶紧去把医疗箱拿了过来，看到梁云止腿上的伤口的时候，他都忍不住抽了一口气。伤口很深，而且从发炎程度来说，梁云止已经在发高烧了，而此刻的傅行歌却将全部的心思都放在那个不知道是否存在的地下室上。

“里面环境很差，我没告诉她。”掉进去的时候，梁云止都不知道他们还能不能出来，但每次看着傅行歌开始做计算和规划的时候，他又充满了希望，所以这点痛，他能忍。

在这样的环境里，用麻药其实并不明智，因为不知道下一秒会不会有危险。顾延之把一卷纱布给梁云止咬着，开始给他清创。

梁云止咬着纱布看向了忙碌的傅行歌，那个浑身都是污渍但光华满身的女孩，她怀疑那个房间里有与病毒相关的东西，她不会放弃的。

顾延之一边给一声不吭的梁云止清创，一边有些惭愧：如果他是梁云止，在傅行歌毫不在意自己当下的危险的时候，他还能做到一如既往地欣赏她吗？

顾延之忽然觉得，他可能是做不到的，包括当初他对傅行歌的执着，他在内心都是期望她有所回报的。他付出得越多，对她的期望也越大。最后他放弃了，不过是认清楚了傅行歌根本不可能像自己爱她那样爱自己。说到底，在这一点上，他做不到像梁云止这样，不管傅行歌做什么、是什么，都欣赏她、支持她。他的爱是想有所回报的，而梁云止的爱是想让她自由地去做她想做的事，去成为她想成为的人。

顾延之叹息一声，只觉得沮丧又心酸，然后，他想起了田小恋。田小恋这姑娘也够执着，是不是她对他也有所求？她对他付出那样多的关注与爱，其实内心渴望的是得到他爱的回报？

想到田小恋喜欢自己居然是想得到自己更多的喜欢作为回报，顾延之莫名地有些烦躁："巽哥！"

"顾先生。"李和巽大步跑过来，脸上有一抹不易觉察的慌张。顾先生发现他利用卫星信号发消息给田小恋了？他……田小恋死缠烂打，非让他随时报告顾延之的消息，他实在是拗不过那个聒噪的姑娘呀。

"过去帮着一起挖。"早点找着傅行歌要找的那个房间，他们就可以早点结束行程回国。听说他回国，田小恋应该又会找各种借口来找他吧？

但是他为什么总想起田小恋？他喜欢的人又不是她。

顾延之真的烦躁了，他把包扎的绑带丢给梁云止，拿起铁锹也加入了挖掘的队伍。李和巽看了一眼小腿创口还鲜血淋漓的梁云止，问："梁先生要帮忙吗？"

"不用，你去帮忙挖吧，天快黑了。"

在这样的地方，没有大型机器，别说大型机器了，连小型的挖掘机都不可能开进来，挖地只能靠双手加铁锹。天黑了，未知的危险会更多，梁云止不想自己的伤口耽误傅行歌的进度。

几次崩塌让挖掘变得很不顺利，又都是人工作业，直到天黑透了，他们都没能找到地儿，只能就近搭了简单的帐篷休整。

虽然条件很简陋，但对于在地底待了好几天的傅行歌和梁云止来说，真的已经很不错了。傅行歌还弄了点热水简单地擦洗了一下，快要睡觉的时候，她才发现梁云止的腿受伤了，而且伤得不轻，急道："什么时候伤的？我们掉进去的时候？"他就拖着这条伤腿跟着她在洞里折腾了这么些天？

"嗯。"梁云止看着通过卫星信号收到的消息，眼睛明亮了一些，看着他的妻子温柔地笑，"下午处理过了，清创和消炎后，应该没什么问题了。"

傅行歌看着梁云止，简直不知道要拿他怎么办才好。这个男人总觉得他拖累了她，所以有什么伤、什么痛全都自己忍着。虽然她总叫他忍着，但是，她每每知道他忍得很辛苦之后，她的心痛得都要碎了，他不知道吗？

6

"过来抱一抱，可以止痛的。"梁云止仍然笑得温柔，"我刚才也简单擦洗了，现在没那么臭了。"两人都被埋在那阴暗的地下快一周了，身上不臭才怪。不过，他知道傅行歌不会真的嫌弃他就是了。

"好。"傅行歌走过去，帐篷里的光线不是太好，但是她怎么觉得梁云止的眼眸好像又变紫了？

"给我看看你的眼睛。"

"怎么了？我有用药。"三期抑制剂，他们带的量足够，这段时间他也仍坚持使用，如果这样，他的瞳孔颜色仍然发生了改变的话……

傅行歌没出声，她跪在梁云止身前，用随身带的小手电仔细地观察了梁云止瞳孔的颜色：“变紫了。”紫色更多，黑色几乎没有了，这是“撒旦之吻”在人体内再次凶猛进化的外显特征——梁云止更危险了。因为直到现在，她都还没能研究出新的能够克制病毒的抑制剂。

“别太担心了，可能只是因为我受伤，免疫力起了变化。”梁云止提出了一个最有可能的设想，并伸出手轻轻地抚着傅行歌因此而变得僵直的脊背，一下一下，像抚摸一只遇到危险时弓起身体防御的猫咪，既温柔又耐心：“欲速则不达，我们都知道。”

他们来这里，遭遇这样的危险，命悬一线得救后仍然不肯放弃，为的不就是找到希望吗？她没有放弃，他也没有。

“我不能失去你，你知道吧？”傅行歌伸出手快速地拥抱了梁云止一下就要起身，“我得出去继续，你在这里不许动，我不需要一个脚废掉的丈夫。”

傅行歌是下定了决心要走的，却被梁云止紧紧抱住了：“今晚我们需要休息，刚才我把方位发出去了，明天会有直升机把设备送过来。”幸好他有一个在电子科学方面堪称怪才的朋友，在那个朋友的帮助下，他在这个根本没有任何信号的地方准确地把位置发出去了。救援队现在已经准备出发，大概天亮的时候就会到了。

“发出去了？这里没有信号。”他们之前尝试过很多次求救或者发信号都没有成功。

“所以用了特殊的方法。”那方法得用到顾延之带来的一些电子设备，但其实也很险，因为很有可能会被柬埔寨军方截获……然后，他们可能会有麻烦。

傅行歌知道梁云止其实更喜欢电子科技，不过她对于梁云止的“特殊方法”不懂也不感兴趣，从他的眼神里确认他没有骗自己之后，她关上了灯，顺势推倒他就躺下了：“那一起睡。”

“很痛，想要一个止痛吻。”察觉到她虽然看起来动作粗鲁地推自己，但小心地避开了自己的伤腿，梁云止的嘴角勾起的弧度又大了一些。

“快睡。”傅行歌抬头在他下巴上亲了一下，很敷衍。折腾了这么些天，她真的也很疲惫了。

“这个吻不止痛。”梁云止小声抗议。傅行歌再抬头，就迎上了他低下的唇，他贴着她的唇瓣：“你不放弃，我也不会。我想和你在一起很久，所以我会坚持很久的。”

他的声音低低的，因为疲惫有些嘶哑，却是笃定的、让人安心的，傅行歌只觉得自己的眼眶有些发热：“嗯。”

“傅行歌。”

“嗯。”

“我爱你。”

“我知道。”

她知道他爱她远比她爱他要深要久，她一直知道的。

第二天，天色还灰蒙蒙的时候，临时营地所有的人都被直升机螺旋桨旋转的声音惊醒了。因为这里属于柬埔寨的“三不管”地带，直升机很有可能代表着军方——这里的军方可不是什么温柔角色，所以所有人都在瞬间惊醒过来，找到了遮掩物严阵以待。

傅行歌和梁云止也很紧张，和其他人一样，他们也了解这里并不是普通飞机能进来的地方。虽然他们昨晚已经得到了有救援的消息，但是还是不排除会出现意外。

直到看到飞机吊着的那台挖掘机的时候，梁云止与傅行歌的心终于落地了，是他们的帮手来了。

7

机上人员做出了友善的手势，等在废墟周围的一行人的表情顿时都轻松了不少，然而当一身迷彩色登山冲锋衣装备的田小恋从飞机上下来的时候，顾延之的脸瞬间就黑透了！

“歌歌！梁云止！你们有没有事？”其实田小恋最想扑过去抱住的是顾延之，但她看了一眼顾延之黑如锅底的脸色，到底没敢，只能把热情放在傅行歌和梁云止身上，“歌歌，你的脸怎么受伤了？呀，梁云止你的腿怎么了？”

“这里很危险。”傅行歌看了梁云止一眼，虽然她不知道梁云止到底向谁求助了，但显然他求助的人与林之沐有关系，所以和林之沐算是有亲戚关系的田小恋才会出现在这里。不，准确来说，田小恋应该是为了顾延之才来这里的吧。

梁云止没说话，但他看傅行歌的眼神解释了：我不知道她为什么会来。

而田小恋十分坦诚主动地说了自己能来这里的原因：“这是维克的直升机！他是周先生的主治医生！很厉害的！周先生在金老先生那里治腿呢！我听说他们要来这里！就马上跟来了！对了梁云止！金老先生说他想到了一种新的治疗方法！如果你有空，可以去试试！”

田小恋声音清脆，几乎是一句话一个感叹号，一边说一边还去看顾延之——顾学长为什么不高兴？是受伤了吗？

“这里有可能有不明病毒，你到那边去，不要乱动，我要做事了。”傅行歌指了指顾延之旁边，难得做了一回……呃，好事。说完这句，傅行歌有点儿不好意思。梁云止看着她的表情，知道她是觉得撮合顾延之和田小恋不好意思，他的妻子在情感方面真是个单纯的小朋友呀，一点也不复杂。

这么想，梁云止看向傅行歌的眼神就带了笑意。这一情形让田小恋满脸都是羡慕：“唉，光是看他们一眼就觉得自己吃狗粮了呀。”

“狗粮？”顾延之实在不明白，看一眼梁云止和傅行歌怎么就吃狗粮了？

“对呀，我这样的单身狗，看哪对情侣都觉得自己在吃狗粮。”田小恋撇撇嘴，很是委屈。

顾延之看她的样子，只觉得心底那抹不忍真是莫名其妙，又想起她竟然跑到这样危险的地方来，怒道："你是觉得上次能平安回去不够印象深刻吗？非要跑来这里做什么？！"

顾延之的脸色很差，语气很严厉，田小恋全身都抖了一下："我……我……"

"站好了！"田小恋只顾着害怕想后退，也不顾身后就有一个坑，吓得顾延之赶紧把她扯住，"你给我站定了！"

田小恋赶紧站定，一动不敢动的样子让顾延之又是郁闷又是不知道拿她如何是好："站着！一动不许动。如果敢受伤，以后就不要再叫我顾学长了。"

顾延之说完，怎么都觉得自己的威胁有点怪怪的。唉，为了避免尴尬，他赶紧跑过去帮忙做事。

田小恋被他的黑脸吓着了，当下就真的站得笔直，一动不敢动。跑回来拿工具的李和巽实在有点儿看不过去，丢给她一个简易凳子："坐着吧。"

田小恋看着顾延之："那个……李大哥，我过去帮忙好吗？"

李和巽："那你还是在这里站着吧。"

田小恋看了一眼精力充沛地指挥挖掘机工作的傅行歌，又看了一眼和其他雇佣来的人一起帮忙的顾延之，再看一眼正和直升机驾驶员沟通着什么的梁云止，觉得自己真的挺没用的。难怪自己被所有人嫌弃，因为她没有什么用，又跑来这样的地方呀。

有了挖掘机，工作进度就很快，到中午的时候，他们真的挖到了傅行歌所说的那个地下室房间。那个房间居然是全钢制的，在实验室里，如果整个房间采用全钢铁，只能说明一点：里面危险并机密。

8

找到门并且打开门的时候，傅行歌让顾延之带着所有的人撤离到一公里外，并尽量戴上防毒面具。现场只剩下了她，还有不可能愿意离开的梁云止。两人都穿上了防毒套装，就像在实验室里一样，梁云止自己穿好了就过来帮她把她的长发绾起来戴防毒面罩。

“不管里面是什么，都不要冒险。”梁云止温柔地提醒妻子，他知道自己的瞳孔已经再次变色了。现在的抑制剂已经不管用了，她害怕他会像安吉拉……所以……

“我十几天没洗头了，是不是很臭？”傅行歌没有回答梁云止，却问了个无关紧要的问题。

“嗯，是不怎么香。”梁云止诚实地承认了，但是那也是属于傅行歌的味道，有属于傅行歌的好。

“好想回去洗个头。”傅行歌动手把面罩扣好，“所以我们快点儿吧。”其实梁云止有一点洁癖，像梁云止这样的洁癖居然还和她一起在这丛林里风餐露宿，还一起被埋在地下那么久，任由腿上的伤口烂掉臭掉。他一定很难忍耐吧，可是他，为了支持她专心去做她想做的事情，一直都忍耐着呢。

“回去我帮你洗。”

“你也很臭。”

“那我先把自己洗干净。”

“一起洗吧。”

“这个提议深得我心。”

“梁云止，你不要想太多。”

“像我这样的丈夫，一直就很容易想多。”

两人一边淡淡地聊着有夫妻情趣的天，一边按照程序极小心地打开了铁门。这铁门锁得极严实，连挖掘机也没法儿将它砸开，但是傅行歌带了一些能融化钢铁的玩意儿，把门锁给腐蚀了。

他们被埋在地下的时候，似乎听到这个房间里有一些声响，这说明里面可能有活物。实验室里的活物，很有可能是实验用的动物。然而动物是需要食物的，即使这个地下室在爆炸之前一直在使用，他们制造那次爆炸到现在，也已经过去很久了。从那个时候被埋在地下到现在都没能出去的话，动物应该早就因为缺乏食物和水死亡了。

这钢铁房间似乎就是一个密室，除了门，没有窗户，墙脚可能使用了一些发光材料，让房间里的情况不至于那么糟糕。那些发光材料是有影像的丛林投影，而屋顶有几个吊环和挂起来的绳子。

“小心！”梁云止首先判断出来了这个房间里关的可能是一只猴子，他只觉得墙脚的一处暗影里似乎有东西在动。在那东西飞扑过来的瞬间，梁云止搂住傅行歌闪到了一边，这动作让他扯到了腿上的伤，不由闷哼了一声。

傅行歌也很理智，她快速扶住梁云止：“你怎么样？”

“它跑出去了。”向他们飞扑过来的确实是一只猴子，见到门打开了就飞扑出去了。

“有铁链。”傅行歌望向了地上，果然，一根很细但明显极结实的精铁链在地上绷直了。

门外传来了一种诡异的低吼声，像是动物，又像是人。两人走出门外，就发现了一只浅紫色毛发的猴子正趴在地上使劲儿地想跑，无奈一条腿被铁链锁住，无法再前进半步。

“紫色？”傅行歌瞬间想到了什么。

“看看它的瞳孔。”梁云止拿出麻醉枪给傅行歌，“小心点，它可能不是普通猴子了。”

“嗯。”傅行歌找了个角度，刚想朝那猴子开枪，忽然一声刺耳的尖叫响起，一个黑影冲她扑了过来。尽管梁云止和傅行歌都做出了反应，但还是被突如其来的黑影得逞了，两人都被撞得倒在了地上，而扑倒他们的身影吱地尖叫一声后向紫猴子飞了过去。

傅行歌扶着梁云止站起来，两人看着袭击他们的黑猴抱着紫猴子吱吱地叫着，而紫猴在攻击黑猴。

傅行歌想去找刚才被黑猴扑倒掉落的枪的时候，赫然发现那枪竟然在那黑猴手里。这里的猴子都成精了吗？都会夺枪了？

只见那黑猴慢慢地转过身来，对着傅行歌和梁云止举起了麻醉枪。

淡定如梁云止都有点儿凌乱了：这猴子，看起来真的会扣扳机。

“砰砰”，枪声响起了。

9

梁云止和傅行歌眼睁睁地看着那两只猴子的身体都弹了一下，然后倒在了地上，傅行歌的声音称得上是尖厉了：“不！不能让它们死！”

“你们没事吧？”李和巽跑了过来，手里拿着枪，枪是他开的。他曾经在特种部队服役过，枪法很好。这边有动静，顾延之让他过来看看，他刚跑过来就看到两只猴子拿着枪对着傅行歌和梁云止，当下就决定先开枪了。

“不要着急。”梁云止拉住了想冲过去看紫猴情况的傅行歌，小心地将她的装备扣紧才松开她，“去吧。”那只紫猴十有八九已经感染了病毒，她不能让它也有事。

傅行歌跑向猴子，梁云止伸手挡住了李和巽：“李先生，你不能靠近。我们没事，请你带着他们退回到一公里以外的地方，谢谢。”如果这里有病毒源，一公里都不一定保险。

“好。”李和巽迅速带着人离开了。他也看到了梁云止的瞳孔已经完全变成了紫色，据说这是不可救的标志。一想到自己有可能已经感染病毒了，李和巽跑去向顾延之要一期抑制剂的脚步又快了一些。

傅行歌很沮丧，因为黑猴和紫猴死了。

两人重新检查了一遍钢铁房，发现它真的就是一间囚禁紫猴的实验室。这只猴子被喂养病毒很久了，甚至第一份“撒旦之吻”都有可能是从这只紫猴身上提取出来的。实验室被炸之后，可能是那只黑猴——它应该是紫猴的母亲，找到了铁房的投食洞口，每日给紫猴子投喂食物，所以紫猴才活了下来。

傅行歌检查了紫猴的瞳孔，坚持抽取了一些血液及一些能携带的实验样本，之后才将两只猴子的尸体彻底烧毁。这是必需的，因为如果冒险把这两具尸体带出去，不知道中间会出现什么问题，会不会引起更大的病毒感染，“撒旦之吻”已经很恐怖了。

回程的路上，傅行歌已经很难掩饰脸上的疲惫与沮丧。他们在丛林的这些天，死于“撒旦之吻”的人又增加了十一个。

她几乎是地毯式地搜索过了实验室周围，包括动物与植物，所有能拿到的样本，所有有可能救梁云止的东西，她都已经想到并尽力地去做了。

所有的东西都已经送回了维克的实验室，她也正在去实验室的路上，然而她觉得自己有点儿不敢看梁云止的眼睛。

如果她已经这样尽力了，却仍然不能救他，她应该怎么办？

傅行歌以前不敢想结果，她现在也不敢想。她只能坐在梁云止身边，握着他的手，感受他仍然存在的体温，内心悲凉一片。

“老婆。”

“嗯。”

“我们要不要认认真真地去度一个蜜月？”如果他真的很快就要死了，那么他什么也不想做，只想和她在一起，每一分、每一秒，直到再也感受不到时间。

“不要。”她不能放弃，也不会放弃，哪怕是最后一分钟。

傅行歌一下飞机就直奔实验室，梁云止当然紧跟着太太去了，毕竟他现在也是一个实验体，他也想看看，让三期抑制剂失效的病毒到底已经进化成什么样了。

但是，傅行歌打开她带回来的标本之后就傻了，是真的完全绝望得不能动弹的那种表情。

冷冻箱里，装在各个玻璃瓶里的样本，除了从黑色母猴身上提取出来的血液之外，其他的全都变成了不明腐烂物。

“不。”傅行歌摇摇头，却又不得不相信眼睛所看到的。病毒进化到最后，会急速毁灭一切，而尸体也是属于一切的一部分。

“嗨。”梁云止伸手将傅行歌拥住，稍微用力拉着她往远一点的地方走，他怕她一时激动会忍不住拆开玻璃瓶查看，而这百分百会让她染上病毒。

“梁云止。”傅行歌的眼睛都红了，“不能这样，不可以这样。”

“怎么了？”刚刚得到他们带着样本回来的消息，维克医生就结束视频会议，直奔实验室，“撒旦之吻”这样霸道的病毒，他也是既害怕又感兴趣。

“腐烂了。”梁云止轻声答，眼睛却看着失神的傅行歌。

傅行歌无法形容此刻内心的绝望。

一切都腐烂了，病毒侵占了一切，不留下任何东西，也会带走她的梁云止。

10

梁云止将傅行歌带回家了——他们一起住了两年的家，有花园，有白色的栅栏，附近还有桦树林和湖泊的家。

如果他必须离开傅行歌，那他无能为力，只能选择陪着她，陪到他生命的最后一刻。

离开实验室后，傅行歌好像回到了两年前她误以为梁云止已经去世的那种自闭状态了，回到家里，梁云止给她洗了澡、洗了头，给她吹干了头发，她都没说一句话，他只能抱着她上床睡觉。为了让她能入睡，梁云止狠狠心，又给她用了一点药。

幸好用了药之后，傅行歌终于睡着了。而遭受精神压力与病毒双重折磨的梁云止，也终于昏睡过去了。

梁云止醒过来的时候，眼睛还没睁开，就感觉到了傅行歌不在身边，起来一看，身边的位置早已枕冷衾寒：“傅行歌！”

梁云止从楼上卧室跑了下去，找了一圈都没看到人，正心惊胆战之余，看到了餐桌上的简单早餐和纸条。傅行歌的字真的写得很好看：我去实验室了。

梁云止拿着那张纸条看了很久，久到鼻头发酸：这就是他的傅行歌呀。他还在这里，她怎么会放弃呢？

梁云止赶到实验室的时候，傅行歌已经在工作了。她穿着再平常不过的白色实验袍子，面前是一大堆试管与数据，那只原本保存着腐烂的标本的冷冻箱被她随意地丢在一边，里面的东西她取出来进入实验程序了。

这样的环境，真的冷冰冰的，一点都不浪漫，根本没法让人心旷神怡，可是梁云止就是能感觉到内心的幸福，比他身体内的“撒旦之吻”病毒还要多，还要浓厚。

“你来了？”傅行歌抬头看了梁云止一眼，发出了女王的指示，“我需要你今天的血液样本分析，最好能将病毒都分离出来。”

“马上。”梁云止走过去，低头亲了她的发丝，“早安，梁太太。以后请等我一起出门可以吗？”

“如果梁先生没有睡得像死猪的话。”傅行歌淡淡地笑。

她已经决定了，她一定会和梁云止在这实验室里与病毒战斗到最后。

不死不休，死亦不休。

一个月之后，研究毫无进展。

两个月之后，梁云止陷入了昏迷。

梁云止昏迷的第十九天，傅行歌因为太过疲惫，打碎了几只试验杯，手指受伤。

梁云止昏迷的第四十七天，傅行歌在从柬埔寨带回来的母猴血液样本里发现了极细微的病毒抗体，从此找到了研究最终抑制剂的正确路途。

梁云止做了一个很长的梦，梦到自己躺在床上，刻意地屏住呼吸去听隔壁那个心仪女孩的各种声响。

她每天做了什么事，说了什么话，去了什么地方，他都好想知道。可就算不能知道她在做什么，他只要想起她，他的心里都是满满的爱与幸福。

他好想醒过来去找她，告诉她，他已经爱她很久很久，他还能爱她很久很久，问她是否愿意和他在一起。

他很想听到她说“我愿意”。他终于能动了，他在一条白色的通道里走了很久，似乎没有尽头。他心里有些着急，想跑快一些，然而，一个声音把他叫住了：

“梁云止！”

“梁先生！”

“梁云止！我饿了！快起来给我做早餐！”

梁云止猛然睁开眼睛，看到的便是傅行歌的脸，他伸出手，去抚她莹白脸颊上的泪痕：“为什么哭？饿到哭吗？”

然后，梁云止被这个在他梦里让他想念了很久很久的女孩猛然抱进了怀里：“梁云止！”傅行歌无法控制此刻的激动，她坚持到了最后，她从来没有放弃，虽然她刚才一直觉得她有可能救不回他了。

记忆像潮水般涌进了梁云止的脑海里，他梦里的女孩早成为他的妻子了呀。

力气好像慢慢地回到了他的身上，他伸手紧紧拥抱住了怀中哭泣的妻子：“抱歉，我走得太慢了。”

如果他在梦里知道傅行歌在等他，他一定会立马跳起来，跑来抱住她的，用最快最快的速度。

生死都无憾，因为我的全世界就是你。

——梁云止

顾田篇

第一章

顾延之的心意

喜欢就坚持，哪有什么放弃的理由。

——田小恋

1

顾延之认为傅行歌是自己的初恋，但至少有三个女孩不这么想——传媒系的学姐章晓嘉，同系的何慧卉，还有傅行歌。

在知道这个世界上有一个女孩叫傅行歌之前，顾延之和热烈倒追自己的章晓嘉交往过三个月，和大家起哄说很般配的何慧卉交往过四个半月，这两个都是和他拉过手、亲过小嘴的正牌前女友，但他觉得自己真不算渣，他对她们真的很大方不是吗？他几乎满足她们的一切要求——浪漫的礼物、各种形式的约会，除了分手是他主动提出的。他没有劈腿，没有让女孩承受和他交往产生的危险。

分手的时候，他还送了分手礼物。当然，他送的都是对对方来说比较珍贵的礼物：学姐章晓嘉刚参加工作，他送了一辆车给她代步；何慧卉要出国，他送了她两年的 VIP 机票。

这样的前任，怎么都不算渣吧？

所以，顾延之在被傅行歌拒绝 N 次后，终于承受不了压力，借酒浇愁。喝醉的时候，他抓住一个女孩，一边打着酒嗝，一边把自己的两次恋爱经历，还有数次拒绝自己不喜欢的女孩的经历都给对方说了，絮絮叨叨说完之后，还问人家：“你说，我这样的男人，真的很渣很差吗？”

对方眼睛像星星一样明亮，用力地点头肯定了他：“顾学长一点都不渣，顾学长很好很好的。”

“你小子，有眼光！”顾延之伸出大手，用力地揉了揉对方的短发，笑得很爽朗。

那个时候，顾延之没认出那个在酒吧门口的小女孩是田小恋。后来好多年里，他也不记得有一个女孩在他喝得烂醉，觉得自己很差劲的时候告诉他，他一点都不渣，是个很好很好的人。

那个时候的他，眼里、心里都只有傅行歌，觉得世界上的女孩，除了傅行歌，其他的只不过是性别与自己有些差别的人类，反正谁都没有傅行歌好。

后来他真的“追”到了傅行歌，可是傅行歌告诉他，她和他在一起只不过是为了确认她喜欢的人是梁云止。再后来，傅行歌不顾他的哀求远渡重洋，为梁云止疯掉又为梁云止活了过来，最后与梁云止结了婚。而他与傅行歌分手三年之后，仍然认为傅行歌才是自己的初恋，因为傅行歌实在是太难忘了。他忘不掉她，也没有办法喜欢别的女孩，更没有办法和别的女孩交往。他都想好了要为傅行歌单身一辈子。

出乎意料的是，他只不过是去美国给傅行歌送蜜月礼物，傅行歌却特意告诉他说：“顾延之，你并不喜欢我，快想想你喜欢的人是谁，赶紧去追吧。”

当时他正在傅行歌的家里作客，傅行歌说她明天就要去蜜月旅行，不想出门，让他去她家吃午餐。反正他只是个礼物搬运工，开着车就过去了。

那天天气很好，他双手都提着东西去敲门时，门自动打开了。他进了门，梁云止才轻快地从楼梯上跑下来，看到他后小声说：“昨晚确认检查报告到很晚，这会儿还在睡呢。”

梁云止语气里的宠溺让顾延之妒忌又羡慕，可惜这样陪伴在她身边的人不是他。

“你不妒忌我吗？”他在料理台上把食材一一拿出来的时候，忽然问了一句。为什么梁云止允许傅行歌继续与他做朋友，还允许他全权负责傅行歌发明的几种药？要知道，傅行歌是天才化学药剂师，她发明的药物是全球各大医学集团最想要的“吸金”实用药，可是她却选择了将药物的专利给他，这直接拯救了他和他的家族。他以前是个富二代没错，但是因为父亲的一次投资失误，他们家濒临破产已经贱卖能卖的产业。如果不是傅行歌把她发明的血栓病特效药专利给了他，他根本不可能以一己之力把整个破败的家族企业拉起来。

傅行歌这样帮他，梁云止不妒忌吗？

2

"你妒忌我吗？"梁云止微笑，顾延之很心塞。梁云止这个人，看起来云淡风轻，其实心思细密又多智。他也算阅人无数了，可还真看不透梁云止的心思。

"妒忌呀。"他不妒忌，他能问出这样的话？他都妒忌死了。

"你不妒忌。"梁云止仍然微笑，拿出一包青花椒，"如果你真的妒忌，根本不会带这些东西来，因为你知道她对食物没有要求，而这些都是我需要的。"

"你要这些做什么？"他说呢，怎么每次傅行歌发给他的物品清单都那么详细，连产地和季节都标得清清楚楚。

"我要这些来做她喜欢吃的呀。"梁云止只要一说起傅行歌，眼角眉梢都是隐不去的笑意，"虽然她对食物没有要求，但她对食物有自己的喜好。比如如果我用青花椒粉配橄榄油煎鳕鱼，她就会多吃小半块。"

小……小半块？

听到这个词的时候，顾延之简直汗颜。他知道一个男人真爱上一个女人的时候，就会注意很多细节，比如他也注意到了傅行歌对食物根本没有要求，喜欢什么风格的衣服，用什么样的护肤品，但没到注意到她因为味道的不同就多吃一口食物的地步。顾延之发现，他并没有这样对傅行歌的心思，不，不是没有，而是他没注意过这些细节。

他确实没有梁云止爱傅行歌。

虽然这不是他第一次确认这一点，但他还是有点儿沮丧。

傅行歌终于起床从楼上下来时，梁云止正在开放式的厨房里做饭，傅行歌竟然看都没看坐在沙发上的顾延之一眼，直接进了厨房，接过梁云止倒好的咖啡，还当着顾延之的面亲了梁云止。

这两人在外人面前就不能收敛点儿？好吧，这两人不管做什么都没有收敛过。

“咦？顾延之你来了？”傅行歌终于发现了顾延之，她挑起俊秀的眉，根本不在乎自己还未梳洗的样子被顾延之看到，“抱歉，我起晚了，你要咖啡吗？”

“已经喝过了。”顾延之重新思考了自己为何不被傅行歌重视这个问题，当然结论还是因为傅行歌不爱他，这一点他是知道的。但是，他坚信自己是傅行歌的初恋，因为在他之前，傅行歌没有和任何人交往过，不是吗？即使她与他交往只是确定她的真心的试探：“傅行歌，我怎么也算是你的初恋男友，你整天把我叫来吃你们的狗粮是不是不太地道？”

傅行歌忽然放下咖啡杯，很认真地看着他说：“顾延之，你并不喜欢我，快想想你喜欢的人是谁，赶紧去追吧。”

顾延之还没有反应过来，梁云止就声援了梁太太：“是的，快点认真想想你喜欢的人是谁，别等你想起来的时候，那人已经被别人追跑了。”他差点就犯了这样的错误。当年傅行歌一气之下跑到了美国，折腾了一年多，差点就和她不喜欢的顾延之在一起了。

“你们俩是不是有病？”顾延之给厨房里搂在一起做饭的两人一个很大的白眼，如果他喜欢的不是傅行歌，那五六年过去，他对傅行歌鞍前马后是自己找不自在吗？

“是你有病。”梁氏夫妇异口同声，“脑子转不过弯。”

连对情感特别迟钝，低情商的傅行歌居然都说他脑子转不过弯，他真的很气不过。但是，他真的开始思考这个问题：他的初恋真的不是傅行歌吗？可他和章晓嘉、何慧卉交往的时候，真的没有和傅行歌在一起时的那种感觉，就好比现在如果章晓嘉和何慧卉有什么事的话，他可能只会听过就算了，但是与傅行歌有关的，他会尽力去帮忙的。这就是区别，不是吗？

顾延之在很认真地思考这个问题，他今年二十九岁了，除了疯狂追求傅行歌时，他已经五六年没有这么认真地思考自己的情感问题了。

从美国回到国内，一路的飞行顾延之几乎没睡，可是他还是没能想出个所以然来。

“顾学长！”

在机场等李和巽的时候，顾延之有些精神不振，很疲惫，不管是身体还是精神。

所以，田小恋忽然跳出来叫他的时候，他是真的吓了一大跳：“啊！”

看到田小恋那双清亮如星星的眼睛的时候，顾延之也不知道自己被吓到了还是怎么的，只觉得心脏怦怦怦地乱跳起来。

3

“啊？真的吓到你了？”田小恋看到顾延之的脸色不对，被惊吓到的神情也绝对不是装的，马上道歉，“对不起，对不起！我不是故意吓你……那个……我……”

田小恋穿了一件特别普通的小衬衣，配了一条牛仔裙，还戴着一顶棒球帽，看起来像个高中生，小脸上化了淡妆，显得眼睛更大、皮肤更滑。顾延之看着她脸上既羞愧又害怕的表情，一时也顾不上生气，只是忽然伸手把她的帽子摘掉：“别以为戴了顶帽子，你就可以跑来这里大呼小叫，你要做什么？”

“我……我路过……”她知道他今天回来，所以死求着李和巽，跟着李和巽来接他，想给他惊喜，好吧，现在成惊吓了。

田小恋那点小心思，顾延之一眼就看出来了。这小丫头，自从和他的助理混熟之后，倒追他时，越发没有什么顾忌了。

想到此，顾延之锁起浓眉，心里突然有股莫名其妙的情绪：“路过？”这小姑娘到底知道不知道她根本就不会说谎？每次一说谎，她那脸红得都要冒烟儿，那心跳声，他离她那么远都听得到。不过这会儿顾延之完全忽略了这些，因为他听到的心跳声并不是田小恋的，而是他自己的。他的心脏好像在被她吓了一跳之后就怦怦怦地跳着，好像没静下来的打算。

关键是，他不想见到她，却没有揭穿她的谎言，甚至默许她坐在了副驾驶座上。身为老板，他当然是坐后座，方便翻阅李和巽“贴心”地为他带来的工作。身为药业集团的总裁，顾延之当然是很忙的。

为了不打扰顾延之工作，田小恋刻意地放低声音和李和巽说话。他们聊的话题很简单，不过是“李大哥，给你介绍一家餐厅呀，离你们公司很近的，里面的 ×× 很好吃”“李大哥谢谢你送我回来呀，我请你和顾学长吃饭吧”，或者是“李大哥，你开车开得好好呀，上次在森林里也是你开得最好”。

听她说其他的还好，不知道为什么，顾延之听到她夸李和巽，脸色莫名地沉了下去：“田小恋，闭嘴。”

“呀，顾学长……哦……”田小恋的声音渐低下去时做了一个给嘴巴拉起拉链的动作，居然还对李和巽吐了一下舌头。

她什么时候和李和巽变得这么熟了？

车里安静了一小会儿，田小恋又开始说话了：“顾学长。”

顾延之保持看文件的姿势，都没动一下：“又怎么了？”

“我能不能接个电话？”田小恋的小脸出现在椅背侧面，小声地问完这一句，又解释了一下，“是歌歌打给我的。”

“嗯。”顾延之很想吼她一句：为什么接个电话还要问我？想接就接呗！

“那我接了哦。”田小恋高高兴兴地接通了电话，“喂，歌歌！我现在正在顾学长的车里，要跟他一起从机场回去呢。我托顾学长给你带的火锅底料收到了吗？哈哈，田家秘方，亲手炒制！保证你吃了提神醒脑！还有哦，上次我和芳草聊天的时候，她说师父他老人家又想了一个方子……哦哦，我知道梁云止已经好了，但师父说病毒可能伤了梁云止的根本，他有办法给梁云止调理，你们有空的话就回来试试呗。我觉得师父人很好的。你知道吗？我打听了一下，现在找师父治疗的人可多可多了，可是师父说自己老了，不治病了，想让他亲手把脉的人甚至出价一百万呢。不过师父说了，一百万也不看，因为他老了，手也没有年轻时灵敏了，还是林医生更厉害。不过我还是觉得师父更厉害……”

田小恋说的话很小声，她刻意压低声音说话的时候，声音带着一点说不清道不明的低沉，让顾延之不由自主地将注意力从手中的事情上转移到了她的身上。她说的都是毫无营养的废话，一只嫩白的小手还在一下一下地敲着车窗。

车窗是深色的，而她的小手似乎白到透明。田小恋的手与傅行歌的不同，傅行歌的手指是修长纤白的，田小恋的整个手掌都有点小胖，每根手指都圆润白皙。顾延之忽然想起了在丛林里几次因为要拉住她而握她的手的感觉：又小又软又嫩滑，像小朋友的手。

4

想到小朋友，顾延之莫名就对田小恋多了几分宽容。车进入市区后，田小恋说饿了，他居然默许了李和巽将车开到了田小恋介绍的那家餐厅的停车场。

对于食物，顾延之也没什么要求，好吃的他都吃，各种怪味道也愿意尝试，只是不会喜欢。进门发现这是一间火锅店的时候，顾延之的浓眉又锁了起来：人太多了。年轻时他喜欢热闹，朋友也不少，但现在他真的不太喜欢这样热闹人多的场合。

刚进门的时候，李和巽还担心人太多、没位置，提议换个地方，可田小恋嘻嘻笑着，带着他们穿过热热闹闹的大堂往厨房的方向走。厨房里除了一个炒底料的大锅之外很整洁干净，有几个工作人员正在有条不紊地分发配菜，一名站在那锅香浓的底料边正忙碌的中年男子看了田小恋一眼：“你怎么才回来？今天店里很忙呀。”

“知道啦，知道啦，我来帮你。”田小恋小跑过去，把男人分好的一锅底料端起来，用下巴指了指旁边的一道门，示意顾延之和李和巽进去。

“恋恋，这是你朋友呀，那进去吧。”一个拿着计算器的中年女子走了进来，看了顾延之和李和巽一眼，随即吩咐田小恋，“你端的这锅是七号桌的，快端出去，再不端出去，客人要等急了，等下一锅再给你朋友。”

“好。”田小恋手里端着一大锅香浓的底料，指挥他们开门。顾延之忽然有点怕她端不稳那锅东西，也不知道那锅是不是烫的，于是也不顾自己刚才还嫌弃外面人多来着，一伸手就把那锅接过来了：“几号桌？带路。”

“七号。等下，我把菜也带上。”田小恋拉过一个推车，把工作人员分好的新鲜食材按着单子一样一样地往上面放。李和巽看不过去，接过了顾延之手里的锅，让他帮田小恋拿食材。

三人瞬间变成了临时服务生，将东西送到七号桌的时候，七号桌竟然是一桌五大三粗的男人，一看到田小恋就都笑了：“恋恋，好久不见你啦！”“恋恋长成大丫头了！”“恋恋，这两位是谁呀？穿西装来做服务生吗？”

他们竟然都对田小恋很热情，而且，一个两个都是大男人，为什么要叫田小恋“恋恋”？就不能正儿八经地叫田小恋吗？

而且他穿西装怎么了？他下午有商务会议，在机场就把衣服换好很奇怪吗？他怎么想得到田小恋竟然把他带来这个又小又乱的火锅店吃饭！

田小恋大概感觉到了顾延之的不满，她快速地把七号桌的客人应付好，拉着两人就进了那扇门。那扇门关着的时候，顾延之觉得自己在一个闹哄哄的俗世小餐馆里，那扇门打开又关上之后，顾延之觉得自己可能置身于这座城市的某一隅净土。

那是一个十平方米不到的小院子，角落里种满了高低错落的植物，是一个很小但是极有趣致的花园，里面居然还有一个半人高的莲花缸，一朵粉色的碗莲正亭亭而立于绿意盎然间，一张不大的原木火锅桌就放在小小的荷池的旁边。田小恋一拉椅子，把顾延之推过去："顾学长你坐，我去拿菜。我爸做的火锅，保证你吃过一次就忘不了。"

这……这是田小恋家的火锅店？这规模……也太小了吧？本来就是一间不怎么大的房子，前面做了店面，后面住人，中间还开辟出来这么一个小花园……

一时之间，顾延之不知道要如何形容自己的心情，只觉得在这样的地方养育出像田小恋这样的姑娘好像挺正常的，但又觉得田小恋应该出自更单纯、更和睦的家庭，毕竟像田小恋这样单纯可爱的姑娘真的不多。

5

田小恋没再让顾延之和李和巽动手："你们别动，坐在这里等着就行，说好了我请你们吃饭的。"

她噔噔噔地跑了几趟，每一次她打开门出去的时候，顾延之就觉得她跳进了世俗里；每一次她打开门进来的时候，顾延之又觉得她像个单纯快乐的小仙女。

吃完这一顿特别的午饭，顾延之不得不承认，这间小店客人多是有原因的，这里的食材非常新鲜，味道也非常好，他甚至有一个计划了：“田小恋，你们家有没有把火锅店开成连锁店的打算？”他之前没有涉及餐饮业，但他知道，餐饮业是目前萧条的实体经济里难得赚钱的一个投资项目。

“呀，没有呀。我爸说，反正他也买不起海城的房子，给我凑够首付就不管我了，他和我妈要回山城去种花、画画。”田小恋说得很直白，她说话的时候正在吃一个手工鱼丸，白嫩的腮帮子鼓鼓的，一双清亮的眸子也瞪得大大的，那样子好像在听顾延之说什么可笑的事情，“我爸、我妈为了供我上大学在这里开火锅店已经很伟大了，我不能让他们为了赚钱一辈子都开火锅店呀。以后我会自己努力赚钱供房子的。”田小恋说着，还点了点头肯定自己。虽然她心里明白，她现在买的那个不到五十平方米的小房子，以后她要自己供房的话，肯定会过得穷兮兮的，可是她还是想尊重爸爸妈妈的意愿，他们为了她已经放弃自己的梦想十年了。她的爸爸是一个画家，她觉得他不应该一辈子炒火锅料，要炒也是只炒给她和妈妈吃。

田小恋这么说的时候，顾延之并没有觉得心里不舒服，每个人都有自己的选择罢了。但在他们离开火锅店回公司的路上，李和巽忽然说了一句：“田小姐是个很特别的女孩子，一家人都很特别。”

“特别？”李和巽比顾延之大几岁，不知道什么原因，一直单身。公司里有看上他的小姑娘，但他一个都没理会，更别说当着顾延之的面夸一个姑娘特别了。

“对呀，很特别。”李和巽竟然还来了兴致，说田小恋的父母都是山城的文艺工作者，后来田小恋想来海城读书，夫妻俩竟然就陪着女儿一起搬来了，租了套房子，从开始卖早点到后来开小饭馆，再到今天开了一间只卖午餐却“客满为患”的火锅店，夫妻俩挣钱送女儿读完了大学，又帮着女儿付了房子的首付，然后还打算回老家去继续种花、画画。

“你知道她爸妈最舍不得的是什么吗？是他们离开之后，他们一手种植起来的小花园就要荒芜了。他们的火锅店生意那么好，但每天只卖午餐，到下午三点就打烊了。因为她爸爸要画画，她妈妈要侍候花草。”

“真是有意思的父母，难怪养育出那么有意思的女儿。”李和巽如此下结论，让顾延之的浓眉挑了挑：“有意思？”

“对呀，有意思。”李和巽忽然咳了一声，似有些不好意思，而后认真地交代道，“顾先生，你知道田小姐对你有那种意思吧？”

“什么意思？”顾延之都没注意到，他听到李和巽说起田小恋喜欢他时，他的声音都冷了一分。不知道为什么，他不喜欢李和巽提起田小恋喜欢他这件事。

“没什么。”李和巽与顾延之相处久了，对他虽然尊敬，但是并不怕他，“我的意思是，如果顾先生对田小姐没有那方面的意思的话，我打算追求田小姐，我还挺喜欢她的性格的。”

说完这一番话，李和巽从后视镜里看到顾延之瞬间黑得似能滴出墨来的脸色，心里不禁对田小恋竖起了中指：你这二货姑娘真的觉得这样的激将法会对顾先生有用？要知道顾先生刚刚千里送礼物去给那个仙女傅小姐，她都结婚三四年了，顾先生对于她的要求还是立马去执行，永远不反驳的态度，你觉得你有个别的追求者就能刺激到顾先生？

但李和巽吐槽归吐槽，却也莫名其妙地生出一股难言的希望来：如果他……真的去追求田小恋，会有结果吗？

6

“真的？”田小恋猛地从沙发上站了起来，因为震惊，她脸上的面膜都快贴不住了，“顾学长真的说没问题？”

“嗯。”李和巽答，顾延之当时确实黑了脸，但说的是：“李助理,你的私人问题我无法给出参考意见,你自己觉得没问题就好。”

“不会吧？然后呢？”田小恋简直不敢相信，她帮损友谢慧慧出这个主意的时候可是百试百灵的。只要男人对女孩有一点点动心，就不会对这件事无动于衷。莫非，顾学长对她完全没有那种心思？

“然后他就没再说话了。”李和巽躺在沙发上，两条长腿交叠搁在沙发扶手上，眼睛盯着电视上的足球赛，眼底却有一抹他自己也觉察不出来的笑意。他为什么会答应田小恋那种单纯到愚蠢的小要求？不知道顾延之到底看出来没有，换作他，他也不会上当的。

“完了。”田小恋沮丧地瘫在沙发上，“我这是偷鸡不成蚀把米呀。”这下顾学长不但不会在意她，还会认为她有了追求者，连对她的那点怜悯之心都没有了！她真是……搬起石头砸了自己的脚。

“完不了,有我呢。”李和巽没注意到自己的嘴角又往上勾了勾,他好像能想象到田小恋沮丧地瘫在沙发上的样子。单纯的小姑娘对于他这样有着复杂过去的男人来说，确实有一种致命的吸引力。

“李大哥，怎么办？我真的好喜欢顾学长。”田小恋依然很沮丧，“从我第一次见到他到现在，我都喜欢他八年了。八年呀，我都成老姑娘了。”

“嗯。”李和巽只觉得那句“喜欢他八年了”和那句“真的好喜欢顾学长”有些刺耳，选择成为自己喜欢的小姑娘的情感树洞，他是不是在自虐？

“算了，老姑娘就老姑娘吧，反正我爸妈快回山城了，也不会再天天在我耳边叨叨我了。”田小恋也是压力山大呀，白天她把顾延之带到了店里，爸爸看到了，妈妈也看到了，她还在妈妈的花园里招待他吃饭了，这还不够说明她对他有多么在意吗？可爸爸妈妈竟然说：“恋恋呀，我们觉得，还是那位李先生比较适合你。”

什么鬼？爸爸妈妈竟然没看上顾学长，反而看上了李大哥？李大哥哪里适合她了？适合做她的大哥还差不多！真不知道爸爸妈妈是什么眼光，不会她还没追到顾学长，就要开始遭遇父母反对了吧？

因为这事儿，田小恋失眠了。本来像她这样有没心没肺的女孩子，就算是相思成灾也没失眠过，毕竟眼睁睁地看着顾延之为傅行歌痛苦的日日夜夜她都熬过来了！

但是，之前傅行歌结婚了，她觉得顾延之仍然有机会，是因为梁云止感染了病毒，随时有可能离开人世。可现在梁傅夫妇已经研究出了彻底消灭“撒旦之吻”的抑制剂，梁云止也已经恢复健康了，这也就是说，顾延之根本已经没有机会了……田小恋一边心疼顾延之，一边心痛自己。

顾延之是没有机会了，她呢？还有机会吗？这么多年过去，顾延之还是把傅行歌放在心里，她田小恋还挤得进去吗？

田小恋不知道的是，此刻的顾延之也在思考这个问题：傅行歌不是他的初恋吗？那么多心动的感觉会是错觉吗？傅行歌为什么会那么说？是为了彻底地摆脱他吗？但这些年，他并没有给傅行歌的婚姻生活造成困扰呀。他是恋情竞争的失败者没错，可是他并没有死缠烂打。他主动退到了朋友的位置上，尽职尽责地成了她的朋友，可她却让他不要错过真正喜欢的人。他真正喜欢的人是谁？肯定不会是傅行歌之前的两位，因为他都快忘记她们长什么样子了。

田小恋？

当田小恋这个名字在从脑海中浮现的时候，顾延之自己都吓了一跳。他猛地坐直，耳边响起了李和巽白天对他说的话：“我觉得田小姐挺有意思的，我打算追求她。”

李和巽要追求田小恋？

不，不行。

可是，为什么不行呢？李和巽是一名出于个人原因从特种部队退役的无名英雄，他是条汉子，能力、品性都很不错，配田小恋也不是配不起……

不，还是不行。

7

顾延之没能为李和巽为什么不能追求田小恋想出一个答案来，他只知道自己半夜里莫名其妙地给李和巽打了个电话：“不要去招惹田小姐那样单纯的姑娘。”

至于他为什么要打这个电话，他说不出个所以然，也想不出个理由。他只知道自己打完这个电话之后恼羞成怒，把手机给扔了。

第二天一早，田小恋提着早餐与李和巽一起来按响门铃的时候，顾延之还在找昨天不知道被自己扔到了哪个角落里的手机。看到高大健壮的李和巽和娇小玲珑的田小恋站在门外时，他只觉得昨晚的恼羞成怒好像还在延续：“有什么事吗？”

“顾……顾学长，我……我刚巧经过，来给你送早……早餐。”田小恋真的一点儿都不想结巴的，想她一个化学系毕业生却混成了知名媒体的编辑加记者，靠的不就是她会来事儿的口才吗，为什么她一直引以为傲的能力到顾延之这儿就变成结巴了？特别是最近，她真是结巴得太厉害了！结巴得已经不是田小恋了！

“不吃。”顾延之拒绝得极冷酷，但转身走进门，给了两人进来的空间，只是那两人站在一起的样子实在太刺眼了。

“你吃过早餐了？”田小恋一边问一边走进了屋里，而且超级自来熟地走向餐桌，把早餐都摆了出来，而李和巽很自觉地去帮忙了。顾延之终于找着了手机，回头一看两人一起忙活的样子，更加感觉不适：“都说了我不吃。”

“可是我和李大哥都还没吃呀。”田小恋清澈的眼底似乎有一丝对他的害怕，但装出不在乎的样子，“是我亲手做的早餐哦，特意打包过来给你的，不吃会浪费的。顾学长你吃过了，我就和李大哥一起吃。”

“谁说我吃过了？”顾延之在听到这一句“我亲手做的早餐”之后，忽然又改变了主意。他没吃早餐，只是因为没有在家吃早饭的习惯。最重要的是，他为了工作方便一个人住在公寓之后，也没人给他做早饭了。

“那你快来和我们一起吃。”田小恋十分殷勤地给顾延之拉开椅子，又给他张罗碗筷，这让他觉得自己像是个口是心非的别扭家伙。

吃完早餐，顾延之又开始思考让田家人做技术核心投资餐饮业的可能性。做饭这件事情，有可能也是遗传的吧？田小恋的父亲做的火锅好吃，田小恋做的早餐怎么也这么好吃？

很久之后，顾延之终于明白了，其实食物的好坏与厨艺的关系并不大，而在于做食物的人是否对吃这些食物的人用心。

顾延之“顺路”把田小恋送去上班，虽然并不是他开车，但是，他陪着一起去了不是吗？可是，为什么田小恋只谢李和巽一个人？

“顾学长，我到啦，谢谢李大哥，李大哥您慢点。”

车是他的，没有他的允许，李和巽敢牺牲他的时间送她来上班吗？难道她连谢谢顾学长都不会说？

顾延之腹诽着，看李和巽就有点儿不顺眼：“巽哥，以后不要带着无关紧要的人去我的公寓。”李和巽和田小恋是怎么混得这么熟的？听她“李大哥”“李大哥”地叫，顾延之不知道为什么，觉得有点心塞。

“哦，我以为田小姐对顾先生来说是比较特别的人。”毕竟除了那位傅小姐之外，就没有其他女孩频繁地出现在顾延之面前，还能不被冷血地赶走。

“她是我的学妹，为人比较单纯。我说过了，你最好和她保持距离。”顾延之说得正儿八经，差点儿连自己都相信了他真的是一个比较关心学妹的学长。

如果那些喜欢顾延之的大学学妹们知道这事，她们该大叫了：顾学长，怎么不见你这样爱护我们？

不过其他的学妹？在顾延之眼里，她们是不存在的。除了田小恋，他还真记不起来自己读大学时有什么学妹值得他多关注一下。

8

此刻远在美国的梁云止微笑着看着傅行歌将去意大利的机票改签成了去海城的，眼底是淡淡的无奈与宠溺。

十五个月前，因为“撒旦之吻”凶猛的攻击，他像当初的安吉拉一样，眸子完全变成了紫色，陷入了长时间的昏迷。刚开始，他一天还能清醒两三个小时，后来是一个小时，再后来是十几分钟、几分钟。傅行歌带着他住进了冷库实验室，因为低温能让“撒旦之吻”的进化速度变得慢一些，而傅行歌开始没日没夜地研究终极抑制剂。

好似在他陷入了昏迷之后，傅行歌就将所有的焦虑都变成了专注。这让她在他昏迷一个月之后，便找到了研究终极抑制剂的正确方向。有的人很容易感染“撒旦之吻”，有的人则不容易感染。之前傅行歌一直找不到不容易感染“撒旦之吻”的人的共同点，但傅行歌经过近千次尝试与总结，终于还是找着了共同点——不易感染“撒旦之吻”的人在一年之内都经常接触了一种物质，这种后来被傅行歌随意地起名叫作 103 的物质，对于“撒旦之吻”有极强的抑制作用。当然，只能抑制“撒旦之吻”还是远远不够的，要完全杀死“撒旦之吻”，甚至预防这种病毒对身体的入侵，还有很长的路要走。

在梁云止完全陷入昏迷的十三个月里，傅行歌像一个孤独又冷漠的战士，在维克实验室的技术与人员的支持下，打赢了这场战争。没错，她研究出来的终极抑制剂在梁云止的体内起了作用。傅行歌把梁云止从昏睡中叫醒，然后给他做了一系列的检查，确认他真的能恢复健康之后，她叹息了一声，说：“唉，可算把我的丈夫给抢回来了，累死我了。”然后直接上床躺在了梁云止的旁边，一秒就入睡了。

当时的梁云止还没有从梦境中完全走出来，醒过来看到她的惊喜还在他的心里涌动，但看到她眼下淡淡的青影，那些惊喜与激动、疲急与庆幸就全都变成了心疼，一个人战斗到最后的她是真的很累吧？

刚醒过来的梁云止又安静地躺了大约半个小时，力气才慢慢回到了他的身体里，他终于伸手拥抱她的瞬间，才觉得这个虚幻的世界一点一点地变成了实体。是的，他醒过来了，他的傅行歌把他救回来了。

所以，在这样的前提下，梁云止觉得自己将自己的所有给了傅行歌都不够，总觉得他还能给她更多。每一晚临睡前，他都觉得自己已经足够爱她了，但第二天一早醒过来的时候，又觉得他还能更爱她一些。

傅行歌是个天才，她真的很棒。他恢复得很好，三个月前，医生已经确认他体内的病毒完全清除，只是之前被病毒侵蚀的一些内脏机能需要慢慢修复。经过这三个月的休养，医生终于确认他是一个健康正常的人了。所以，他订了去意大利的机票，打算去度蜜月，毕竟他们结婚之后还没认认真真地度过蜜月。因为顾忌病毒，他甚至还没真正成为她的丈夫。他很期待洞房花烛夜，为此他还做了准备，在酒店套房里准备了中式的结婚礼服。毕竟婚纱傅行歌穿过，很美，但也许她穿上中式的凤冠霞帔会更美呢？

然而，就在一个小时之前，在和田小恋通了一个电话之后，傅行歌决定取消蜜月行程回国："我知道金老的治疗方法会让你很痛，但是忍一忍好吗？我要确保你完全健康。"

梁云止笑着看她，故意曲解她的意思："本来我打算今晚在床上向你证明我真的已经是一个完全健康的男人的。你是为了报复我昏迷了十几个月没有理你，所以才做的这个决定吗？"

傅行歌瞪着他，一双墨眸清亮："没错，我得把你脑子里的那些有颜色的思想用药水洗一洗。"

"太可怕了，你就不怕把我洗坏吗？"梁云止开着玩笑，却拉着她的手一起往改签机票的柜台走。这几年，他真的把他的妻子给吓坏了，为了让她安心，他做什么都可以。

9

快到下班时间的时候，田小恋的电话终于打到了顾延之的手机上：“顾学长！歌歌和梁云止回国了！我们一起去接他们怎么样？”

回国？两天前他才听他们说要去意大利度蜜月。

“顾学长是没有空去吗？”田小恋见顾延之没出声，非常体贴地为他着想了，“李大哥说你最近很忙，那顾学长你忙吧，我和李大哥一起去接他们。”

“我和李大哥一起”这句话又让顾延之的浓眉微微锁起：“巽哥是我的助理。”都没和他这个老板打个招呼就和田小恋一起去机场接人，李和巽是怎么回事？

李和巽完全不知道自己背了一个锅，在拿着文件进顾延之的办公室的时候，只觉得顾延之看自己的眼神都有点冷——老板心情又不好了？

“顾先生，田小姐让我今晚八点和她一起去机场接傅小姐和梁先生。”虽然他的年纪比顾延之大，顾延之又一直叫他巽哥，但他对顾延之仍然是非常尊敬的。虽然顾延之年轻，但能力很强，心地也很好，应该帮的、不应该帮的，反正帮过他不少事情，所以他与顾延之的关系算是上下级又像是朋友、兄弟。

又听李和巽提起“田小姐”，顾延之终于没忍住心里那点邪火儿：“田小姐让你去做什么你就做什么，巽哥你是不是忘记了你是我的助理而不是她的助理？”

李和巽被顾延之莫名其妙地呛得愣了一下：“这不是……”因为田小姐对于顾先生你来说是特别的人吗？

当然，后面这半句他没敢说出口。

“你下班后就自己打车回去吧，车我自己开。”顾延之一边签文件，一边头也不抬地吩咐。李和巽愣了一下，他的小老板这是……什么意思？

出了办公室，李和巽就和田小恋通了气儿，说老板下班要自己开车。田小恋也不禁疑惑："你不是说顾学长雇你是因为他不但需要助理还需要司机吗？哎呀，怎么办？瑞瑞刚拿到驾照，她还不敢开车上路，我怎么去接歌歌？今晚我还约了安慧和瑞瑞一起聚会呢。"谢安慧、曲瑞瑞和田小恋是傅行歌读大一时的舍友，四个女孩挺好的。在傅行歌的帮助下，其他三个女孩都很早就考上了研究生，毕业后的工作也都不错。谢安慧在外地，正巧这几天在海城出差，听说傅行歌刚巧回国，就很想与她见一面。

田小恋知道傅行歌不是那种喜欢热闹的人，但是她总觉得傅行歌只是不主动，其实内心对她们几个还是很好的，所以就主动组织了这一次聚会。当然，如果傅行歌能带梁云止出席，那就更好了，毕竟梁云止是她们整个大学时期的男神呀。

当田小恋发现来接自己的人居然是顾延之的时候，她瞬间就兴奋了："呀，顾学长！你也来参加我们的聚会吧！"

顾延之看着田小恋惊喜的表情，觉得很是受用："什么聚会？"

"我们宿舍毕业六周年的聚会呀。"田小恋主动上了副驾驶座，兴奋地扣上安全带之后，掏出手机给顾延之看照片，"看到没？这是我们之前的合影，还有你呢！那时候歌歌还没有搬去研究生宿舍，我们一起在樱花树下野餐。"

顾延之看了那张照片一眼，只觉得照片上的五个人都有些熟悉又有些陌生。傅行歌明明也在照片里，可他为什么会觉得她陌生呢？反倒是照片里的田小恋，那笑脸、那小酒窝，好像与现在一点区别都没有。

毕业都六年了，田小恋不穿职业装的时候，还真与当年没有什么区别。这姑娘都不长大的吗？

"那时候的顾学长真帅气呀。"田小恋看着照片，不由自主地感叹了一句，感叹完之后，她忽然觉得气氛有点怪怪的，抬头一看，顾延之一双深邃的黑眸正看着自己，她好像都能从他的眸子里看到自己的倒影。

顾学长这样看人的样子真的好迷人。这个念头出来之后，田小恋就被顾延之的“美色”迷住了，一下子发起呆来。

10

与长相完美的傅行歌相比，田小恋当然长得不美。但是她皮肤白嫩，圆圆的小脸、圆圆的大眼睛配笔挺的小鼻子与一双完美的酒窝，再加上堪堪一米六的娇小个子，即使穿了职业套装也显得比同龄的女孩小，更何况她没有采访的时候，一般都是穿很随意的休闲装，像今天穿了牛仔背带裤配小白 T 恤，看起来就像是一个高中生，让顾延之忽然觉得自己盯着她的嘴唇看很罪恶。

为什么他会觉得田小恋的嘴唇粉粉嫩嫩的，让他想去亲？他是疯了吗？

顾延之猛然甩头坐直了身体，发动了车子，速度快得让田小恋感觉到了一阵推背感，然后她还发表了一个让顾延之更不高兴的言论：“呀，顾学长你开车是这样的呀，难怪你要请李大哥做司机呢，李大哥开车比你稳多了。”说完，田小恋很快觉察到了顾延之黑下去的脸色，一时想抽自己嘴巴的心都有了：田小恋你怎么回事？平时不是挺会说话的吗？怎么到了顾学长面前就像个白痴？

“那个……顾学长，我的意思是……其实你开车也开得挺好的，就是你的车太好了，有一种推背感。嗯，我听说好车都会有这样的感觉。”

什么好车不好车，只不过是刚才他一下子踩油门踩得太狠了而已。他有点沮丧，他觉得自己最近可能是有毛病了，不然自己为什么会轻易被田小恋影响呢？他不让李和巽做田小恋的司机，自己却主动跑来接她了。难道他这样做是因为田小恋要去接的是傅行歌？是吧？是因为傅行歌吧？

顾延之和田小恋见到傅行歌的时候，傅行歌正坐在行李车的旅行箱上，由梁云止推着走出来。梁云止个高腿长，傅行歌虽然坐着，又戴着一顶鸭舌帽，但还是掩饰不了她的高颜值，更何况梁云止那么有男友力，一只手推着行李车，一只手还去把傅行歌手上快要掉下来的包给接过去了。

身为超级迷妹的田小恋的眼里都冒出了粉红色的小心心："哇，歌歌和梁云止看起来好配呀。"

顾延之斜睨了田小恋一眼，不明白心里那一股莫名其妙的醋意到底来自什么地方，总之他不太高兴就是了："哼。"

顾延之哼的声音不大，但一直都将他放在心上、眼里的田小恋清楚地听到了，当然，她不会以为顾延之是为自己不高兴，顾延之喜欢的人是傅行歌，现在看到傅行歌和梁云止成双成对，他不高兴也是难免的。唉，她刚才邀请顾学长也去参加她们的聚会是不是错了？傅行歌和梁云止也去的话，她们几个吃傅行歌和梁云止的狗粮就算了，顾学长应该会吃狗粮吃得很难受吧？

令田小恋诧异的是，到了聚会的地方，顾延之却与梁云止出奇和谐，两人开了一瓶酒慢慢地喝着，几个多年不见的女孩聊着天，当然大多数时间是田小恋、谢安慧与曲瑞瑞在聊，傅行歌还是像以前一样，安静地听着，偶尔说一句表示她有在听。

大家看起来都很开心，但是还没到十二点，大家就散了。结束聚会是梁云止提议的，因为他看到他不擅交际的妻子虽然不排斥与大学同窗见面，但她实在是累了，已经偷偷地打了两次呵欠。顾延之叫来了李和巽，先把傅行歌和梁云止送回了酒店，又把其他两个女孩一一送了回去，最后送的是田小恋。上车后，顾延之也没问田小恋家的地址，直接让李和巽往她家开去，毕竟他们是去过她家的小火锅店吃过饭的，他自然记得她家的地址。

田小恋喝了点酒，虽然不算醉，但人有点晕乎。车开着开着，她的头便歪着歪着，没一会儿就歪在顾延之的肩膀上睡着了。

到了门口，顾延之将那个让她再睡一会儿的念头压下去，伸出手拍了拍她的脸:“田小恋,醒醒,到了!”这姑娘的脸怎么这么滑?像丝绸又像花瓣。

“哦。”田小恋睁开眼睛,忽地坐直,一双大眼睛里的醉意明显了许多,“呀,到家了?呀,我喝酒了!呀……我……咦?这是哪儿?”

莫不成这姑娘是喝的时候不显醉,喝过了才醉的那一类型?

最后,顾延之只觉得太阳穴都突突地跳着,田小恋说:“呀,我喝酒了,我现在不能回去吵醒我爸妈呀。我不能回家住,我喝醉了,会被打屁股的,我要去我的房子那边住。”

可是,田小恋的房子在哪儿呢?顾延之问李和巽,李和巽也不知道。

他和李和巽两个大男人,这三更半夜的,总不能这样把喝醉的姑娘送回家吧?那他们在她父母眼里都成什么人了?

那个时候,顾延之还不清楚,其实田小恋喝醉和他一点关系都没有,他为什么要考虑自己在田小恋的父母面前的形象?

爱也许是,你不知道自己为什么动了心,又在何时动了心。

——顾延之

第二章

倒追顾学长

感情这件事，和聪明不聪明没有关系，只和真心有关系，所有的爱都出自真心。

——田小恋

1

终于洗去一天的风尘，躺在了酒店的床上，时差还没倒过来的傅行歌终于清醒了一些，回想起今晚的聚会，她有一点小小的歉疚感，田小恋很热情，谢安慧很热情，曲瑞瑞也很热情，只有她淡淡地坐在旁边发困，话也没多说几句，那样子看起来很像是一个不愿意见面、敷衍、高傲无礼的家伙吧？

她一直就是这么一个无趣又无礼的人，梁云止一辈子都要和她在一起，大概也忍耐了很多吧？

虽然傅行歌并不是第一次纠结这个问题，但她还真是第一次想正式地和梁云止聊一聊自己的无趣："梁云止。"

"嗯。"梁云止搂着她躺着，同样在调时差的他也并没有睡着。

"我曾经和你说过，我是一个很无趣的人。"她在饮食方面没有特殊的爱好，生活作息也很规律，情绪也很稳定，没有特别喜欢的东西，也没有特别厌恶的东西。她不会像其他女生一样害怕小动物，或者是怕黑、怕鬼、怕幽灵、怕特殊的东西之类的，看恐怖片也不会被吓哭，遇到除了梁云止安危之外的任何事情，她都能情绪稳定冷静地思考。她甚至在与昔日同窗聚会的时候，面对她们热情的拥抱，只是冷冷淡淡地坐在那里应付。

有时候，连傅行歌都觉得自己冷得像一潭死水，梁云止要和这样一个冷淡无趣的她生活一辈子，应该很不容易吧？

以前傅行歌也问过梁云止这个问题，但梁云止那时候的回答是："让你觉得无趣是丈夫的错。"

傅行歌知道那不是真正的答案。她是真的有些担心这样一个无趣的自己，会让梁云止觉得无聊。

“你一直叫我梁云止。”梁云止低头亲了亲怀中女子的发顶，只觉得她的发香似能渗入他的灵魂一般。他知道她在想什么，也知道她在担心什么。

“不好吗？那我要叫你什么？”

“一般的女人，不用说结婚之后，就是结婚之前也会对自己的爱人有特殊的称呼。”傅行歌从不曾在两人私下相处的时候叫他丈夫、老公，或者是亲爱的这样的称呼，她总是声音淡淡的又带着一丝只属于她给予他的柔情，叫他的名字“梁云止”。

“那……我应该叫你什么？叫你……老公吗？”傅行歌总觉得怪怪的，她转过身，在淡淡的夜色中看着梁云止的脸，“你喜欢我叫你什么？”

“我喜欢你叫我梁云止。”梁云止的声音带着一丝淡淡的困意，又带着一抹浓浓的情意，“你之所以是你，就是因为你与其他女孩是不一样的。你不需要像任何人，你只要是你自己就好。在我眼里，你的冷漠很可爱，你假装融入人群时也很可爱。你情绪平稳时很可爱，你没有什么弱点时很可爱，你为我焦虑的时候也很可爱，甚至你对别人冷酷的时候也很可爱。嗯，你对我冷酷的时候，我也觉得你很可爱。只要你是傅行歌，你就很可爱、很有趣。你不必像任何人，我喜欢你是你。”

梁云止的声音很低，像是呢喃，傅行歌只觉得一种浓浓的爱意包围了她的心房。那种爱情，伴着她心脏跳动的节奏，一直存在着，好像直到心脏失去了活力，也不会消失。

“梁云止。”

“嗯。”

“我爱你。”

“我知道。”所以他才觉得如此完美的她居然也会觉得自己无趣而不自信的样子也很可爱。

“梁云止。”

“嗯。”

“你如果还不想碰我，就不要再在心里想有颜色的事情了。”他每天这样抱着她又顾忌病毒还没完全清除，病毒清除了后他又想着必须给她仪式感，总之直到现在，他们每天睡在一起却仍然是清清白白的，她对于他的忍耐力也是服气。

“嗯。”抱着傅行歌而不想其他的？梁云止表示自己根本做不到。

“我们明天就去佛城吧？”

“你也忍不住了吗？”

“……我让你不要想有颜色的事情了。”

“我没想。”我只是想将你融入我的骨血而已。

2

此刻的顾延之将熟睡的田小恋放到沙发上后，把田小恋的外套、手包还有姐妹见面后的手信礼物袋放到桌子上，对李和巽解释：“我这里有两个房间，她一个女孩住酒店不安全。”

是的，不能把田小恋送回家，又不知道她的公寓在什么地方，他只能将她带回了他的公寓。比起酒店，他家里总归安全一些吧。

但是，为什么李和巽的眼神透着一种“在你这里好像更不安全”的担忧？这么信不过他的人品吗？

“顾先生，田小姐其实比较单纯。”李和巽说完这句话，有点儿想打自己的嘴巴。田小姐单纯之类的话，顾先生好像才对他说过不久吧？他到底在想什么？

一听李和巽说这话，顾延之的脸瞬间就黑掉了：“你回去吧。”

该死的李和巽，自己背着那样的事儿，竟然想对田小恋下手吗？

不，他不允许。想到这里，顾延之又提醒了一句："别忘了你自己的事。"

"……是。"李和巽瞬间肃了脸，转身走了。

李和巽走后，顾延之有些懊恼，他不应该提起李和巽的事情的，那件事情李和巽根本就不想提起，但是他不能让李和巽对田小恋动心，因为李和巽那样复杂的人会将简单的田小恋拉入痛苦之中。

"我告诉你，我现在还喜欢顾学长。"躺在沙发上的田小恋忽然扬起一只白白胖胖的小手晃了几下，说了一句醉话，然后翻身又睡了过去。

顾延之看着她，抿紧的嘴角不由自主地放松了一些，转身去找了毯子，将沙发上的人儿一包，抱到了客房的床上。

第二天田小恋醒过来的时候，睁着眼睛头痛了三分钟才发现自己在一个陌生的房间里，正哀号着自己是不是酒后失态，做了什么挽回不了的事情的时候，就听到顾延之在外面敲门并冷冷地喊："醒了就赶紧起来走吧，走之前记得把你昨晚制造的垃圾打扫干净。"

她制造垃圾了？她昨晚在这里吐了？田小恋从床上蹦起来，赶紧检查自己有没有睡在被自己吐脏的床上，确认衣服虽然皱了些，但并没有污渍，而床也干干净净后，她放心了一些。她虽然会喝醉，但她知道自己的酒德还是不错的，至少只会睡觉，不会吐也不会闹别人。

当田小恋小心翼翼地从房间里探出头来的时候，顾延之已经走了。她牢记着顾延之的吩咐，小心翼翼地检视了客厅、厨房、卫生间等地方到底有没有她制造的垃圾，结果除了桌上的包和礼物袋，什么也没发现。不得不说，作为一个单身男人，顾学长真是爱干净整洁的楷模，不愧是排名前五十位的黄金单身汉。

虽然没找着顾学长所说的垃圾，但是田小恋还是尽心地将房子都打扫了一遍才离开，离开的时候，还把姐妹手信里最棒的礼物——一盒巧克力给他留下了：谢谢顾学长昨晚收留我，这个巧克力超好吃，吃了心情就会变好哦。

这张纸条后面还画了一个笑脸，而且笑脸上特意画了两个酒窝。两个酒窝明显是田小恋的标记，这一点她倒是记得牢。

顾延之看了一眼就将纸条丢到一边，他忙到现在才回家，没顾得上吃晚餐，没忍住拿了一块巧克力放进了嘴里。巧克力入口的瞬间，他微微地皱了一下浓眉才将巧克力吞了下去。平时他是不怎么吃甜食的，但是，不知道是因为饿，还是那个画着两个奇怪又可爱的酒窝的笑脸，他竟然将那一小盒里的三块巧克力全吃了。

吃完巧克力之后，他将盒子和纸条都丢进了垃圾桶里。但是洗完澡出来之后，他站在垃圾桶旁边看着纸条上那对酒窝，又将它捡了起来。

3

“顾学长，你累不累？要不，我帮你开一会儿吧？”

田小恋在吃橘子，腮帮子被塞得鼓鼓的，一双大眼睛眨巴着。顾延之用余光看了她一眼，拒绝了：“不用。”

他们正在去佛城的路上。海城到佛城一千多公里，怎么说都是飞机更方便，但因为顾延之要带一批不能上飞机的新药给在佛城研究室的傅行歌，而李和巽另外有事，他只能自己开车。田小恋极敏锐地抓住了这个与顾延之同车的机会：“我要去采访黄静澜！你知道吗？他是电竞榜上连续三年排名第一的王者！而且他居然还是一个律师！简直是跨界玩家！听说还长得很帅！关键是，他很神秘！”末了，田小恋加了一句，“采访到他，我能拿最少五万奖金！我等着钱装修我的房子呢！捎我一程吧，让我省点机票钱可以吗？”

“出差旅费不报销吗？”省什么机票钱！而且如果房子还没装修，那天她为什么吵着要去自己的房子住？没装修的房子怎么住？顾延之看着眨巴着大眼睛的姑娘，心里隐约知道她想搭自己的车的目的。他没想拒绝她，就是有点儿想逗逗她。

“那个……那个我帮你报销油费和过路费！”田小恋大方地做了决定！

“这还差不多。”这傻姑娘，一千多公里的油费和过路费可比机票钱贵多了。

可上了路，顾延之才知道这姑娘聒噪得超乎想象：

“顾学长，你开车开得这么好，平时为什么不自己开车，要请司机？”

“不过李大哥开得更好。”

“顾学长，你饿吗？”

“顾学长，你吃巧克力豆吗？这个牌子的巧克力豆特别好吃。”

“顾学长，我们不要打电话给歌歌，给他们一个惊喜怎么样？”

“顾学长，你们的股票今天又涨了哦。呀呀呀，今天我赚了三千块！”

……

“田小恋。”

“嗯？”

“你不困吗？”

“好像有点儿。”

“睡吧。”

然而，当田小恋真的睡着之后，因为耳边少了她说话的声音，顾延之也觉得自己有点儿困了。他将车停进服务站，去买了罐装的咖啡，站在车边喝的时候，看着田小恋靠在座椅上睡得有点别扭的样子，又打开车门帮她把座椅慢慢放倒，才站在旁边继续喝咖啡。

那个时候的顾延之并没有觉得自己有什么不正常的地方，他本来就是一个对女生比较体贴的学长，照顾一下学妹也并没有什么。那时候他还不知道出于礼貌体贴她和发自内心想为她做点什么是完全不一样的，因为前者只是礼节，而后者是连他自己都没有察觉到的喜欢。

到酒店的时候，顾延之去开房，下意识地想只开一间，就像在柬埔寨的密林里一样，他觉得必须随身带着田小恋才能确保她的安全。当前台小姐问另一位的身份证时，他才忽然惊觉他们不是在柬埔寨，于是马上改成了两间房。田小恋看起来没心没肺，根本不想这些，她考虑的是："顾学长，这间酒店看起来很高级哦，我不知道我能不能报销哎。"她的老板小气极了，只报销四星酒店，星级再高就不给报销了。

"那是你的事。"顾延之脸上没什么表情，出门在外，酒店好一点，就能休息好一点。他开了一天车，她想让他现在和她另外去找酒店是不可能的。

"哦。"这里的房间一晚两千多，打折也要一千多。田小恋接过房卡，很是肉痛自己银行卡里那点可怜的余额。

顾延之回到房间洗漱后，处理了一下工作邮件就睡了，半夜却被电话吵醒，田小恋的声音可怜兮兮："顾学长，是不是吵醒你了？我们说会儿话好吗？我能不能到你房间去打地铺？"

这蠢姑娘，白天她在车上睡得安稳，因此晚上一直不困，又觉得住这么好的酒店，钱花了，怎么也得享受一下，于是就开了投幕电影，然后选了一部恐怖片……

4

顾延之开门的时候，还带着点儿半夜被吵醒的床气："田小恋，你自荐枕席的理由还挺多呀。"

"呀，那个……顾……顾学长……"田小恋一下子又结巴了，顾学长穿着酒店睡袍的样子也很诱人。她是一直想那什么他来着，可是她也不敢乱来，她现在是因为看了一部和酒店有关的恐怖片感到很害怕。算了，反正她也说不清楚了，顾学长误会就误会吧。反正他是不会喜欢她的，她今晚就要占他一张床！

看着小姑娘抱着自己的枕头，没错，田小恋属于那种出差会自己带枕头的姑娘。在柬埔寨的时候，因为丛林里条件不好，意外很多，她的枕头丢了，结果她一直都没睡好。

想起之前他和她一起患难的小细节，顾延之的起床气莫名就下去了："不许打呼，不许乱下床。"

"好好好，我不打呼，我也不起夜的！"田小恋小跑进去，溜进了被窝里，三两下就把自己盖好，只露半张小圆脸，"顾学长晚安。"

顾延之看着她那样子，一下子又有了一种错觉，明明也就比自己小两年，为什么他觉得自己看她就好像一个老大叔在看一个小姑娘一样？

灯关上了，室内也安静了，确认田小恋就睡在旁边的床上，不会再打电话、再敲门、再出什么幺蛾子了，顾延之正酝酿被她赶跑的睡意，就听到她问了一句："顾学长，那个……那个你喜欢的人是歌歌不是我，应该不会对我那个的……对吧……"

顾延之愣了一下，才明白这小姑娘在想什么，敢情她跑到他房间睡又怕他对她行不轨之事？

"你再不睡，我可不保证我会做出什么来。"顾延之强压着心里那点莫名的烦躁，故意让自己的声音阴恻恻的，一下子就将田小恋吓得把脑袋都盖住了："我睡了，顾学长晚安！"

那闷闷的声音从被子里传出来，让顾延之有一种冲动去把她的被子掀开，别给闷傻了，本来她就又单纯又愚蠢。

这时候，顾延之也忘记了，田小恋和他一样，是正儿八经从名牌大学毕业的。他因为要管家里的企业放弃了读研，而田小恋从化学系读完研究生毕业之后，又去考了财经记者证，成了一名在新媒体时代到处采访财经届新贵的记者。仅仅是这些履历，就足以说明田小恋不蠢。

田小恋总在他面前闯祸，不过是因为太过喜欢他，所以只要碰到与他有关的事情便比较慌乱。

第二天一早，顾延之睁开眼睛便看到田小恋正横趴在床上，一双亮晶晶的大眼睛盯着自己看。他昨晚被她打扰得没怎么睡好，愣了一秒才拉回了神志：“田小恋，做什么呢你？！”

这小姑娘是故意的还是真单纯？她穿着件大领口的睡衣趴在床上看他，他从这个位置看过去，都能看到她的胸……平时她看起来跟个没发育的高中生似的，这么一看，好像还有点儿料？

“顾学长，我发现你睡觉的时候有打呼哦。”田小恋笑嘻嘻地宣布，好像发现了什么了不得的事情。

顾延之不知道为什么有点儿恼羞成怒：“打呼怎么了？”

“打呼……就是……就是打呼呀。”顾学长睡着的时候也很好看呀，她觉得他打呼也动听呀，可是他的起床气为什么这么大？

田小恋还没弄清楚顾学长的起床气为什么这么大，就发现了新的大事：“呀，顾学长！你流鼻血了！”

这是一个令顾延之抓狂的早上，从起床洗漱吃早餐到开车上路，他一直黑着脸不说话。田小恋小心翼翼地说了几个笑话都逗不好他，很是挫败。她到底哪儿做错了？为什么顾学长又生气了？

而令顾延之一直黑着脸的，是他怎么也没想到自己会那么没出息，不就是看了田小恋的领口风光吗，至于要当面流鼻血吗？他什么场面没见过？他……算了，没脸说了。

5

田小恋当然不可能知道顾延之的想法，她只知道自己把顾学长给惹毛了。她在网上搜索了一下，可能是她说他打呼得罪了他，但是她真的觉得他打呼很动听呀，而且他睡着的时候真的很好看……

然而她说什么都迟了，剩下的七百公里，长达七个小时的时间里，顾延之就没怎么搭理过她，她只能玩手机睡觉，连吃点零食也不敢，就怕顾学长生气。

顾延之呢，难得见田小恋这么安静不说话，也很郁闷。好不容易将田小恋送到了地方，车门一关，他就开车走了。等他把药品样本送到了实验室出来，才发现田小恋的粉蓝色行李箱还在。

没办法，他只能认命地给田小恋打电话。电话一接通，田小恋那兴高采烈而清脆的声音便传进了他的耳朵里："顾学长！你想得到吗？！林医生和黄静澜是朋友！我们现在正在林医生家做饭吃呢！林医生的儿子太可爱了！你要不要来？你快来呀！林医生的儿子在追着歌歌要她抱，太可爱了！"

这姑娘说话，怎么这么有画面感呢？光听田小恋说话，顾延之都能脑补一个刚学会走路没多久的两岁小男孩一眼就看上了傅行歌的美貌，然后追着她跑想让她抱，然而向来性情冷淡的她根本不知道如何抱小朋友，于是很抗拒，多事的田小恋觉得这一幕很有意思就拿着手机在旁边一边笑一边拍。

顾延之怎么可能不想去看看？

顾延之到金老爷子的院子里的时候，厨房里正飘来饭菜香，石榴树下的藤椅上，傅行歌抱着一个超级萌的小男孩一动不动地坐着，而梁云止正在与林之沐、金老喝茶聊天，不时地看向傅行歌，眼底都是温柔的笑意。

田小恋就跳脱多了，她像一只讨好人的小狗一样蹲在傅行歌和小萌娃面前，一边做鬼脸逗小萌娃笑一边抱怨："呀，你为什么不理我，只理歌歌呀？我也是女生呀，而且我和歌歌是同一个大学、同一个宿舍，你知道不？你怎么这么偏心，只理她，不理我，嗯？是因为歌歌比我长得漂亮吗？我告诉你，男人不能光看女孩子长得漂亮不漂亮，你看歌歌根本不想抱你，我才是那个很喜欢你、很想抱你的人，知道吗？而且歌歌不知道哪里有卖糖的商店，我知道哦。我带你去买糖果吃好吗？"

田小恋这一翻抱怨和劝说有理又有趣，可小萌娃只看了她一眼，然后果断地拒绝她的糖果诱惑，继续赖在漂亮姨姨的怀里，不肯离开。

田小恋没办法，只好抓住刚从厨房端水果出来的梁芳草抱怨："芳草，我跟你说哦，你儿子一直都没理我呀，我真的有这么差吗？你看歌歌都没对他笑，可他就是只要歌歌抱！我真的真的好不服气呀！"

田小恋，你这样子分明就是一个很吵的小孩。顾延之笑着摇头，加入了男人们的茶会："你儿子很有主见呀。"

"也不喜欢我。"梁云止又看了傅行歌一眼，眼底的柔情又多了几分。傅行歌僵直地坐在那里，好像不知道拿小萌娃怎么办，但梁云止知道，傅行歌那只微微地抬起来、防止小萌娃摔倒的手，代表了她内心的温柔。

"不是因为外貌？"梁云止与傅行歌的长相接近完美，如果小朋友喜欢傅行歌，那么应该不会排斥梁云止才对。

"可能是因为气味。"作为父亲，林之沐对自己的儿子有所了解，"傅行歌长期待在实验室里，身上可能有药物或者化学制剂的味道。你因为之前感染了病毒的关系，身上可能有他不喜欢的味道。"他自己是医生，梁芳草怀孕期间也坚持在医院做义工，所以有可能是孩子对气味比较敏感。

"这么敏锐？"顾延之觉得神奇，不过是一个两岁的小娃娃。

"孩子的感官本来就比成人要敏锐很多的。"林之沐得出结论。

"难道不是因为我的太太惹人喜欢吗？"梁云止不太赞同。

顾延之很想给梁云止一个白眼，这种时候也要秀恩爱？他对傅行歌早就死心了好吧？

死心？

这个词从顾延之脑海里冒出来的时候，他愣了一下，然后看向了还在努力取得小萌娃喜欢的田小恋。

这姑娘怎么就不懂得放弃呢？

可是，一想到如果田小恋懂得放弃，他就有点……嗯，失落。

6

吃饭的时候，小萌娃居然在傅行歌的怀里睡着了。梁芳草想把他抱走，放到屋里去睡，田小恋凑过去，还是很不甘心："芳草，你说他睡着的时候我抱他，他会不会还反抗？"

梁芳草被她的执着逗笑了："你真的这么喜欢小朋友呀？那早点结婚自己生一个呀。要吃饭了，你要抱着他吗？"

"我抱他进去吧。"傅行歌抱着小萌娃站了起来，梁云止赶紧捡起了快要掉落的小被子，"我陪你去。"

看着一对漂亮的男女一起把小萌娃送进了房里，田小恋抱着梁芳草的胳膊低声哀号："又被塞了狗粮，为什么梁云止那么爱歌歌，我却找不到爱我的人？"

"你不是有喜欢的人吗？"梁芳草笑问，顺便看了一眼在布置碗筷的顾延之。她和顾延之不熟悉，大多与顾延之有关的八卦都是从田小恋这里知道的。

"是呀。"田小恋跟着梁芳草的目光看过去，唉，这一看，她就发现挽起衬衣袖子做家务的顾学长也很帅气，怎么办？

"人呢，其实有时候并不知道自己真正喜欢的人是谁。"像她，一直觉得自己这一生只会喜欢陆长亭，结果到后来才发现，她喜欢的其实是林之沐那样的，"有时候真正的爱，细水长流到你都察觉不到，还以为自己只喜欢远方的大江大河。"

"什么意思？你的意思是……我喜欢的人不是顾学长？"怎么可能？她可是每天都在做梦扑倒他呢，只不过心里知道顾学长喜欢的人不是自己，所以怕太主动，变成强抢民女……哦不……强抢男人而已。

"是他不知道他真正喜欢的人是谁！"就像当年的自己一样，

林之沐一直就在身边，她却固执地认为自己喜欢的是早已不在她世界里的陆长亭，兜兜转转很多年之后，才明白过来林之沐等得有多辛苦。

“不会吧？顾学长很聪明的。”田小恋当然见过更聪明的人，比如天才傅行歌和梁云止，但是顾延之的聪明是不一样的，他会做很多事情，超级坚韧，又很稳重，很有本事，连李和巽那种看起来根本不好惹的男人都很听他的话。总之，在田小恋眼里，顾学长就没有不好的地方，包括他喜欢傅行歌，都是一件特别聪明的选择。因为田小恋很明白，傅行歌比自己美貌，比自己聪明，也比自己有本事。这一比，她是无论如何都不可能做到与傅行歌平起平坐。人喜欢更优秀的人，很对呀，不是吗？

“感情这件事，和聪明不聪明没有关系，只和真心有关系，所有的爱都出自真心。”

“老婆，你想什么呢？怎么这样看着我？”林之沐端着菜从厨房里走出来，当着田小恋的面就亲了梁芳草一下，看得田小恋眼角直抽抽：“喂喂喂，你们顾忌一下单身狗的感受好不好？有傅行歌和梁云止就够了，你们孩子都有了，能不能给我这个单身狗喘息的机会？”

帮忙端菜的顾延之听到了她的话，不知道为什么，心情忽然很好：“所以你站在那风景点做电灯泡做什么？快过来帮忙。”

田小恋小跑过去，一心认定顾延之喜欢的人还是傅行歌，一不小心就问出口了：“顾学长，你现在还喜欢歌歌对吧？”

顾延之没想到她会直接这么问，一时愣住了，因为他没思考过这个问题。

“可是，歌歌结婚了，她不会和梁云止分开的。”田小恋很肯定这一点，虽然她也没有什么证据证明，但她就是知道傅行歌一定不会和梁云止分开的，所以她脑子一抽就得出了一个建议，“所以顾学长，如果你不打算单身一辈子的话，能不能考虑一下我？”

这已经是田小恋目前能够想到的最大胆的建议了，因为按照她的理解，像自己这种出身的姑娘，是配不上顾延之那样炙手可热的年轻富一代的。如果顾延之想结婚，多的是想带着财产嫁给他的姑娘，根本就轮不到她这种没背景、没嫁妆也没什么能力的女孩。她唯一比其他姑娘强的，大概就是她知道他喜欢的人是傅行歌，以及能接受他继续喜欢傅行歌罢了。

田小恋以为自己的这个提议多少会让顾延之考虑一下的，没想到顾延之忽然黑了脸，问她："田小恋，你是不是脑子有毛病？"

7

然后，顾延之就不再理她了。

看到刚才还笑得很帅气，叫她过去帮忙端菜的顾学长，到吃饭都冷着脸不理自己，她简直沮丧得想死，这就叫不作死就不会死。她到底是吃了什么药，居然会提出那样的建议？这下好了，顾学长又生气了！吃饭期间，田小恋沮丧地猜测顾延之的心思，几次试图和顾延之说话，结果都被顾延之无视了……田小恋觉得自己就像一个蹲在墙脚画圈圈的委屈小人，已经对目前的状况无计可施了。

幸好饭后，田小恋又得到了一个和顾延之相处的机会。金老家只安排了特意来治疗的梁云止、傅行歌夫妇的住宿，林之沐和梁芳草家就在附近，她和顾延之需要一起回酒店，她的行李还在顾延之的车里呢。

"顾学长。"从金老家出来，两人并排在巷子里走着，田小恋试图打破沉默，"你早上流鼻血了，现在好点没有呀？"话一问出来，田小恋就想抽自己的脸，这算什么问题呀！果然，顾学长的脸色好像变得更难看了。

见顾延之不回答，田小恋干脆破罐子破摔了："顾学长，刚才吃饭前我的提议只是开玩笑的，你不用认真考虑的，其实我也只是随口说说。”田小恋！你的口才呢？你是个记者呀！你可是能和各类商业精英谈笑风生的呀！你到底怎么了？！

顾延之的脸黑透了：“闭嘴。”

田小恋赶紧做了一个给嘴巴拉上拉链的动作：“……好。”

顾延之与田小恋回到酒店，一路上都没有说话。直到开好房，发现两人的房间居然又在同一层楼之后，他终于说了一句话：“半夜不要蠢得去看恐怖片。”

田小恋点头，她……她以后再也不敢看恐怖片了好吗？就因为看恐怖片，她和顾学长的关系变得更糟糕了，到底是哪儿出了错？明明之前顾学长还偶尔开个玩笑逗她玩儿的……

田小恋给傅行歌打电话的时候都要崩溃了：“歌歌，我好难受。”她把冰箱里的啤酒全都喝了，喝完啤酒后，还觉得不够，又干掉了一瓶XO，所以现在她就变成了一个乱打电话的醉鬼，“歌歌，我告诉你，顾学长真的好坏。”

傅行歌是在半迷蒙中接的电话，她一动，梁云止就醒了，搂住她让她换了个更舒服的位置，亲了亲她的发丝：“怎么了？”

“小恋好像喝多了。”

梁云止：“……你好不容易才睡着。”傅行歌有点儿认床，梁云止好不容易才让她睡着。其实他也是好不容易才睡着，抱着老婆睡又有顾忌、不能乱动的他也很艰难呀。

然后，顾延之就接到了梁云止略带火气的电话：“你的女人喝多了，别再让她打电话吵我太太睡觉。”

顾延之蒙了，过了一会儿才反应过来。他什么时候有女人了？田小恋是他的女人吗？

这一次，换顾延之去敲田小恋的房门：“田小恋，开门。”

可他敲了好一会儿门，田小恋都没出声。正当顾延之以为她在里面出了什么事的时候，她就抱着枕头来开门了，脸上笑嘻嘻的，两个酒窝在昏黄的灯光下特别明显：“呀，顾学长来找我了！呀，我做了美梦。”

一看这傻姑娘就是又喝多了。顾延之有点儿不高兴，好好的一个姑娘家，怎么三不五时就喝多？都成酒鬼了。他伸手把她推进房间里，关上门后就开始查看桌上的东西，看她到底喝了多少。

看到几个空啤酒罐和一个见了底儿的 XO 瓶，顾延之只觉得自己的太阳穴突突地跳着。照田小恋的酒量，喝了这么多，她应该是完全喝断片儿了吧？

然而，让顾延之头痛的还不是这个，而是喝断片儿的田小恋居然不像上次那样乖乖地睡觉，她站在椅子上，居高临下地指挥他："顾学长，你把睡袍给脱了，给我看看你有多少块腹肌，我要摸一摸。"

谁能告诉他，为什么田小恋喝醉了会变成女色狼？

8

“顾学长？你怎么不脱？快点脱！我要看！”田小恋站在椅子上，身子东倒西歪。顾延之本来不想理她，让她摔一跤，她痛了就知道错了，可眼看她要倒下的时候，他还是没忍住走过去，双手往她腰部一掐，把她给拎到了地上：“站好！”

把田小恋放到地上后，顾延之快速地放开了自己的手，这小姑娘的腰怎么这么细？他好像……两手一掐就能完全掐住？他知道田小恋个子不高，身材也挺纤细，但这小腰也太细了吧？

顾延之因为自己离开田小恋的腰之后却仿佛仍存在的手感愣了一下，随即摇头暗骂自己一句：顾延之，你管她腰细不细，你到底在想什么？

“好，站好了。”田小恋小脸红扑扑的，神情很认真，也很努力地站直身子，“顾学长，我站好了，你脱吧。”

她还记着要看他脱衣服？她的脑子里到底装了什么？他板着脸看着她：“上床。”

顾延之这么说的时候，其实只是想让田小恋上床睡觉。他觉得喝多了的田小恋大概不会听话，还会再闹一闹，结果田小恋听了他的话就像是听到了什么口令一样，马上就立正转身，爬到了床上坐着："顾学长，我上床了，你脱吧。"

这……这姑娘还挺执着？

顾延之捏了捏发痛的额头："躺好，盖上被子。"

田小恋就像是一个听到了指令的乖宝宝，马上躺好盖上了被子，还拍了拍被子边缘，然后，一双黑亮的眼睛盯着顾延之："顾学长，我躺好了，你脱吧。"

还……没放弃？顾延之顿时觉得头更痛了。

"顾学长，你怎么还不脱呀？我真的好想看。"田小恋盯着顾延之，大眼睛眨巴眨巴，像一个无辜又渴望的小宝宝。

"你知道我脱衣服后会发生什么吗？"顾延之只觉得头痛得厉害，可是田小恋这么认真又坚持的样子又很……有趣，让他想逗逗她。

"我就摸一摸，不能摸也没关系，看一看也行的。"田小恋很认真地点头。她现在被酒精控制了，大脑一片空白，只剩下一个想看顾延之的腹肌的本能在死撑着。

"你是每次喝多都想摸男人的腹肌吗？"顾延之也搞不清楚，现在他不打算给她看腹肌，却暗暗庆幸自己有去健身房的心情到底是怎么一回事？

"没有呀，我对其他男人的腹肌没有兴趣，我只想看顾学长的腹肌。"田小恋回答得很认真，她把被子盖到了下巴，小脑袋就陷在柔软的枕头里，像一个临睡前认真回答问题的好宝宝，说出来的答案又乖又窝心，让顾延之想……去咬她的脸蛋一口。

"为什么想看我的腹肌？"

"不知道呀，就是想看呀。顾学长，你为什么还不脱衣服？"田小恋还是没忘记自己的要求，她一向是一个执着的女孩子。

顾延之失笑，强忍着笑意，板着脸凶她："这大半夜的，你一个女孩要求看男人的腹肌是怎么回事？！"

田小恋似乎被凶凶的他吓到了，但是她很快又恢复过来了："好吧，不给看就不看吧，我先看看别人的好了。"

"看别人的？"顾延之站在床尾，对着坐起来四处找手机的田小恋挑了挑眉，"看谁的？"

"不告诉你。"田小恋终于找到了手机，点开屏幕一阵滑拉，找到一张照片，用手摸了一下之后，又嘟着小嘴去亲了一下，然后抱着手机又躺下了，"反正顾学长也不喜欢我，那我喜欢你好了。"

喜欢谁？手机里的男人是谁？

顾延之这下真的忍不住了，走过去问："你喜欢谁？"

田小恋闭上了大眼睛，在那么认真地闹了后，她居然抱着手机秒睡了。

顾延之站在床边看了她好一会儿，终于还是没忍住，伸手把她抱住的手机拿了过来。屏幕已经黑了，他忍了忍又忍了忍，还是没忍住轻轻拿起她的小手对着屏幕一滑。

手机上那张刚才被她的小嘴亲过的图片显示出来的时候，顾延之差点儿笑了，那是他在傅行歌的婚礼上穿着伴郎礼服的照片。照片是偷拍的，当时他的扣子还没有完全扣好，转身的时候衬衣下摆扬起，露出了一点儿腹肌。

田小恋呀田小恋，你这小姑娘的色心不小呀你。

9

田小恋早上醒来的时候，头痛了好一会儿才回到现实。昨晚她喝多了，后来……后来顾学长好像来了？可她环顾了一下房间，房间里并没有顾学长。

也就是说，一切是她自己做梦？

田小恋不是太相信自己的酒品，所以她拿过手机确认了一下昨晚自己有没有打电话骚扰顾延之，发现昨晚自己只打了傅行歌的电话之后，她放心多了，幸好喝醉了还记得不要打扰顾学长，否则顾学长的脸就会更黑了。

“歌歌，我昨晚真的喝得超多的，对不起呀，一定吵到你和梁云止了吧？对不起，对不起，我向你们道歉。我保证，我以后一定不喝酒了。”田小恋是一边给傅行歌打着道歉的电话一边出门工作，看到电梯就冲了上去，“请等一下。”

听到田小恋的声音，顾延之伸手按住了电梯门开关让她冲进来，她忙道：“谢谢，谢谢。歌歌，晚上我请你吃好吃的道歉，我先挂了呀，拜拜。”挂了电话之后，田小恋才发现电梯里的人是顾延之，脸上马上盛开了笑容，“顾学长！”

顾延之看了小姑娘一眼，她化了妆，换了一身装束，白色的小衬衣扎进了灰色的铅笔裤，显得小腰不盈一握，他昨晚握过，确实不盈一握。想到这一点，顾延之觉得自己的手心有点儿热：“早。”

“顾学长早上好。”田小恋笑得更甜了，因为顾学长的脸色看起来比昨天好一点了，他是不是不生她的气了？那她晚上是不是可以约他一起去逛夜市？梁芳草说佛城的夜市可热闹了，可她来了佛城好几次，都没有去过呢。

顾延之没有再说话，眼睛盯着跳动的数字，心里想的却是，田小恋今天要去采访的人是谁来着？好像姓黄？是个律师？姓黄的律师是谁？

他正想着，田小恋的手机响了。小姑娘一看屏幕上的名字就笑了，接电话的声音都带着笑意：“嗨！静澜哥！我出门了！你已经在酒店门口了？怎么好意思让你来接我？好的好的，我马上到！”

然后，顾延之就眼睁睁地看着小姑娘踩着小高跟儿欢快地跑出了电梯，冲向了酒店大门外停着的一辆黑色大越野车。上车的时候，小姑娘还嚷嚷了一句：“哎呀，早知道静澜哥你喜欢这一款的，我就不穿这么正式啦。”

哪里来的什么哥？哪一款的？顾延之往车里一看，开车的人西装革履，穿得再正式不过了，和他平时上班时的样子也没什么区别吧？

车窗还开着，顾延之又跟在后面，似乎听到那男人说什么今天有案子开庭之类的话，所以，开车那男人就是那个什么姓黄的律师？

顾延之没能问个明白，因为黑色越野车呼地一下开走了。

实验室里，顾延之从傅行歌手里拿到了新药的分析数据与调整样本后，没忍住问了一句：“小恋这次要采访的人，你认识吗？”

“谁？”虽然梁云止摆脱“撒旦之吻”的桎梏之后，傅行歌对其他的事情关注了不少，但她对于田小恋的采访对象还真的不太关心，还是一旁的梁云止听出来了，答道：“你是说黄静澜？”

“嗯。”这名儿怎么这么像女人的，难怪要开着那么大的越野车才能显示男人气概，顾延之在心里莫名其妙地吐槽，并且找着了适当表达关心的理由，“你认识吗？田小恋单纯，我怕她遇到骗子。”

“黄静澜是之沐的朋友，应该不是骗子，我有朋友与他相识。他不但是律师，还是电竞界很有名的高手。”

“哦。”连梁云止说起都有点服气的人？那姓黄的是什么人？

10

傍晚，顾延之刚刚结束视频会议就接到了田小恋的电话：“顾学长！我们去逛夜市！你去不去？”田小恋问完这一句之后，其实是有点忐忑的，像顾学长那种已经成为商务杂志争相采访的精英人物，应该不屑于逛什么夜市的吧？于是田小恋又尿了：“那个，要是你不想去的话也没关系，那些地方挺吵挺乱的，其实也不是太好玩。”

这时候，站在田小恋对面的傅行歌不禁对着田小恋挑了挑眉。

夜市那种地方，不适合顾延之就适合她吗？为什么非要把她拉出来？难道不是她这样的人才不适合夜市吗？

梁云止一只手与傅行歌十指紧扣，另一只手拿着田小恋刚给傅行歌打包来的、据说全佛城最好喝的奶茶，微笑着提点了一句：“小恋，顾延之不去没关系，黄静澜马上就到了，他对这里熟悉，他会拉着你，不让你被人群冲散的。”

果然，顾延之一听到黄静澜的名字，只觉得心头陡地一跳，马上开口：“给我发个地址。”

“顾延之也来？”傅行歌从梁云止的手里喝了一口奶茶，问梁云止，“黄静澜也来？”她对别人的情感动向既不敏锐也不关心，不过倒是看出梁云止好像在诓顾延之了，因为黄静澜在今天的庭审结束后就飞走了，刚才田小恋还说今天的采访都是在车里完成的，连吃饭时间都利用上了，不过幸好照片都拍到了，采访也很成功。

黄静澜不会来，为什么梁云止却说他会来？

梁云止笑着凑到他有时候有点傻乎乎的太太耳边，小声地说：“因为我得赶紧把你的前任推销出去。”

推销出去？傅行歌看了一眼正给顾延之发地址的田小恋，用目光问梁云止：顾延之与田小恋？

梁云止笑着点头，对于妻子这种根本不关心其他男人的心理动向的表现很满意。每每这种时候，他都有一种“这么优秀的傅行歌心里居然只有我一个”的自豪感与独占感！

“喂，你们能不能不要当着我的面秀恩爱？考虑一下我的感受好不好？”田小恋发完地址，马上开始抗议。她都有点后悔叫顾学长来了，等会儿顾学长来了，看到傅行歌和梁云止这么要好，心里又该难受了吧？可是，她不舍得不见他，也不舍得让他不见傅行歌。她的顾学长真是太可怜了，因为太喜欢傅行歌，所以为傅行歌奉献了一切。

“我觉得你应该快点和顾延之结婚。”与梁云止的婉转腹黑相比，傅行歌就直白多了。说完这一句，她便拉着梁云止走了：“我们去河边散步，夜市你们自己逛吧。”

“散步？河边那边没有卖好吃的呀。”田小恋眼睁睁地看着小两口根本不管有没有什么好吃的，就那么手拉手走了，才想起傅行歌根本就不是一个吃货。以前在宿舍里，都是傅行歌提供零食给她们几个吃，傅行歌不饿是不会吃东西的。唉，她约错人了，她应该约梁芳草的，梁芳草才是吃货，而且一定知道最好吃的在哪儿。

顾延之好不容易才找着了停车场把车停好，步行了差不多一公里才找着了田小恋，只见小姑娘正拿着一根冰棍坐在一个石墩子上吃呢。

“其他人呢？”

“呀！顾学长你来了！他们散步去了。”田小恋一看到顾延之就有点儿紧张，站起来的时候手一抖，手里的冰棍儿一下子掉了，“呀，我的冰棍儿！”随后又觉得自己心疼冰棍儿的样子真没出息，顿时又沮丧起来，她真是什么事都做不好。

“走吧，我再给你买一根。”看着她眼巴巴地盯着地上那根冰棍儿的样子，顾延之没忍住伸手摸了一下她的脑袋，心想，她那像只掉了肉骨头的小狗的表情到底是怎么来的？

哪有什么天生就可爱，不过是因为心里喜欢而已。

——顾延之

第三章

顾延之吃醋

虽然你并不喜欢我，可是因为有你，我仍然觉得这个世界是美好的。

——田小恋

1

田小恋吃撑了。

丢脸的是，她撑得有点严重。上车之后，她歪靠在车座上，都有点儿想吐。

顾延之很是担心，这小姑娘不会撑坏了吧？

可是，一听她说这个看起来好吃，那个听说好吃，他身为一个很有绅士风度的学长，当然满足她的全部要求了。不就是吃一点东西吗？她说什么好吃就买什么。可现在，她是不是吃得太多了？已经从街头吃到街尾了。

“难受？”顾延之慢慢地把车开出车位，半夜没什么车，他也没敢开快，小姑娘脸色煞白，看起来是真的难受了，“要不要去医院？”

“不要。”田小恋有气无力，比起肚子的难受，她更多的是觉得丢脸。第一次单独和顾学长出来，她居然从夜市的街头吃到街尾！可是，顾延之笑着给她买的东西她不舍得不吃呀……结果现在吃到想吐怎么办？田小恋你还能更丢人一点吗？

“还是去看一下吧。”她脸都白了，也没有了平时的神采，应该是吃坏肚子了。

看着顾延之按导航去了医院，田小恋的眼泪都要掉出来了。换她是顾学长也不会喜欢她这样的女孩子，不会说话，吃东西没有节制，做事毛手毛脚，还老惹他生气，谁喜欢她谁有毛病吧！

大概是真的吃得太撑，田小恋心里又太难受，车在一个高架转盘上拐弯时，田小恋终于受不了了：“顾学长，我……我想吐！”

深夜十二点的马路边，田小恋把刚才不舍得不吃的好吃的全吐出来了，大概因为沮丧，那双平时清亮如湖的大眼睛里装的仿佛全都是泪水，此刻正大颗大颗地往下掉，一边掉眼泪一边还倔强地用小手抹掉：“对不起，顾学长，我本来一点都不想哭。”

可她的眼泪抹掉了一把又掉下来一把，一张小脸很快就哭花了。

顾延之一时被她汹涌得可怕的眼泪给吓着了：“是哪儿痛吗？”

“顾学长，你是对的，我这个人什么事都做不好，根本不值得你喜欢，所以你不喜欢我是对的。对不起，给你添了很多麻烦。”田小恋哭得有点儿崩溃了，一边道歉一边抹眼泪，看起来又倔强又可怜，顾延之看着她的样子，不知道为什么有点儿想笑，就顺口问了一句：“你也知道你给我添麻烦呀？”

其实他说这句话的意思并不是她真的给他添了很多麻烦，只是觉得她那么哭着有点可怜又可爱，所以就逗她一句。

然而，这句话听在田小恋耳朵里，却像一道闪电劈开了她的心脏：对呀，喜欢一个人就要好好地喜欢，怎么能变成他的麻烦呢？自从她喜欢他之后，特别是最近这两年，她一直在给他添麻烦……

田小恋瞬间就想通了，然后她抹掉了眼泪，最后还冷静下来，把脸擦干净了：“顾学长，谢谢你，我们回酒店去吧。”

回去的路上，田小恋一直都很安静。顾延之有点儿不习惯，看了她好几次，看她脸色如常才放心一些。

回到酒店房间互道晚安的时候，顾延之觉得刚才那么崩溃地哭着的田小恋似乎有一点奇怪，但是他又说不上哪儿奇怪。

在田小恋要关门的时候，顾延之终于忍不住了：“你没事吧？”

“我没事，谢谢顾学长送我回来。不好意思，今天又给你添麻烦了，以后不会了。”田小恋回答得很官方，脸上有一种让顾延之很不喜欢的微笑，让他心里有点儿害怕，至于害怕什么，他也说不上来。

2

第二天早上，顾延之去敲门找田小恋一起回海城时，房里已经没人了。随后他收到了田小恋的信息：顾学长，我搭早上的航班回海城了，你自己开车慢点。一路顺风。

顾延之盯着这条信息看了半晌都没反应过来：田小恋自己回海城了？她是什么意思？

顾延之猜不出来田小恋是什么意思，只是在回海城的路上，不知道为什么，心里总觉得空落落的，总觉得副驾驶座上应该有个女孩像只小松鼠一样在吃零食才对。

回到海城一周之后，顾延之有点儿忍不住了。都一周过去了，田小恋既没有给他打电话，也没有再出现在他面前！要知道，之前她就算是经过他们公司附近都会跑上楼看看，并假装和李和巽说几句话的！

“阿巽。”李和巽进来送文件的时候，顾延之终于忍不住了，“田小姐最近有没有给你打电话？”

“有呀，昨天还给我打电话了。”

“哦？说什么了？”

“问我要不要参加她们杂志的相亲活动，专门针对年薪五十万以上的职业精英的。”

“哦。”田小恋行呀，连他的助理都盯上了，这是想要网罗所有的单身男人吗？

“老板你也去参加吗？”田小恋说了，邀请到的单身男士越多，她的奖金就越高，她急着要钱装修房子呢。李和巽本来不想参加的，毕竟他并不是什么适合建立家庭的人，然而为了田小恋的奖金，他还是妥协了。

“我没有年薪。”身为公司的负责人，顾延之确实没有年薪，他只有作为股东的分红。不过他介意的不是这一点，而是田小恋明明也来采访他了，但是直到现在也没听她说采访稿发出来，不是说采访了他就可以得到十万块奖金吗？因为她的采访稿写得不好，所以没发出来？所以她没有奖金？还是因为他这个采访对象不够资格？顾延之越想越觉得郁闷，田小恋一周都没出现在自己面前了，她到底在做什么呢？

顾延之又忍了一周，终于忍不住了。

田小恋这天下班后还没回家就接到了母亲的电话："恋恋哦，你上次带回家吃饭的那个小伙子来我们家了哦，还说要一个人吃火锅咧。"

"谁？"田小恋一下子没反应过来是谁跑到她家去吃火锅，还是一个人。

"那个穿西装的。"田妈妈看了一眼坐在一张桌子旁一言不发看菜单的顾延之，多说了一句，"恋恋哦，你莫不是喜欢他吧？阿妈告诉你哦，他看起来不是普通人呢，我们是普通家庭，怕你会被人家看不起哦。"

这话田妈妈用家乡话说的，虽然不知道顾延之听不听得到，但是她还是压低了声音："阿妈不是说你眼光不好，阿妈是说这种男人的话家庭一定不一般，阿妈怕你去了人家家里受委屈哦。"

田小恋听出妈妈在担心，心里一阵发酸。她知道妈妈这样说不是因为看不上顾延之，而是因为妈妈比一般人都通透，看出来顾延之不管是家庭出身还是能力都比自己优秀太多，怕自己与人家不相配，和他在一起之后会受委屈。

"阿妈，我不会嫁给他的啦，你不要乱想，你就把他当成普通客人就可以了，我现在就回去啦。"

"可是我们店晚上都不营业的咧，我们家晚餐都是只有一家人吃饭。"田妈妈有点儿小小的委屈，这有钱人家的少爷就是不一样，门口明明挂着已打烊的牌子，可他不但进来了，还挑了桌子坐下，还拿菜单点菜。他们店是家庭私房菜馆好不好，今天的新鲜菜中午就已经卖完了啦，留下的一点是他们一家三口的晚餐呀。

“那就让他和我们一起随便吃点得了。”田小恋也很干脆。虽然她不知道顾延之为什么要到她家去，但是既然去了，她自然得回去招待一下。

得了女儿的首肯，田妈妈就回到后厨和丈夫一起准备一家三口的晚餐了。店门已经关上了，但顾延之根本没有要走的意思，还坐在那儿等菜。

大门边的小门吱呀一声开了，田小恋终于回来了。坐得笔直、在看手机的顾延之放下手机，看向了走进来的小姑娘，她今天穿的是职业装，脸上还化了淡妆……又采访什么精英去了？

3

“顾学长！你是不是想念我家的火锅，所以过来了？”田小恋一看到顾延之就笑意盈盈，但顾延之很不满意，因为她脸上的笑跟之前是不一样的，好像他是一个普通的客人而不是她的顾学长一般。

顾延之几不可闻地“嗯”了一声：“但你妈妈说晚上不营业。”

“对呀。我们店晚上是不营业的。不过你既然来了，就尝尝我爸做的麻辣香锅吧。我们今晚的晚餐是麻辣香锅，我爸自己炒的料，可好吃了。”田小恋放下手上的包，手脚利落地给顾延之倒茶，“顾学长，以后想吃我爸的火锅，记得要中午来。我们店的客人还挺多的，你可以先给我打个电话，我给你预留一个位置。我家的火锅你吃过，不走量，只走心，好吃，对吧？”

田小恋说这些话的时候，既热情又客气，脸上的笑容也很到位，可顾延之看着就是觉得不舒服：田小恋这是怎么了？怎么用这样的态度对自己？

“田小恋。”

“顾学长你说。”

“你怎么了？”

“什么怎么了？顾学长你是等得饿了吧？我去看看我爸做好没！等着，我爸做的麻辣香锅，保证你觉得好吃，我觉得比火锅还正点一些，就是不能让我爸我妈太累，否则晚上专门卖香锅，客人肯定也特别多。”田小恋看起来一点问题都没有，还是笑意盈盈的，起身跑进后厨的样子也很欢快，但是，顾延之心里不舒服。

他看见她这样子，心里就是不舒服。

田家一家三口很快就把饭菜都端出来了，确实如田小恋所说的那样，田爸爸做的麻辣香锅比火锅还好吃。顾延之虽然是富二代，但是他不是那种锦衣玉食，只会享受，没什么本事的富二代，读大学时他就自己出来创业了，成功过也失败过，住过宿舍也吃过盒饭，所以他并不是看不起普通食物的那种富二代。他认真吃饭，没有露出半点儿嫌弃的样子，让田妈妈有点儿遗憾。唉，这青年是个好青年，就是出身太好，太有本事，她的恋恋高攀不上。

田小恋表现得非常好，她妙语连珠，聊新闻、讲笑话，说田爸爸开店时的一些糗事和趣事，一家三口边吃边聊很愉快，当然也没冷落顾延之，都很照顾他。

然而，顾延之心里就是有一种感觉，田小恋对自己不同了。田爸爸和田妈妈心里显然并不喜欢他，他和他们不属于同一类人。

那种感觉就是，对方对你很周到也很热情，但是你能感觉到，他们没有把你当成自己人。

是的，就是这种感觉。

顾延之看向了田小恋，他终于明白过来了，明白为什么他会觉得田小恋变了。田小恋确实变了。之前田小恋在他面前经常说错话、做错事，但是他能感受到田小恋喜欢自己，她的眼神、动作以及说话的方式都在告诉他她喜欢他。而现在的田小恋八面玲珑，根本不会在他面前说错话，更不会一点小事都做不好，与此同时，他感受不到她喜欢他了。

田小恋不喜欢他了？为什么？什么时候开始的？发生了什么事？

得出这个结论之后，顾延之震惊了。他看着田小恋依旧灿烂的笑脸，心里的难受一点一点地堆积，最后在田小恋亲自将他送到门口时爆发。她笑着挥手说："顾学长再见，喜欢吃我爸做的饭，下次再来哈。看在你是我学长的分儿上，你中午来有得吃，晚上来也有得吃，给你开绿色通道哈。回去开车慢点哦。"

看看，田小恋一点毛病都没有，可是，以往她动作里、语气里、眼神里的那些依恋全都不见了。

田小恋，不喜欢他了！

得出这个结论后顾延之沮丧到了极点，他怎么也想不明白她怎么忽然之间就不喜欢自己了。

这是从什么时候开始的？明明……明明他们在佛城的时候，他们一起去逛夜市的时候，她还是很开心的。那一整晚，她的大眼睛都笑得弯弯的，不笑的时候，他也能看到她眼里装的全都是自己。

这一夜，顾延之因为田小恋不再喜欢自己这件事情失眠了。

4

田小恋简直要累哭了。

顾延之走了之后，她就换了身运动服开始大扫除，从大厅到厨房，从地板到天花板，从洗碗到擦灶台，总之她一分钟也没停下，就这么从八点干到了十二点。

终于把自己累瘫在床上之后，她告诉自己："田小恋，你表现得挺好的，要加油哦。"

然后，她做了一整晚关于手脚酸痛的梦。第二天一早，田小恋是扶着墙出门的："爸爸、妈妈，我手脚都好痛。"

田爸爸摸摸她的头："唉，傻姑娘，心情不好就做家务的毛病什么时候能改？"

田妈妈也摇头："我知道心情不好需要发泄，可你吃东西也行呀，好歹不这么累。”

可是她能怎么办？她想在顾学长面前表现得好一点，不要总是闯祸给他添麻烦。她已经不是他所喜欢的人了，总不能成为他讨厌的人吧？田小恋表示自己也很忧伤。

“小恋，你怎么了？”当她一瘸一拐地走到门口时，原本倚在黑色大越野车上玩手机的黄静澜马上走了过来，“腿怎么了？”

“呃……那个……昨天扭到了。”她总不能说是因为自己心情不好，疯狂做家务累的吧？唉，她今天就算是手痛脚痛也不能请假。今天她可是请到了黄静澜做直播，之前她对黄静澜的采访让她成功地得到了百万的播放量。前天黄静澜会来做直播的预告发出去后，光是赞赏就高达十万，她好想知道，如果是顾延之来直播的话，那些女人会疯狂成什么样。

“小心。”看她实在是走路都不顺溜了，黄静澜就伸手扶了她一下，而这一幕看在“刚巧经过”的顾延之眼里就怎么看怎么刺眼。田小恋不再喜欢他了，是因为搭上了黄静澜吗？

昨晚他实在是睡不着，就顺便让李和巽去查了一下黄静澜。原来黄静澜是林之沐与梁芳草的发小，所以才答应了田小恋的采访。这看起来并没有什么特别之处，田小恋活泼、可爱，有亲和力，很容易结交朋友。她明明是通过他和傅行歌才认识了林之沐、梁芳草夫妇，然而现在看起来她与他们的关系更亲近，他甚至都不认识黄静澜，她却已经上了黄静澜的车。

怀着这样沮丧的心情，顾延之给田小恋打了一个电话：“我的采访为什么不刊出来？你就那么看不上我？”顾延之这没头没脑的一句话简直是无理取闹呀，田小恋只不过是个打工的小记者，她哪里敢看不上他呀。其实她是因为私心，所以宁愿不要十万块奖金，也不发那篇他的采访稿。

“顾学长？”田小恋定了定心神，总算找着了圆谎的方法，“那个，不是呀。顾学长你不是特别优秀吗？所以我们将你的采访安排在了特别的情人节档期呀。身为万千待嫁女的梦中情人，顾学长的采访当然要在特别的日子发出来嘛！放心吧，顾学长，我们的用户都大方得很，等你的采访发出来后，说不定光是他们就能让你们公司的股价再上一个台阶哦。顾学长不要急哈，稿子编辑好后，会先给你预览的。”

怎么样？她表现出了自己八面玲珑的一面吧？没表现出乱七八糟不专业的地方吧？

田小恋不知道的是，顾延之只感觉到了她的疏离，被她这么一番完全挑不出错的话气得什么也不说就把电话给摁断了。

看着被摁断的电话，田小恋盯着手机的表情只差没写着：什么意思？顾学长好像又生气了？

正在开车的黄静澜看到她的表情，哧地笑出声：“是男朋友的电话吗？”

“不是。”田小恋应着不是，却露出全副心神都被那个电话侵占了的神情。男朋友？她要是有把顾延之当成男朋友的荣幸就好了。

5

“唉。”佛城金老先生的院子里，火红的石榴花开得很艳，石榴花下捧着一杯茶的田小恋却在叹气。

“这已经是你第九次叹气了。”傅行歌歪靠在摇椅上，又翻了一页书，表情冷淡地帮田小恋计数。

田小恋对黄静澜的直播采访异常成功，为老板吸来广告费至少百万，老板一高兴就给田小恋放了一周假。以往有假期，田小恋说什么都会找理由往顾延之面前凑，可现在她不敢，所以她只能来佛城找傅行歌。

可见了傅行歌，她就更郁闷了，因为傅行歌现在和梁云止简直恩爱得让人恨，就好比她午睡醒来，对傅行歌提议说“要不我们到院子里喝茶聊天吧”，傅行歌歪在沙发上看一本金老先生的孤本医学书，说了句“懒得动”，正要去厨房做饭的梁云止听到了，当着她的面就一个公主抱把傅行歌抱到了院子的茶座上，把人放下的时候还亲了一下傅行歌给她看，你就说这行为、这动作让她这个单身狗觉得刺眼不刺眼吧？

可是人家是合法夫妻，她再恨也不能不让人家秀恩爱不是？她只能一边把傅行歌和梁云止的恩爱当成偶像剧来看，一边哀叹自己的悲惨。她第一次单独和顾学长出去就吃到撑，让顾学长在路边紧急停车看着她吐……全世界没几个人像她这么丢人，这么能给喜欢的人添麻烦了吧？

田小恋第十一次叹气的时候，傅行歌终于把孤本看完了，她放下书，决定为了自己的耳根清净做一回情感导师：“表白被拒绝了吗？”

“早就被拒绝了呀。”顾延之大学毕业那天她去表白就被拒绝了，后来她在傅行歌的婚礼上受伤的时候觉得自己可能会死又表白了一次，结果还是被拒绝了。

她都已经被拒绝了两次还不够呀？也就是她这个人天生死心眼，所以一直到现在还喜欢着人家，想想都觉得有点死皮赖脸了。

“有多喜欢他？”傅行歌知道田小恋从大学时就说顾延之是她的理想型，但没理由这么多年还原地踏步不动。傅行歌的情商是低一点，为此她纠结了几年才确定和梁云止在一起，可是自从确定自己喜欢梁云止之后，她一举把梁云止拿下了。傅行歌觉得自己在这一点上，还是有资格做田小恋的前辈的：“只喜欢，不想拿下他吗？”

“当然想呀，但你以为谁都是你吗？”田小恋白了傅行歌一眼。

“喜欢就拼尽全力地去拥有他呀。”

“歌歌你……我问你一个问题。如果，我只是说如果呀，如果梁云止喜欢的人不是你，你很容易惹他生气，甚至让他讨厌，你也要拥有他吗？我的意思是，宁愿被他讨厌也要和他在一起吗？”

傅行歌十分认真地思考了田小恋这个问题："如果梁云止喜欢的人是别的女人……我不知道，可能会是灾难吧。但是梁云止不会喜欢上别的女人，他也不会讨厌我。"

"歌歌，你这是……"你这是流氓逻辑呀！你一个人的例子不能成为概率的呀，傅天才……田小恋决定放弃沟通："但是顾学长喜欢的就是别的女人，也讨厌我。"

"他不讨厌你，他可能只是还不明白自己在想什么。"就像她当年明明喜欢梁云止却同意与顾延之交往一样，顾延之现在是看不清楚自己的内心。傅行歌得出了结论，然后起身去厨房找梁先生去了。按刚才田小恋的说法，梁云止有可能也会喜欢别的女人？

正在专心给妻子做饭的梁云止断断没想到，傅行歌给田小恋做情感导师，结果却把无名战火引到了他身上。

6

顾延之在田小恋到达佛城的第三天也来了佛城，他是来"出差"的，新药有一些细节上的调整，他怕在邮件与电话里说不清楚，所以一定要亲自来一趟与傅行歌及实验室人员当面沟通。

梁云止看到顾延之，对傅行歌说了句："看来我很快就能把你的前任给推销出去了。"每一次出新药的时候，实验期很多问题都会遇到，但一般在电话、视频、电子邮件里就能沟通清楚的，哪里用得着顾延之这样的忙人亲自赶来面谈，他来是因为知道田小恋在这里吧？

顾延之不知道自己的心思已经被梁云止看穿了，还调侃他："看来这次金老的药很有用呀，你竟然没半死不活！"上次梁云止在佛城治疗的时候，确实一天比一天糟糕，到最后为了他，一行人在实验室里临时组建了一个急救室，因为很有可能他休克过去就醒不过来了。

面对顾延之的挑衅，梁云止笑得很淡然："有太太的人，是会多一点好好活下去的念想的。"

傅行歌则直接得多："顾延之，你不会以为你还喜欢我吧？"傅行歌问这句话的时候，脸上是"我怎么可能和这样的白痴交往过"的表情。

"我可不想做第三者。"顾延之的这个答案听在田小恋耳朵里真是似是而非，什么意思？不想做第三者，就是他还喜欢傅行歌，只是因为傅行歌已经结婚了，所以忍住了？

此外，田小恋一时进入不了状态的原因是，顾学长怎么来了？那她……应该怎么办？

"我要和太太去逛街了，你们随意。"梁云止揽着傅行歌就要出门，顾延之挑眉道："喂，有没有饭吃？"

"自己解决。"梁云止摆了摆手，头也不回地走了。说起来，他现在可是在度蜜月呢，做饭给太太吃很乐意，做饭给太太的前任吃，还是算了吧。

田小恋终于找到了表现的机会："顾学长你饿了呀？我去厨房看看还有没有菜，我给你做，我的厨艺也很不错的。"

"嗯。"顾延之只淡淡地看了田小恋一眼，根本没有要和她说话的意思，这态度看在她眼里就是，顾学长烦死她了！

为了逃避他，田小恋冲进厨房开始做饭，顾延之却站在院子里生闷气，他到底要不要进去和田小恋一起做饭？可万一他进去了，她的态度还是那样怎么办？他是真的不喜欢她戴着面具和他说话，真是烦死了。

"延之来了？"午休醒来的金老从里屋出来，笑眯眯地看着不速之客，态度是一如既往的豁达又随和，"最近你的心火太盛，要不要给你开一帖药？"

"我……好的，谢谢金老。"他最近何止是心火太盛，他整个人都快被田小恋这能折腾的小姑娘给整失常了。

“年轻人血气方刚，容易心火旺，找个姑娘恋爱会好一些。你看云止那小子，现在除了精气太旺，没什么问题。”

“他是不是还没好？傅行歌不是研制出有效抑制剂了吗？”

“病毒确实清除了，但是之前病毒对五脏六腑的侵蚀都比较严重，需要用药调理。还有一周，疗程就结束了，年轻人呀。老头子我出去散步了，你随意。”

顾延之就这么被抛弃在了院子里，他的眼睛看向厨房，心里在纠结，到底进去还是不进去呢？

7

在顾延之犹豫时，田小恋已经把一碗鸡汤素面端出来了：“顾学长，面来啦。鸡汤面，鸡汤是梁叔昨天送过来的，味儿好着呢。佛城就这点有意思，好多人家都有院子，邻居朋友之间端着鸡汤就能来串门儿，还有中午吃剩的烧鹅，何记的，味儿可正宗了。快吃吧。天气有点热，要不要给你开罐冰啤酒？”

面端到了顾延之面前，人也坐到了顾延之对面，一张笑脸也无可挑剔，就是那对酒窝怎么看怎么怪。顾延之发现，原来田小恋不真心笑的时候，酒窝居然是不对称的。

发现了田小恋真心笑与不真心笑的微小区别后，顾延之盯着田小恋的脸，心里有些生气，戴这张圆滑玲珑的面具给谁看呀？

怎么办？顾学长的脸色阴沉沉的！她没做错什么呀！面条味道挺好的，她刚才尝过了呀！那顾学长到底为什么不高兴？

顾延之阴沉着脸吃完了一碗面条，一句话也没说。田小恋当然不知道他到底为什么会心情不好。

吃完了面条，又喝上了田小恋泡的茶，顾延之终于开口了：“你爸爸、妈妈为什么不喜欢我？”

其实他想问的是，你为什么不喜欢我了？

田小恋愣了一秒，正当顾延之觉得他已经把她的面具给拆掉了的时候，她又把面具给戴上了：“怎么可能！我爸我妈很喜欢顾学长呀，他们都说顾学长长相出众、能力超群呢。”

田爸、田妈对田小恋是爱到了骨子里，哪里会看不出她喜欢顾延之，可是顾延之这样的男人肯定有很多女孩子喜欢，别说那些豪门富户了，就是条件比田家好的姑娘家肯定也多得很，顾延之将来肯定会面对很多比田小恋漂亮优秀又有才华的女孩。田家高攀不起顾家，与其让女儿嫁入豪门，像那些宅斗剧里的女主一样被欺负，还不如一开始就让她老老实实嫁一个门户清白简单的人。

顾延之直觉田爸、田妈不喜欢自己，哪里想得到自己有钱、有能力、有家世居然成了被嫌弃的理由。听田小恋这么一夸，他的心里是好受些了，但他还是觉得哪儿不对。上次在田小恋家的店里，他可是受尽了冷遇，他们一家三口就好像要刻意和他保持距离一样，脸上都戴着热情客气却很疏离的面具，根本没有那天在他们家那个小小的、不到十平方米的天井花园里吃饭的时候亲切。

所以，到底发生了什么事，才让田小恋对他的态度变了这么多？

而田小恋为了保持自己在顾学长面前的形象，开始给他讲佛城朋友们的趣事和八卦，比如林之沐和梁芳草这对青梅竹马的故事，金老的针灸术到底有多厉害，还有黄静澜竟然是黄飞鸿的曾曾曾孙子，但是林之沐才是黄家遗产的继承人等等，甚至还说到了梁云止和傅行歌结婚三四年都没有圆房的八卦。总之，她妙语连珠，八卦搞笑，一直不停地说着话，因为她怕自己一不说话就会崩溃掉！不过为什么顾学长看起来还是越来越不开心的样子？她到底要怎么样才能像和别人相处一样和他相处？她不想被他讨厌呀，一想到跟着他去美国结果受伤害他改变行程等她回国，去柬埔寨他为了保护她不得不把她带在身边寸步不离，而她呢，不是受伤就是掉坑，要么就是差点被一堆男人发现是女孩，再不就是什么都做不好……

田小恋越说越沮丧，越沮丧就越想逗顾延之开心，可她越想逗顾延之开心，顾延之的脸就越黑。

8

梁云止和傅行歌打电话说他们要吃完饭、看完电影才回来，让他们给金老做饭的时候，田小恋已经陷入死循环里，声音都快哑了，可顾延之看着她的表情依然没有什么变化。她逃似的进了厨房，一进厨房，脸就垮了下去。再这样下去，她真要哭了。她要不要逃跑算了？顾延之本来还想跟着田小恋进厨房，看她能装到什么时候的，然而金老散步回来，邀请他下棋，他只好在院子里陪金老下棋，多少给了她一丝喘息的时间。

其实，经过这个听田小恋讲八卦、讲笑话的下午，顾延之心里已经没那么生气了，他忽然觉得戴上面具装活泼、开朗的田小恋还挺有意思的！装，你继续装，我看你能装到什么时候！别以为我不知道你本性是个没心机、喝多了会起色心、爱耍赖皮的吃货！

顾延之和金老一局棋没下完，田小恋就把饭做好了。不是她真的手脚麻利，而是她只会下面条。所以，中午刚刚吃过鸡汤面的顾延之晚上又吃了鸡汤面。面还是挺好吃，但他挑了两筷子就放下了："没什么胃口。田小恋，夜市在什么地方来着？金老，一起去？"

金老先生筷子一挥赶人了："佛城的夜市开得早，年轻人赶紧去吧。我老了，晚餐一碗面汤都嫌多，就不凑热闹了。"

这一次，顾延之与田小恋步行去夜市。从酒店到夜市远，但金老家和夜市只隔了两条街，田小恋对附近相当熟悉，一路上给顾延之介绍附近建筑与风土人情，小嘴就没闭上过。金老家住在佛城最古老的城区，这里的建筑从清末到民国时期的都有，哪哪是谁谁的，当年怎么样怎么样……

"你为什么对这里这么了解？"

"为了采访黄静澜呀，这里是黄静澜的故乡呀。你不知道，我们的客户还有为了黄静澜组织来这里旅游呢！”田小恋觉得自己表现得还挺不错的，为了采访黄静澜，她可是把他成长的家乡摸了个透彻。

居然还真是。顾延之挑挑眉没吭声，难道那姓黄的小子真的是田小恋不再喜欢他的原因？

“上次黄静澜的直播，现在播放量已经超过五千万了哦，厉害吧？”田小恋本来是想说自己做的这个采访很厉害，但这话听在顾延之耳朵里却成了“黄静澜厉害吧？”，于是，他沉了脸：“田小恋，不要去想一些不切实际的事情。”

“啊？”田小恋被一个不切实际说得有点儿蒙，她喜欢他是挺不切实际的，连爸爸、妈妈都觉得她应该现实一点。

“到了，你想吃什么？”站在街口，顾延之不禁想起两个月之前她像小动物一样坐在石墩上吃冰棍的样子，“要吃冰棍吗？”

“不想吃。”其实田小恋走了一会儿，这时还是挺渴的，但是在顾学长面前吃冰棍的话，她可能会比较狼狈吧？为了避免像上次那样吃撑的情况发生，她还是不要冰棍了，真的太丢人了。

“这个要吃吗？”上次她看到这个糯米球就两眼发光来着。

“不想吃。”其实她有点想吃，不过……还是算了。

“那个要吃吗？”上次她看到那个什么大肠包小肠就走不动了。

“不想吃。”晚饭没吃，她有点饿怎么办？

“这个呢？”小姑娘今天转性了吗，什么都不吃？

“呃……还是不吃了。”她真的饿了。

两人就这样，一个努力在记忆中搜索她吃过的东西，从街头问到了街尾；一个努力忍着饿得发痛的肚子从街头拒绝到了街尾。然后，他们和刚看完电影来吃夜宵的傅行歌小两口撞上了，田小恋忙喊道：“啊，歌歌！你们怎么在这里？”

田小恋好惊喜，原来梁云止和傅行歌这样看起来不食人间烟火的人儿也爱逛夜市！

顾延之却莫名有点小烦躁，这两个作为田小恋偶像的人一出现，他就没什么机会逗田小恋玩儿了，于是他不满道：“怎么到哪儿都能遇到你们？”

9

最后，托傅行歌的福，死撑了半晚的田小恋终于吃上了烤串儿。顾延之原本刻意板着逗她，因为见到了傅行歌和梁云止，他的脸色缓和了不少，她也就没那么绷着了。顾延之给梁云止倒一杯啤酒的时间，她已经埋头吃了几串烤串儿。顾延之看了她一眼，又看了她一眼，只觉得她鼓鼓的腮帮可爱得让他的手有点痒痒，终于没忍住伸手揉了一下她的头发：“刚才不是说不饿？”田小恋一愣，几乎要把嘴里的东西吐出来，不过还是很快找回了状态：“我现在饿了嘛。”

讲真心话，梁芳草介绍的这家烤串儿是真好吃。

顾延之有点担心她吃得太快，胃受不了，细心地给她盛了一碗鱼片粥：“先吃点软的。”

顾延之把碗递到田小恋面前之后，抬头就看到了梁云止写着“看吧，你这样和我伺候我太太有什么区别？还不快点承认喜欢人家”的眼神。

梁云止的眼神让顾延之有点儿不自在，他腹诽：你梁云止伺候傅行歌都伺候到嘴边了好吧，我只不过是给她盛碗汤，怎么就……算了，没什么好反驳的，他得赶紧在田小恋喜欢上别人之前让她回头。

田小恋不知道自己无意中的退缩居然取得了以退为进、欲擒故纵的良好效果，只觉得终于吃上了东西，但是一定不能再在顾学长面前失态了，一定要保持良好的教养。她要是再暴饮暴食，那她以后连当顾学长的普通朋友的机会都没有。以顾学长的能耐，他以后肯定会越来越优秀的。在这种心理的驱动下，田小恋把顾延之给她盛的那碗粥吃完就拿了张纸巾擦嘴。

“再吃一碗。”顾延之拿起她的碗，又给她盛了一碗。烤串儿吃多了不好，但是这粥可以多喝点。

“我……”田小恋看着那碗粥有点蒙，顾学长又给她盛了一碗？！她……她……到底吃不吃呀？

田小恋眼底的小纠结让顾延之眼底闪过一抹笑意：“怎么不吃？”

小样儿，明明是个小吃货却想装成冷美人。想到这里，顾延之觉得傅行歌还真的挺没意思的，好像他认识她这么久，就没看到她对功课以及梁云止之外的东西感兴趣过。作为一个女孩子，她居然没有任何喜欢吃的食物，还是田小恋看到喜欢吃的东西就两眼冒光的样子更有趣。

梁云止又给傅行歌盛了小半碗鱼片粥，在他眼里，傅行歌可不是什么对食物不感兴趣的人，她只是对食物的欲望不大，比较节制。其实她对食物还是有喜好的，喜欢吃鱼，喜欢吃一点辣，但是总体喜欢清淡一些的汤和粥。当然，她还喜欢一些只有他才会做的分子冷食。

真正爱一个人就一定会知道对方细微的喜好的，就像顾延之根本不知道他已经慢慢地将田小恋的喜好一一记在了心里一样。

四人吃完了夜宵，又一起散步回去。梁云止与傅行歌走在前面，两人十指紧扣，不时说着悄悄话。梁云止总是凑过去亲傅行歌，这种亲密小动作以前很刺激顾延之，毕竟女神成了别人的妻子，他还是个不知道要怎么脱单的单身狗，不过现在他似乎没什么感觉了。

顾延之和田小恋两人就走在这对恩爱小夫妻的后面，一把一把地捡狗粮吃。在这个过程中，顾延之假装不经意地低头看了好几次田小恋那只软软白白的小手，好不容易才克制住内心那股想拉住她的冲动。

10

快到金老家门口的时候，前面的一对人儿忽然站住回头，两张精致漂亮的脸上露出了在顾延之看来是十分可恶的微笑："金老家只有两间客房，我们住了一间，所以你们要住在一起吗？"

顾延之中午是拖着行李箱出现在门口的，估计没有订酒店吧？

"啊？顾学长你没有订酒店呀？现在这里不太好叫车哦，要不歌歌，我和你睡一间，顾学长和梁云止睡一间吧？"田小恋马上提出了自己认为可行的建议。

可梁云止搂着老婆，微笑拒绝了："我们已经结婚了。"

田小恋马上不好意思地道歉："对不起，我……"她的话被顾延之打断了："你们又不……睡不睡在一起有什么区别，就这么定了。"

顾延之拿出了学长的威严与架势，率先走进了门。田小恋愣了一会儿，好像有点明白顾学长说的话，八卦之火瞬间熊熊燃烧，她看向梁云止与傅行歌，问："你们居然……你们不是……有什么问题吧？"梁云止被田小恋八卦又探究的目光弄得有点儿尴尬，抬手摸了摸脖子没说话，倒是他直率又可爱的妻子一句话就替他捞回了场面："病毒有可能会通过性传染，完全清除之前不能……"

小夫妻俩走了，田小恋还维持着原来惊讶的姿势，站在门口消化刚才的问题……可是她还是很好奇怎么办？如果待会儿她和歌歌卧谈的时候问，她会不会被打呀？

晚上，顾延之洗漱完回房时，听到了隔壁房间里传来田小恋的笑声，不禁想起了大学时总跑到傅行歌宿舍找傅行歌的时光，便看了一眼在电脑前忙碌的梁云止："那个时候，你是怎么忍住不公开追求傅行歌的？"

他发现了，看起来温润斯文的梁云止其实很腹黑。他追求傅行歌时闹得全校皆知，梁云止却不声不响地把傅行歌的心给偷走了。

"谁说我忍得住？"知道他为了让她搬到他隔壁，为了制造与她相处的时光，为了做饭给她吃，花了多少心思吗？

“这么说，傅行歌刚入学，你就看上她了？”他可是在新生登记的时候就认识了傅行歌，梁云止不可能比他早认识她。

“十四岁的时候。”因为孤独，所以他很早熟。

“什么？”顾延之惊讶地看过去，然后又被梁云止的电脑画面给吓了一跳，“你……你居然看这个？”

梁云止居然在看动画片？

“她的减压方式。我把她喜欢的几个人物片断剪辑在一起，打算放在她手机里。”傅行歌刚到美国得知他的“死讯”时，每天坐在沙发上痛哭、吃零食、叫外卖时，他就发现她的电视机里放的几乎全都是动画片。那些动画片看完之后，她就冷静下来了，开始了她把他“救”回来的计划。

梁云止说这话的时候，眼底有极浅极淡的笑意，仿佛在说一件多么有趣的事情。刹那间，顾延之好像忽然间明白了傅行歌会选择梁云止的原因，因为梁云止比任何人都爱得用心。在很多人眼里，虽然傅行歌长得漂亮，又聪慧过人，但是她情商低、性子直，而且太过冷漠无趣，可在梁云止眼里，不管是什么样的她，都是可爱有趣的，他总能发现她与众不同的地方，并欣赏她。

顾延之忽然觉得，自己对爱情的理解好像一直都太肤浅了。

抱歉呀，一直都没有学会爱，直到爱上了你。

——顾延之

第四章

求婚成功

正巧被你喜欢的这种幸运，我一直以为不会有。

——田小恋

1

第二天他们打算到郊外去爬山，然而，金老借给他们的老爷车大概是太久没有上路，跑到一半就抛锚了。

开车的人是顾延之，他有些烦躁："我们应该租一辆新车的。"

最先同意使用金老车的田小恋顿时有些慌："顾学长，对不起，我不知道会这样，要不我试试看能不能在这里叫到车吧？"

梁云止下车打开了引擎盖，傅行歌则下车打开了后备厢，夫妻俩一个查看问题，一个找工具，把田小恋又惊着了："你们连修车都会吗？"

"简单地了解一点。"傅行歌淡淡地回答。前几年她被安吉拉逼得数次逃亡，所以她特意去了解了一些与车有关的知识。梁云止大概也是因为那些经历，所以才去学习的。说起来，她与梁云止都属于那种为了解决问题总尽力做自己能做的最完善准备的人。

"是电瓶忽然缺电了，有备用电池吗？"

"有。"傅行歌拎着从后备厢找着的大工具箱就过去了。

几十分钟后，顾延之再次点火，车正常了。

一身户外运动装束的梁云止和傅行歌各自上车，看到车里的顾延之和田小恋双双沉默地看着他们。有这种什么都会的朋友，应该很自豪还是很自卑？

"田小恋，你这样看我们做什么？"傅行歌的手被梁云止拿在手里，他正用湿巾一根一根地把她手指擦干净。坐在副驾驶座上的田小恋一直转头看着他们，眼睛里都是崇拜："为什么你们什么都会？"

“大概是因为你什么都不会？”傅行歌难得开起了玩笑，却引起了顾延之的不满：“她至少会做鸡汤面。”而在护老婆这件事情上，梁云止当然不会输给任何人：“我太太不需要会做饭。”

“得了得了，知道你是老婆奴。”顾延之从后视镜里看到梁云止替傅行歌擦手了，这动作本来没惹他羡慕，但田小恋一脸崇拜地看着他们的样子让他心里有点儿不舒服。难道在田小恋眼里，不是他这个顾学长才完美无缺吗？

顾延之没想到他今天的尴尬还没有到此为止，在停车场停好车之后，他刚从后备厢把背包拿出来，就听到有人在叫他：“顾延之？”

顾延之回头看着那对恩爱地搂着的男女，愣了好一会儿，才想起叫自己的女人是他的前任……姓何，叫何什么来着？对，叫何慧卉。

“你好。”为什么会这么巧？他穿着一身在街口临时买到的运动服，开着一辆半路会抛锚的九十年代老爷车，居然遇到了前任女友。而前任女友貌似找了一个高富帅丈夫，开的新款奔驰轿车就停在他的老爷车旁边。虽然这样的车他不屑去开，可现在他……他低头看了一眼自己身上的杂牌运动服，决定放弃这种可笑的前任攀比心理：“好久不见。”

“好久不见，这是我先生。老公，这是我大学同学顾延之。佛城是我老公的家乡，你怎么在这里？”何慧卉对这次相遇还挺开心的，看到此刻的顾延之，她觉得自己当年被他甩的最后一丝郁闷气都给出了。听说顾延之家破产了，看来是真的呀，他居然开这样破的车。

顾延之正想说什么，车里折腾了半天都没能下车的田小恋终于求助了：“顾学长，来帮帮我可以吗？安全带打不开了。”

“抱歉。”顾延之绕过去打开副驾驶室那侧的车门，好一会儿才把田小恋给解救出来。天气比较热，一时两人都有点儿狼狈。

而何慧卉就似根本不肯放过让顾延之尴尬的机会：“这是你女

朋友吗？啊，怎么不是傅行歌呀？当初你不是说一定要追到傅行歌的吗？”顾延之当年和章晓嘉分手后就与她交往，向她提出了分手，就声势浩大地追求傅行歌。那时候她正在准备出国，被他影响了心情，差点儿放弃。

所以何慧卉觉得自己终于出了一口恶气。

2

顾延之这会儿觉得自己得了尴尬癌，以前他听人说前任不好惹的时候还不太信，毕竟他对前任很大方，这会儿却真切地感受到了前任的威力。田小恋就在这儿，他要怎么挽回在田小恋面前已经开始崩塌的形象？

幸好田小恋反应极快，并且快速地找到了合适的借口：“啊？这位女士你是不是误会了什么？顾学长，谢谢你呀。我的车在路上坏了，你不但帮我修好了，还帮我开到这里停好。真是不好意思，还把你的衣服都弄脏了，害得你穿我哥的衣服，真是太谢谢你了。一会儿我哥来了，我让他把你送回酒店吧。天气太热了，那边好像有冷饮店，我们先去喝点东西吧。顾学长这边走。”

从停车场走到冷饮店的几百米路上，顾延之倒是不尴尬了，他低头看着田小恋抓住自己手腕的那只白白软软的小手，刚才的尴尬瞬间一扫而空，嘴角开始慢慢翘起，眼底笑意渐满：这姑娘还是在意他的，对吧？

确认了这一点，顾延之的心情就愉快多了，连看带着再次重遇的何慧卉夫妇也觉得顺眼多了：“又遇到了，真巧。”然后他一只手拉着田小恋，一只手拎着刚买好的冰奶茶去找傅行歌、梁云止会合去了。

何慧卉是谁？管她呢。顾延之只知道田小恋的手小小的、肉肉的，握着的手感很好。

“顾学长！那个女的是谁？她好像在针对你！是你的竞争对手吗？！”田小恋看上顾延之的时候，顾延之的前任基本已经离开学校了，所以她一直以为顾延之只喜欢过傅行歌一个，自然而然地将何慧卉归结为商业竞争对手。

顾延之心里闪过一丝尴尬，随后点头：“嗯，不用理她。”

“那她是不是跟踪你呀？你来佛城她也来！不过歌歌不会和她合作的对不对？”田小恋问完这句，就看到了傅行歌，“歌歌！歌歌，你不会和顾学长以外的人合作吧？刚才有个女的，长头发，个子比我高一点儿，穿红色衣服的，她要是来找你谈合作，你不要理她哦，她刚才在笑话顾学长呢。”

田小恋这话有点没头没脑，顾延之听懂了，傅行歌却看着他。

顾延之摸了摸鼻子：“呃，刚才遇到了一个认识的人罢了。”。

梁云止扫了一眼顾延之拉着田小恋的手，伸手把傅行歌扯近：“老婆，有两条路线可以上山，要不我们走左边这条难一点的吧？”

“为什么要走难一点的？难道爬山还要表现得你们比我们精英吗？”田小恋哼了一声，“顾学长，那我们就走容易那一条好了。看谁先到山上。”

顾延之被她话里的那个“我们”讨好了，所以笑着点头：“好，我们普通人不要和他们那种开挂的人比。”

傅行歌提了一个建议：“一起走不好吗？”

结果两位男士异口同声地拒绝了：“不好。”毕竟在他们眼里，对方都是很大的电灯泡。

“山顶见。”

一个小时后，崎岖的山道上，顾延之看着抱着树哀号着不愿意继续走的田小恋，觉得又好气又好笑：“去柬埔寨时的那些体力呢？”

“我那是……我那是锻炼过才去的。为了跟着去，我天天去健身房，可其实我最讨厌健身房了，呜呜。”她的手好累，她的腿好累，她好后悔这一年多来看到健身房就跑，她应该去锻炼身体的，现在她走不动了，感觉在顾学长面前好丢脸……

“你为了跟我去柬埔寨，特意去健身房了？”顾延之关心的却不是她丢脸的事，而是回想起了她那次偷偷跟着他进丛林的情形。他有点后怕，就她那临时抱佛脚的体力，如果当时不是他发现了她，如果她在某种意外情形下掉了队，迷失在丛林里……不行，回海城之后，他得帮她强化一下身体素质。

3

山顶上，已经到达营地扎好帐篷的梁云止正在做晚饭，被他宠成小朋友的傅行歌拿着平板在看他剪辑的片断。梁云止还给每一段视频都配了音，所有温馨表白的“我爱你”都变成了他配音的“傅行歌，我爱你”。

傅行歌看着看着就笑了，笑声越来越大，歪倒在睡袋上：“梁云止，你是怎么想到把你的声音和他们的声音合在一起的？听起来真的好好笑呀。”

梁云止看她笑，瞬间只觉得所有的小心思开成了花，那光彩能压过此刻天边最亮的那抹霞光：“不是应该感动才对吗？那么多的我爱你，我可是配了很久。”

顾延之还笑话他幼稚。

可是，能逗得傅行歌像此刻这般笑，他幼稚一点又有什么关系？

此刻顾延之也在半山腰扎好了帐篷，而双脚不知道为什么居然长满了水泡的田小恋坐在一旁，已经沮丧到自闭。不就是爬个山吗？为什么虫子没有爬进别人的鞋子里，就她遭殃了？而且她对这种不知道是什么的虫子反应特别大，双脚以肉眼可见的速度长满了水泡。她真的想忍的，可是她真的痛呀。停下来涂了带来的药物是好一些了，但是这样子，她根本走不了路，如果回去的话，说不定还要连累顾学长背她。夜晚肯定不能走山路，只能就近扎营。不管怎么说，这就是她的错，她又给顾学长添麻烦了。

也许是因为夜晚的关系，也许是因为这么多天，田小恋那根死绷着的神经终于在此刻绷断了，她吃着顾延之做好的方便面，眼泪突然就掉出来了："顾学长，对不起。"

她个子本来就娇小，现在坐在那个巨大的背包的旁边，双手还捧着碗面，像一只缩着头的小松鼠。她道歉的声音本来小小的，第二句大了一些，到第三句的时候，就很大了。

顾延之看着她，想着要怎么安慰她的时候，她忽然更大声地喊："顾学长，对不起！我不应该喜欢你！我的喜欢给你添麻烦了！呜呜呜，田小恋真没用！"

她这么一哭，彻底把顾延之给哭蒙了，他怎么又把她给惹哭了？

顾延之放下手里的碗，蹲在她面前，看她呜呜哭着，像只委屈的小松鼠，特别可爱。

"我……我真的好愚蠢……我以后再也不会出现在你面前了，对……对不起……"田小恋是越哭越伤心，从十八岁到现在二十八岁，她喜欢顾延之很多年了。为了他，她什么都愿意去做。她跟他去柬埔寨，不放过任何一次和他见面的机会。她真的很用心在喜欢他了，可是不知道为什么，她总是做错。爸爸、妈妈说得对，不管她怎么做，都不可能配上他的。她注定不可能和他在一起，因为她根本配不上他。

顾延之哪里知道小姑娘这么自卑，他只觉得面前这只捧着面碗哭的"小松鼠"真是可爱，让他想……算了，别想了，直接做吧。

于是，顾延之伸手拿开她的面碗放到一边，然后跪坐在地上，把她这只哭得都快没气儿了的"小松鼠"抱进了怀里。

4

田小恋是下定了决心再也不出现在顾延之面前，她甚至想好了，下个月和爸爸、妈妈一起回川城，再也不要去海城，再也不会想方设法地接近他，因为她只会给他添麻烦。下这样的决心当然会让她觉得很难过，所以她就哭得前所未有得狠，以致脑袋都有点晕乎乎的，所以在听到顾延之说“你什么都不必会，你只要像以前一样认真喜欢我就好”的时候，她根本就消化不了他这句话。

顾延之就有点郁闷了，他都已经表白了，为什么怀里这只“小松鼠”还是一个小哭包？顾延之干脆坐在地上，把她整个人都抱进怀里：“别再哭了，再哭我就亲你了。”听说女孩子哭的时候，抱住她亲上去是最管用的办法。他是交往过三个女孩，但她们根本不会在他面前哭，所以在对付女孩子哭这一点上，他还真没有什么经验。

而田小恋哭得已经没有智商，只剩本能了：“你又不喜欢我，为什么要亲我？”

她的话里都是委屈指责，顾延之忍不住了：“是呀，你想想，我不喜欢你，为什么要亲你？”

说完这句之后，他并没有给她思考的机会，低头就亲了下去。

她的嘴唇很软，就像她的人一样，小小的、软软的，有眼泪的味道，还有面的味道，然而那都很淡。她的嘴唇，原来全是甜的味道。

那个吻很长，长到田小恋有点儿窒息。她因为痛哭缺氧，体力很菜，又被虫子咬了，有过敏症状，更重要的是，她终于反应过来顾延之在亲她的时候，她吓得忘记了呼吸……然后，在各种因素的混合作用下，她居然昏过去了。

感觉到怀里人儿的身体从僵硬变成了无力的绵软，顾延之吓了一跳：田小恋！

在这个世界上，应该不会有第二个像她那么丢人的人了吧？因为被喜欢的人亲了，所以她昏了过去，然后把她亲昏的那个人急得叫了急救直升机把她送到了医院。

但是，一想到顾学长居然亲了她，她就觉得自己在做梦。顾学长一定是忽然脑子抽风才亲她了？不不不，顾学长那么聪明的人，怎么会脑子抽风？

“笑什么？笑得这么蠢。”抱着一束花一进门就发现田小恋在花痴的傅行歌直接就戳在了田小恋的心上，田小恋沮丧道：“歌歌，你也觉得我很蠢呀？”

“还行吧。”傅行歌找了个花瓶，把花插进去后放在床头旁边的柜子上，“爬个山也能把自己整住院。”

田小恋的情况好像有点儿糟糕，她被不知名的虫子咬了，双脚上起的水泡只是表面症状，昏倒好像也只是因为她所认为的事情。但事实上，她之所以住院是因为她的白细胞和免疫系统好像都受到了影响，这会儿梁云止与顾延之正在医生办公室里商量着治疗方案。

“唉，我不是你嘛，我经常什么事都做不好。”田小恋只沮丧了一小会儿，马上就笑得像捡到了大便宜的猫咪，“歌歌，我告诉你，顾学长他亲我了！”

傅行歌看着浑身上下都仿佛冒着粉红色泡泡的田小恋，向来淡漠的眼底也有了笑意：“被人亲了就这么高兴呀？他喜欢你吗？”

顾延之应该还没有很直白地告诉田小恋他喜欢她吧？

喜欢就会放肆，比如当年顾延之喜欢她。而真爱，大多是克制的，比如梁云止对她，再比如此刻眼底满是担忧的顾延之对田小恋。

5

田小恋傍晚昏睡过去的时候，顾延之去了她家通知她的父母。昨晚他叫直升机是因为情况太过紧急，今天他通告她父母是因为一大早她的各项化验结果很奇怪，再去化验的时候更奇怪，之后他就一直和医生沟通，还将样本送到维克医生的实验室去化验，看是不是感染了不知名的病毒，毕竟在“撒旦之吻”与“初恋之吻”不断地挑战人类极限的这几年里，是否有新的病毒威胁人的生命已经成了一种恐慌。

顾延之从没有这样难受过，即使当初被傅行歌一次又一次地拒绝，即使傅行歌最后离开他跑向梁云止，即使他看着傅行歌嫁给了梁云止，他也从来没有像此刻这样难受过，就像世界即将崩塌，如果他不能挽回，那么他的人生将失去意义。

他忽然有点理解傅行歌前几年为什么总会在无意中表现出那种强烈的焦虑感了。你即将失去爱人，而你无能为力，没有什么比这种事更让人难受。

夜晚火锅店的大门是关闭的，小门也要敲才会开。顾延之站在门外站了一会儿才按了门铃，过了一会儿，听到里面有脚步声的时候，他整个人都紧张起来。这种感觉很难形容，他充满了愧疚感与紧张感，居然有一种想逃跑的冲动，仿佛跑了就不用面对将田小恋的情况告诉他们的现实。

“谁呀……咦？顾先生。”来开门的是田妈妈，她个子娇小，田小恋和她长得很像，但田小恋因为综合了父母的优点，所以在长相上比母亲要出色一些。

“对不起。”顾延之也不知道自己怎么的，大概是太紧张的关系，对着田妈妈就是一个九十度鞠躬道歉。

田妈妈吓了一跳：“啊，顾先生这是……怎么了？”

里屋小小的客厅里，灯光明亮而温暖，顾延之一五一十地说完田小恋现在的情况，眼睛盯着他面对着的一个小小的房间。那房间的门没有关，从里面的装饰来看，那应该是田小恋的闺房。虽然这是租的房子，但这一家人很会生活，不但把外面小小的天井变成了错落有致的花园，狭窄的两房一厅也干净而温馨。顾延之看到田小恋的床上居然有一个小松鼠玩偶，没想到她居然真的抱着小松鼠玩偶睡觉。

“你是说，我们恋恋因为被虫子咬了，所以现在有生命危险？”田爸爸听完之后一直沉着脸不说话，田妈妈则是一副难以置信的样子：“是什么虫子？她去哪儿了？为什么会被咬？”

“是在佛城郊外的一座山上，那里经常有游客去野营。昨天我们也是去野营的，中午上山的时候，她因为比较累，就脱了鞋子揉了揉脚，然后鞋子里爬进了不知道是什么的虫子……”

顾延之看到她一双白嫩的脚上迅速地冒起水泡的时候，也吓了一跳，但他那时候以为这可能只是她的皮肤太嫩，虫子的毒素太强，当时给她用了随身带的药，而她的情况挺好的，水泡也开始消下去了，谁想到送到医院后情况会急转直下呢？

“先去医院看看吧。”田爸爸终于出了声，顾延之只觉得更难受了，仿佛田小恋这样全是他的责任一样。

三人到了医院，田小恋还在昏睡中，田妈妈叫了好一会儿都没能把她叫醒。顾延之急得又去找医院给田小恋做了一轮检查，检查的结果是，白细胞和免疫系统受损的情况好像好一点儿了，然而不知道她昏睡的原因是什么。

顾延之打电话给傅行歌的时候，简直是心急火燎的。正在实验室里分析血液中的病毒样本的傅行歌没有接他的电话，电话是作为助手的梁云止接的：“别急，结果还没出来。”

“如果她一直不醒，怎么办？”顾延之问出这个问题的时候，觉得自己的一颗心都是干枯的，一碰就有可能会碎成飞尘。

6

“要相信她会醒。”梁云止这样安慰顾延之的时候，在心里加了一句“就像傅行歌相信我会醒一样”。

等傅行歌终于将血液样本里的病毒分析都一一细分清楚之后，回过头就看到梁云止拉了一张椅子，正气定神闲地坐在自己后面看着自己，而且他的眸子看的好像是……

“梁云止！我说了，不要总想复杂的事！”

梁云止笑了：“我想的事情很简单。”傅行歌现在很想给梁云止一个白眼，但依她的经验，在梁云止的眼里，现在她的白眼会被他当成媚眼，想想还是算了。自从病毒清除之后，梁云止眼底那点藏了很久的欲望就越来越不好控制了。

“认真点。”傅行歌点了发送将分析结果发到了主治医生的邮箱，又拿着刚打印出来的一份给梁云止看，“田小恋的体质挺特殊的，你看一下。”

梁云止凑过去看那些数据，不禁“咦”了一声。

傅行歌和梁云止拿着那些数据回到医院的时候，田小恋已经醒过来了，正在享受妈妈的爱心早餐。梁云止找到顾延之的时候，他正在安全通道的一个无人角落里，整个身体都靠在墙上，闭着眼睛平复在生死线上吊了一晚的情绪。

田小恋那并不是什么过敏症状，事实上，上次他们从柬埔寨回来的时候，田小恋真的感染了“初恋之吻”病毒。但是因为田小恋的体质比较特殊，当时她又有一些过敏症状，她体内的病毒被奇怪地抵消，或者说是被抑制住了。两者在她的身体里达到了一种奇妙的平衡状态，然而这一次意外她被虫子咬了而再次过敏之后，她体内的“初恋之吻”就爆发了，这才是引起她各种奇怪症状的原因。

幸好，两年后的现在，“初恋之吻”已经不是没有抑制剂的病毒了，傅行歌发现的抗体能够同时消灭“撒旦之吻”与“初恋之吻”，毕竟这两种病毒虽然各有不同，但来源相似。

顾延之一直沉默，他觉得自己还需要时间才能回到失而复得的现实。

“五年前，傅行歌感染‘撒旦之吻’的时候，我的感受和此刻的你一样。在没有遇到她之前，我觉得人生太漫长了，不知道什么时候才能走到死亡；可遇到她之后，我开始害怕我们在一起的时间太短，有时候会害怕爱还没有表达完，人生就要结束了。没有什么好纠结的，爱上了就是爱上了。迟一天在一起，余生有她的时间就少一天。”

“梁云止。”

“嗯。”

“你是诗人还是情圣？”

“我是傅行歌的丈夫。”

是是是，傅行歌的丈夫了不起。而他顾延之会是田小恋的丈夫的。

田小恋完全不知道自己经历了惊心动魄的一天两夜，一边吃着妈妈送来的早餐，一边少女心怦怦跳着，心想：为什么看不到顾学长？难道之前他亲她是她在做梦？还是他后悔了？

在这样的忐忑里，田小恋终于吃完了早餐，将父母给哄回家去休息了。爸爸、妈妈昨晚居然在医院守了一夜！有没有搞错？她就被虫子咬了一下，他们居然跑来医院里守着！唉，爸爸、妈妈对她太好了。

“为什么叹气？”顾延之进来的时候，已经洗完澡换过衣服了，因为刚才梁云止嫌弃他身上那身临时买的运动服：“女孩子都喜欢干干净净的男人，你确定你这样子出现，田小恋不会吓跑？”

田小恋是跑不出他的手掌心了，但是，他还是觉得自己需要点形象的。

于是，此刻出现在田小恋面前的是风度翩翩、俊朗逼人的顾学长。

7

“顾……顾学长。”田小恋的脸马上红了，两只小手抓住被子，紧张地看着顾延之。他走过去，没有坐在椅子上，而是直接坐在病床上，一双深邃好看的桃花眼看着这只脸色发红的“小松鼠”，眸底的笑意越来越深：“嗯。”

他只“嗯”了一声？那她……她要说什么才好？要不要问他他亲她的事情？还是问一下昨天为什么一天都没有见到他？

“田小恋。”

“呃？”

“闭上眼睛。”

“嗯？”

一只大手覆了过来，在大手捂上她的眼睛的同时，她的嘴唇被另一片柔软温暖的嘴唇甜蜜地覆盖住了。

顾延之行动异常迅速，第二天他去接田小恋出院的时候，顺便就提着东西到田家求亲了。

而且顾延之带的礼物异常周到，居然是黄金首饰、生辰八字加礼金！而且礼金很特别，居然是一份房契！还是现在他们租住的这个老房子的房契。虽然这里是郊区，房子也不是什么好房子，但是这可是海城呀，在海城要买下这么一处带着一个小院子的房子……

田爸爸是彻底吓着了：“顾先生，这……”

这下，顾延之终于听明白了：“我今天来，是向你们正式求娶她的。”

“那你这是……”田妈妈指着桌上的东西，东西那么多、那么贵重，顾延之居然自己一个人来，父母都没有出面。

顾延之这才明白过来，原来田小恋的父母是觉得他这是私自做主:“我们家的事情现在都是我做主,我的父母在浙城乡下安度晚年，求得你们同意之后，我会带小恋回去和他们见面，然后商量婚礼的事情。”他的父亲因公司濒临破产入院之后，就不太管事儿了。

“你真要娶我们小恋？”田妈妈还是不太相信，偶像剧她是看过，但是轮到自己女儿身上，她就得小心地求证一下。

“顾……学长。”田小恋叫顾延之的时候，顾延之回头，眼睛似在笑，又似别有意味。田小恋瞬间想起了昨天顾延之让自己改称呼他为“延之”或者“老公”的“手段”，顿时脸红了：“那个……

你真要……娶我吗？”

“嗯，田小恋，我是真的想和你结婚。你昨天已经戴上戒指，答应了我的求婚，不是吗？”结婚这事儿他没能比梁云止早，不过照他这种速度下去，入洞房应该比梁云止早吧？说不定生孩子也比梁云止早。

8

梁云止和傅行歌看着一只手拿着机票一只手搂着田小恋的顾延之，脸上都是嫌弃：“我们是去度蜜月，你们是为什么一起？”

在佛城的时候，本来他们在金老家一边治疗一边二人世界还挺好的，只是这两人三不五时地出现。他们好不容易将两人凑成了一对儿，现在这两个人居然一起来做他们的电灯泡？

“你们去意大利，我们也去呀。”

“我们是去度蜜月，你们俩刚刚谈恋爱，去别的地方不好吗？”

“我们也去度蜜月。”田小恋笑嘻嘻地说道，昨天她就和顾延之去领了结婚证，现在顾学长是她的丈夫了！她感觉自己中了人生中最大的奖！

“我们昨天就领证了，所以现在我们也是去度蜜月。”顾延之还挺开心的，其实他不是非去意大利不可，只是田小恋说傅行歌的蜜月行程安排在意大利，她想试一试两对闺密夫妇一起度蜜月……既然田小恋这么说了，浑身都散发着终于陷入恋爱的酸臭味的顾延之当然一口答应了，当下就让李和巽订了与梁云止一样的行程和酒店。

然后，他们就出现在这里了。

两个男人去托运行李的时候，田小恋抱住傅行歌的胳膊，凑到她耳边，脸红红地问：“歌歌，你们洞房没有呀？”

自从顾延之对田小恋说了傅行歌和梁云止没有成为真正的夫妻

之后，傅行歌简直要被她的好奇逼疯了，她这八卦的小妞真的很烦。

“梁云止的疗程不是前天就全部结束了吗？到底有没有嘛？”田小恋锲而不舍地问，傅行歌只能冷着脸反问她：“你们昨天领了结婚证，所以你们昨天入洞房了？”

“这个……那个……”田小恋一下就被傅行歌反问得卡了壳，她和顾延之昨天领了证之后先去吃了晚餐，又一起去看了电影，然后顾延之把她送回去，再然后他们在车里……不过他们没有……

顾延之托运完行李，回头就看到自己的小妻子被傅行歌问住了，便立即揽了她过去：“傅行歌，不要仗着智商高就欺负她。”

傅行歌白了顾延之一眼，明明是他老婆一直八卦她的事情好不好？

幸好田小恋有人护着，她也不是没丈夫的单身狗，梁云止也揽住了她的细腰：“顾学长，明明是你老婆在问我太太一些她不好意思说的事情，你这样护短真的不好。”

“我就护短，怎么了？”顾延之总算觉得自己和梁云止打嘴仗的时候畅快了一次，原来有老婆的人真的比没老婆的人有底气。

“没怎么，我只想告诉你，我太太喜欢安静，别惹我太太。”顾延之真幼稚，不就是刚刚脱单吗，至于四处炫耀吗？

傅行歌看起来根本没在听梁云止和顾延之“吵嘴”，事实上，她已经在心里暗暗打算，下了飞机之后就改行程，因为他们实在太吵了。

到达意大利的酒店之后，顾延之和田小恋才发现梁云止和傅行歌居然没有和他们一同回酒店。田小恋有点小沮丧：“顾学长，歌歌是觉得我太烦了吧？可是我真的很好奇，他们……”

顾延之低头吻住了小妻子：“他们应该在做和我们一样的事。”

另一个私密性很强的海边酒店里，傅行歌觉得梁云止的午安吻太深了：“嗨，梁云止。”

“嗯。”梁云止的声音很低，带着一种前所未有的诱惑人的磁性，震得傅行歌的耳底有点儿痒痒的麻。

“我们……”她要怎么说，虽然她看起来很强势，但其实她只是仗着他心里有顾忌，其实她对这事很不好意思？

“嘘，交给我就好。”梁云止的声音低得都有些犯规了。

傅行歌一直觉得梁云止属于那种温润如玉的谦谦君子，就像他给人的感觉一样，因为平时她和他相处的时候，他温柔得可怕，都快把她宠成了一个生活不用自理的傻子。然而，在这一天真正成为梁云止的妻子之后，傅行歌才知道，梁云止其实是一头贪婪的狼，将她吃得连骨头都不剩了。

当然，如同梁云止喜欢她的所有样子一样，她也喜欢梁云止的所有样子。

只要你是你，我不介意你是什么样。不管你是什么样，在我心里，都只有你。

屋里呢喃软语、爱意缠绵，窗外碧海蓝天、白云悠远，大概相爱的人，都在这样相爱着吧。

我从来没有像此刻这样难受过，就像世界即将崩塌，如果不能挽回你，那么我的人生将失去意义。

——顾延之

沐草篇

第一章

喜欢一个人的滋味

这么多年，谢谢你还在，一如当年，初心未变。

——梁芳草

1

半个小时前，梁芳草穿着火锅店的制服，故意摆出笑脸，站在门口拍了一张自拍给父母和大姐发了回去："爸爸，妈妈，大姐，我这个假期都在我喜欢的火锅店打工！刚吃完年夜饭！吃得可好了！我们老板还来给我们发红包了！真是超级开心！"

照片发过去后，她脸上的笑容就消失了。

这是梁芳草第二次没回家过年。

她想回家，又不敢回。家里属于二姐的痕迹太多了，与二姐有关的记忆也太多了。

二姐因为她出事了，又因为她失踪，她没有办法不自责，她做不到继续心安理得地暗恋陆长亭，甚至不能面对一直小心翼翼地照顾她的情绪的家人。

她得到了太多太多的爱护，只是她的固执给了亲人们太多太多的伤害。

所以，自从她来上大学之后，她就再也没回过家。她把自己的时间安排得很满，除了专业功课考研，她还去做社工，考了一些证，每个周末、每个假期都会去打工。

当然，她和家里的联系还是很多。即使是掉着眼泪想死的时候，她也会堆起笑脸，给爸爸、妈妈发她高高兴兴地吃饭、工作、学习的自拍。

她发现自己的摄影水平越来越高了，拍出来的照片，连她自己都分不清楚她是不是真的在开心地笑了。

不知道是不是现在的人们都喜欢在外面吃年夜饭的关系，店里客人特别多，从下午五点到晚上九点半，梁芳草一直忙得不可开交。幸好，因为过年的关系，今天没有无理取闹的客人，她虽然累，但还是能忍耐。

快晚上十点的时候，梁芳草刚抽出了空儿喝了杯水，就听两个同事姐姐在悄声讨论：

“嗨，29 号桌来了一个小哥哥，特别帅气，特别有气质！呀，好想为他服务，但是他说他有认识的服务生哦。”

“他认识谁呀？”

“不知道，连店长都过去了！”

嘁，吃个火锅还要点人侍候吗？真是够少爷的。梁芳草不以为然。

“梁芳草！快，店长叫你！”

“哎！”

梁芳草小跑过去：“店长，我来了！”

“芳草呀！ 29 号桌的客人由你服务。先生，这就是我们的梁芳草服务生，祝您用餐愉快。”

店长对客人恭恭敬敬，梁芳草也转头对客人微笑行礼：“你好。我是今天为你服务的 12 号服务生梁芳草，祝您用餐……林之沐？！”

“晚上好，12 号服务生。”林之沐抬头，随后把点单平板给了老板，脸上的表情似笑非笑：“听说你在这里打工，大姐特意叫我来光顾，怕你把所有客人都得罪光，拿不到工资。”

“你放……屁……干吗呀？我可是优秀员工来着！那个，店长，他是我朋友，您去忙吧，我会照顾好的。”店长在场不好说话，梁芳草把一脸蒙的店长支开，拉开椅子就坐下了，“你跑来这里干吗？”

“吃饭。”林之沐回答简洁。

“你干吗来这儿吃饭？你为什么不回家？”她难以置信地看着他。

今天是除夕呀！过年呀！林爷爷可是那种超级有威严的大家族家长，规定儿孙们必须每年回去一起过年、一起吃年夜饭的，现在都已经十点了，林之沐离家还有上千公里呢！

“我为什么不能来这里吃饭？”林之沐把筷子递给了梁芳草，“菜上来了，帮忙下菜吧，帮忙吃也行。”

“我不能吃的！会丢工作！”梁芳草忽然想起了什么，倏地从座位上站了起来，“不要整我！不要去投诉我啊！你想吃什么，我给你烫！告诉你，本姑娘在火锅店打工，精通吃火锅的秘诀，今天给你服务服务！一般人我都不告诉！”

“真发愁。”他盯着菜。

“愁啥？你不回家，会挨林爷爷打吗？我还没见过你挨打，到时候一定要通知我回去观看。”

“我是替你们老板发愁。他把你这样的吃货请来做服务生，菜不会偷偷不见吧？”林之沐看着梁芳草，脸上仍然是淡然的表情，但是眼底的笑意越发地浓了。

“我去！你不要随便诋毁我好不好？都告诉你了，我是优秀员工！毛肚好了！吃！”她嘴里说着，手上的动作也没停下。

“哦！优秀员工呀。”

“当然！我非常优秀的！昨天刚拿过优秀员工奖！虾滑好了！快吃！”

“我为什么要快吃？”

“快点吃完快点走呀，今天我们店客人多，我不能光伺候你呀。”

他意味深长地点了点头。

那顿火锅，林之沐慢悠悠地吃着，一直吃到了十二点半。梁芳草从兴致勃勃地介绍烫菜秘诀到坐在他对面有气无力地把青菜、羊肉往锅里放："哥呀，你吃得也太多了，可别像我把胃给撑破了，做手术特别痛，我告诉你。"

林之沐慢条斯理地吃着菜："我又不是你。"

其实他早就饱了，只是在这种阖家团圆的日子，在这个傻丫头却因为一些往事傻乎乎地独自在外过年的时刻，他想和她在一起。

即使她并不知道他的心意。

2

陆长亭和梁芳华离开后的第一个夏天，梁芳草胖了不少，原本便有些婴儿肥的脸圆得像一个饱满的苹果，皮肤也白了一些，眼睛黑白分明，小嘴不停地讲着各种笑话段子，逗得和她在一起的人都很开心，她自己也经常笑得前仰后合，有时候把眼泪都笑出来了。和两个有双酒窝的姐姐不一样，她只有左边脸颊有酒窝，笑的时候特别明显，看起来非常可爱，至少在林之沐眼里是这样的。

十六岁的少年都有很多事情去做，但林之沐好像很闲，他出现在梁芳草身边的时间特别多，多到梁芳草都觉得奇怪："你不用上补习班吗？你不用跟着你师父问诊吗？你们黄家祖屋的维修完成了吗？"

面目清俊的少年别过头去看河里几个在河水里洗澡的孩子，很不在意地回答："无聊。"

"我也无聊。"梁芳草指着河岸对面一棵果实累累的龙眼树，"我想吃那个。"

"你不饿。"林之沐看了梁芳草一眼，很确定她不饿。他刚陪她吃了午饭，然后又吃了甜点、糖水以及雪糕。

"我饿，真的！"梁芳草盯着林之沐，黑白分明的大眼睛里满是真诚。

林之沐看着她，她的眸子幽暗似深潭，让人沉溺而不自知。他看了她的眸子三秒，到底站了起来。

半晌后，他提了一把姜黄透亮的水果回来：“给你。”

“我想吃的是龙眼，不是黄皮呀。”梁芳草哼道，“你不会连龙眼和黄皮都分不清楚吧？”

林之沐眸光如水：“爱吃不吃。”她吃得太多了，黄皮果小核大，酸甜利消化，比龙眼好一些。

“有吃就行。”梁芳草酒窝微现，将黄皮接了过来，一个一个地开始吃酸甜可口的果实，还摘了一个递到了林之沐嘴边，“吃。”

林之沐愣了一下，才张开嘴把果实咬进了嘴里。

“好吃吧。”她笑着，酒窝微现，幽暗的眸子里有光，将那些幽深的、因陆长亭而起的悲伤映照得淡了一些。

林之沐觉得，那个黄皮果和他过去吃的每一个都不一样，酸甜的程度刚刚好，就像梁芳草那个独一无二的酒窝一样，就像他第一次确定自己喜欢上一个人的滋味一样。

梁芳草没对任何人说过她喜欢上了陆长亭，甚至在日记里都没有。

可是这份喜欢太深也太沉重，她的心里都快放不下了。

偶尔实在是觉得无法承受的时候，她就会爬到关公庙前的那棵巨大的许愿树上去。但这要是被家人邻里知道，说不定她要被揍的，怎么能爬关公门前的树呢？

小时候，黄静澜和她一起爬过这棵树，结果黄静澜被揍得三天没能出门玩，她因为是个女孩没被揍，但被罚在家里抄《三字经》了。

关公后院的那棵财神树据说有百多年了，树身粗壮，密叶成伞，自成一景。佛城人爱树，更爱榕树，觉得榕树老了会有灵成仙，所以多将老榕树当小神供奉。

而再调皮的孩子也少有爬到庙里的树上玩儿的。

就因为知道没人会去，所以，梁芳草才觉得那里安全。

她想把她的秘密放一些在树上。

她想让关公帮她一起守护好她喜欢的人。

她……也想让关公体谅体谅她的心意，也许关公会心疼她，帮她一把呢？

这念头，真有些贪心，真有些羞涩，也真无论如何也说不出口。

所以，梁芳草每次把写了心事的纸条放进她的秘密树洞的时候，都像做贼般心惊胆战，生怕被谁发现，幸好每次都还顺利。只是偶有几次会在回程路上遇到林之沐。挺拔秀气的少年随意地站在路边，像是在等谁，又像只是恰巧路过。

不知为何，梁芳草每每见到林之沐那双清澈明亮如湖如星的眼眸，心里便不由自主地闪过一丝慌张。为了掩饰，她总莫名其妙地找一个理由，拉着他赶紧离关公庙远一些。

“林之沐！我有功课不会！去我家教我吧！”

“林之沐！听说街口新开的甜品店的甜品好好吃！你请我……哦不，我请你！”

“林之沐！我想吃章姨做的凤爪了！走！去你家！”

“林之沐！咱俩找黄静澜玩游戏去吧！”

“快点啦！我饿了！”

“快点快点！林之沐你怎么走得这么慢？！”

总之，她每一次都找到了合适的理由拉着林之沐离开了关公庙，而林之沐每一次都安静地被她拉着走了。

她总是催着他快点走，而他总是安安静静、不紧不慢地任由她拉着他的手腕、外套，或者书包带子。树荫下的风清清凉凉，他的眸光温温柔柔。

他不想跑得很快很快，他只想跟在她的身后，就这样看着她，慢慢地走很久很久，久到有一天她忽然醒悟回头看时，发现他依然在，一如当年，初心未变。

何护士今天差点迟到了，幸好她赶在手术前一个小时到达了办公室。她的上司很年轻，才二十八岁，但是特别厉害，中医学和临床学双博士，长相更是人中龙凤，是医院花重金聘请来的年轻专家。

唉，同样生活在地球上，同样是吃中国的大米长大，同样是这个年纪，怎么人家是双博士专家而她只是个普通护士呢？她也才三十岁呀，别说博士了，结婚生了孩子后连个研都考不上。

幸好工作资历不错，做事认真细致，所以才能成为林医生的搭档护士。

林医生对工作的要求很高，何护士不敢怠慢，马上开始着手准备手术的各项事宜。本来正淡定地看病理报告的林医生瞥了眼闪了一下的手机屏幕，便站了起来往外走。

林医生要去哪儿？作为一位尽职的助手，何护士赶紧提醒他："林医生，你去哪儿？马上要手术了。"

"手术室见。"

林医生向来惜字如金，但何护士明白过来了。原来林医生是提前去手术室做准备了呀，果然优秀的人就是不一样呀，她得抓紧时间进步才行。

然而，林医生是最后一分钟才进手术室的。何护士看了看林医生的额角，那儿似乎还有因为匆忙赶路而渗出来的细微汗珠。

何护士与他共事一年，还真没见过他这样着急的样子，遂问："林医生，是出了什么事吗？"

"没事，开始吧。"林之沐已经平复了气息，他自小学中医药理和针灸，大学主修西医临床，教过他的导师无一不对他夸赞有加。人有能力，担的责任便大了起来。

他最近忙得差点儿就顾不上自己的正事儿了——他已经有一周没和梁芳草见面了，今天，他无论如何都要与她见上一面。

何护士根本没有想到，让一向认真严谨的林医生在手术开始前一分钟才赶到手术室的竟是一条外卖短信：林之沐！ 12 床的卢爷爷说想吃双皮奶！但是我现在在上课！我给他点了外卖！可外卖小哥说他进不了贵宾楼，求你帮忙一下！我下次请你吃饭！

这是梁芳草发来的信息。林之沐看到她的名字的时候，心头一热；看到那些感叹号的时候，心头再一热，然后，他才看了内容。

他也挺无奈的，梁芳草就是这样牵动他的心，十几年了，哦不，或者更长时间了。他都不知道这成了一种习惯还是一种执念。

但不管是什么，梁芳草就是特别的。在他的人生里，除了梁芳草的事，什么事都可以往后排。

所以，没人知道忙到脚不沾地的青年才俊为什么会在手术前半个小时跑到医院门口接一份外卖，然后跑十分钟送给临终护理分院的贵宾楼 12 床卢爷爷。

梁芳草当然也不知道。当她结束了一天的课业和工作，累得倒在宿舍的床上，连澡都不想洗，只想闭上眼睛睡觉的时候，林之沐的电话打进来了："什么时候请我吃饭？"

梁芳草一脸蒙："我为什么要请你吃饭？"她很穷的好不好？因为要攒钱去找二姐，她根本不敢花父母、大姐给的钱。

她白己打工挣钱，每天累到想死好吧？而林之沐身为大医院的医生，怎么总想着让她请吃饭？

林之沐："今天上午九点半的短信。"

梁芳草愣了愣，说："……林之沐，你要不要这么小气？！"

林之沐："你现在去洗澡，十五分钟后，你们宿舍楼下见。"

梁芳草："你怎么知道我还没洗澡……我不要呀，我改天再请你好不？我现在好累呀，我只想睡觉呀。"

林之沐："十五分钟。"

十五分钟后，梁芳草顶着一头湿漉漉的短发下楼了，她钻进林之沐的车里，整个人已经因为洗了个澡精神了，看着面沉如水的林之沐，一双美目光彩熠熠："今天你打算请我吃什么？"

林之沐看了她一眼，眼神微黯，不知道从哪儿变出一条干爽的毛巾，蒙在了她的头上："擦干头发再说。"

"林之沐，你车里怎么连毛巾都有？"梁芳草听话地用毛巾擦头发，嘴里提出质疑，心里却从没仔细地想，为什么林之沐总是很仔细周到，细心到事先知道她需要什么。她洗完澡后套上衣服就往楼下跑，连头发都没擦。

林之沐没出声，只是看了她胸前一眼，耳尖微红，倏地移开了眼睛："是你说要请我吃饭的。"他的声音有些哑，因为他看到她的T恤被从发尖滴落下去的水珠打湿了，从而紧贴身体。

梁芳草一边擦头发一边耍赖："我只能请你吃方便面，只请方便面哦！我很穷的，要不还是你请我吧？等我以后有钱了再回请你。我想吃寿司。"

"那就吃方便面。"

"不要呀！我想吃寿司。"

"好，你请。"

"不要呀！我没钱。"

林之沐：……

"林之沐？"

"嗯。"

"吃寿司？"

"嗯。"

"你请？"

"嗯。"

"那我就放心啦！快点开车啦，我好饿呀。"

三个小时之后，×大某女生宿舍楼下静静地停着一辆黑色的轿车。路灯的微光映进了车窗里，驾驶座上的林之沐侧身看着副驾驶座上已经睡熟的梁芳草。他看了很久很久，才轻声说了句："你是猪吗？每次都是吃饱就睡，真的不怕我对你做点什么吗？"

他的语气是宠溺的，给她盖好薄毯的动作也是轻柔的。

而梁芳草这个不曾对他设防，只要在他身边，就能安心地呼呼大睡的姑娘对此浑然不知。

3

晚上八点，林之沐终于从手术室里出来了。他回到办公室打电话给助手说手术报告事项的时候，一眼便看到了梁芳草发过来的一条消息。

林之沐一边讲电话，一边打开了梁芳草发过来的消息。

消息只有一条，下午四点多发的，只有一个表情，一只小胖猫正在招手微笑说“嗨”。

言简意赅地结束了与助手的工作电话，林之沐马上打了梁芳草的电话，但电话响了很久都没有人接。林之沐快速换上自己的外套，一边打着梁芳草的电话一边往外走。

“林医生，手术报告……”气喘吁吁地跑过来的助手只看到了林之沐的背影。

“明早给我，今天先下班吧。”远处传来林医生的声音。

助手一脸蒙：“可是，你说今天要……加班……好咧！”他不用加班，不是正好可以去陪女朋友吗？他一来实习就跟了林医生这个爱好加班的单身狗，真是……天天加班太惨了。

林之沐将车开出车库，一路都在拨打梁芳草的电话。他的心怦怦地跳着，不知道那能闹腾的丫头又整出了什么幺蛾子。

在他面前，梁芳草绝大部分时间都是有事说事，很少给他发表情，如果只发一个表情又不说话，大抵是心里不好受却又不知如何说起。

最近黄静澜说，快有梁芳华的消息了，梁芳草她会不会……不，应该不会，他嘱咐过黄静澜先不要告诉她的……

梁芳草毕业后并没有固定工作，一边打零工一边玩摄影，空余的时间都在十一医院做志愿者，而十一医院是一所临终关怀医院。

自从梁芳华出事失踪之后，梁芳草表面看起来很坚强，事实上，林之沐知道她一直在责怪自己，甚至有抑郁倾向。去十一院做志愿者是他带她去的，他就是想让她通过感受他人在面对死亡时的挣扎与坦然，慢慢地治愈她的内心。

梁芳草的脆弱、倔强、善良与执着，林之沐都懂，他愿意给她时间。不管多久，他都能等，但是，他没办法不担心她。

一直到晚上十点半，林之沐都没能打通梁芳草的电话，也没能在她可能会出现的几个地方找着她。他没有办法，只能在她租住的房子楼下等着，心里急得似有万马奔腾，甚至有了报警的念头。

从今天开始，也许他应该考虑在她身上装一个追踪器之类的玩意儿，省得找不着她时心急如焚。林之沐修长而漂亮的手指搭在方向盘上轻敲，一边急火攻心，一边仔细地思考装追踪器的可行性。

十一点十七分，梁芳草骑着她的小电驴出现在林之沐的视线内的时候，林之沐先是用一双堪比 X 光的眼睛确认她既没喝酒也没受伤，看起来也没有失魂落魄之后，才深吸一口气，换回了他素来清冷自持的表情，从车上走了下来："梁芳草，你的手机呢？"

"咦？你怎么在这里？我刚从阮奶奶那边回来，今天出去忘带手机了。下午本来想叫你请我吃火锅的，但是没发完信息，阮奶奶就给我打电话让我过去，我走得急，手机就忘带了，嘿嘿。"梁芳草熟练地骑着小电驴在林之沐面前停下，一张小脸笑嘻嘻的，"你是来给我送夜宵的吗？"

阮奶奶是一个癌症晚期患者，一年前，林之沐给她做了最后一次手术，之后她拒绝再治疗，住进了临终关怀中心。她很乐观，也很豁达开朗，很喜欢和梁芳草聊天。

林之沐也觉得梁芳草和阮奶奶在一起其实有好处，阮奶奶的初恋另娶他人后，她终身未嫁。后来阮奶奶将此引为人生憾事，不过阮奶奶看得开。

林之沐将阮奶奶介绍给梁芳草认识，其实是有私心的——他希望梁芳草能放开过去向前走，因为他在前面等她，已经等了许久了。他还有耐心，但是，他不知道自己的耐心还有多少。

"我好饿，夜宵呢？"刚才十一医院有突发情况，梁芳草忙到这会儿确实饿了，于是她很自然地将林之沐当成了自己的小饭馆。

“上楼去，到你家给你做。”林之沐一张脸在淡淡的路灯光晕下清冷如昔，“作为给你做饭的报酬，今晚你的沙发归我。今天我钥匙丢了，进不了家。”这马大哈丫头，居然忘记带手机，害他心急如焚地等了几个小时，他怎么也得要点福利，虽然只是睡沙发，什么福利也不会有。

“什么？你也会丢钥匙？”梁芳草嘴角抽了抽，不太敢相信像林之沐这种高智商的人也会丢钥匙，不过，她自己也不是没到他家抢过沙发，所以并没有怀疑他的用心，“把沙发借给你，我想吃什么，你都给做吗？”

林之沐几不可闻地“嗯”了一声，率先走进了单元门。梁芳草赶紧停好小电驴，小跑着跟了上去：“我想吃云吞面，你也给我做？水饺也可以？”

“嗯。”林之沐又哼似的应了一声，看着梁芳草陡然盛开的笑脸，忽然感觉自己有点儿像个挖好坑给小红帽跳的大灰狼。

不过呢，他一点儿也不愧疚，因为他很久以前就决定了，梁芳草这个小红帽，只能由他这只大灰狼来吃。

“林之沐，你做饭真的好好吃啊！我吃得好饱啊！幸福！”穿着小米兔家居服的梁芳草很没形象地倒在床上，四仰八叉，毫无形象，丝毫不介意才四十来平方米的小公寓里还有林之沐这个正在收拾碗筷去洗的高个儿男人。

“吃完不要马上躺着，动一动有助消化。”林之沐冷脸垂眸，正一样一样地收拾小餐桌上的碗筷，看起来就像是根本不想看梁芳草半眼的样子。事实上，她洗完澡出来之后，他就怕自己多看一眼，目光便不能从她身上移开。

他在楼下等了她几个小时，提出要在她家过夜，她完全不反对，而且进门之后，他做饭，她就跑去卫生间洗澡了，还忘记拿睡衣，在里面光着身子叫他帮她把睡衣拿过去。

林之沐看着半开的门缝里伸出来的那只纤白的还带着水珠的手臂，心里像是被虫子咬了一样痒得难受。

她就不怕他推门进去对她做点什么吗？他看起来这么无害？

梁芳草对自己毫不设防，林之沐不知道应该觉得高兴还是难过，为她当自己是自己人高兴？为她根本不把自己当成一个有攻击性的危险男人而难过？

“我不想动呀，我吃饱了就想睡呀。”梁芳草在床上换了个更舒服的姿势，看到林之沐忽然逼近，居然都没动一下，“我真的不想动呀。”

“不行，起来和我一起洗碗。”林之沐伸手把梁芳草拉起来的时候，眼底闪过了一丝挫败。他自己都跑到她床边来了，她居然都没有反应。深夜孤男寡女同处一室，她是真的不怕他对她做点什么吗？

梁芳草挣扎：“不要呀，我不想动呀。碗也不多，你自己洗呀。”

林之沐双手用力，一把将人从床上抱了起来，走了几步后，把她放到小厨房的洗碗池边：“我已经做饭了，你总得做点什么。我洗碗，你就负责把碗擦干净放好。”

梁芳草像没骨头一样挨着冰箱站着，脸上的表情也很挫败：“林之沐呀，我就不能明天再洗吗？”

“不能。”

“好讨厌呀。”

“吃得太饱就睡，肚子会不舒服的。”

“那猪也是吃饱就睡呀，它们也没有肚子不舒服呀。”

“你是猪吗？”

“我是。”

“那你也是胃很弱的猪。”

“哼……”

梁芳草虽然嘴上说着讨厌，但到底还是接过了林之沐递过来的布。两人一个洗碗，一个把碗擦干，有一句没一句地说着话。秋天深夜的小屋里，满满都是温暖的光。

爱你，是一种习惯，也是一种执念。

——林之沐

第二章

一起去非洲

我好像欠你很多东西，也许得卖身还债。

——梁芳草

1

凌晨两点了。个高腿长却委屈地躺在梁芳草家沙发上的林之沐闭着眼睛，像是睡熟了，但微微红着的耳朵还竖着听梁芳草的动静呢。

梁芳草没睡，她已经辗转多次了，她很少有这种吃饱了却睡不着的时候。

“是不是肚子不舒服？”林之沐终于没忍住问出声了，因为很晚了，刚才他做饺子的时候没敢给她多做，只给她吃了十个，应该不算多吧？她的胃不好，难道十个饺子也多了？

“不是。”梁芳草听到林之沐的声音，翻身面对着林之沐的方向趴着，床头的小夜灯衬得她一张小脸散发着一种魅惑感。林之沐只看了她一眼，便再次闭上了眼睛。这磨人的小妖精，这么向他趴着，他一眼看过去便能看到她的胸口。唉，最近他的定力越来越不好了，最后林之沐只道：“不是你为什么不睡？”

梁芳草咬咬嘴唇，过了一两秒才说：“我想去非洲。”

林之沐沉默了。

“林之沐，我想去非洲。”她见他没有反应，又说。

“听到了。”

“帮我瞒着我爸妈和我姐。”

“不帮。”

“林之沐！”

“我为什么要帮你？”

“我听说我二姐在那里，我去找她。”

八年了，她终于打听到了二姐的消息。她犯的错误，她要去改正，她要去把二姐找回来。

“陆长亭已经去了。”林之沐忍了忍，还是把这个名字说了出来。“陆长亭”这三个字，这十年来的暗伤，这个喜欢了一个人这么多年还不肯放弃的笨蛋，都是他心里的刺儿。

“我知道，可我也想去。”她知道陆长亭爱二姐，也知道二姐爱陆长亭，但是，是她导致了二姐的出走，她必须去面对这一切。

“再等两周。”两周后，他完成了论文答辩，去非洲做无国界医生的申请也应该批下来了，他不放心她一个人去。

“为什么要等两周？”

“不为什么。要么等两周，要么你去不了。你大姐怀孕了，她不会答应你乱跑的。”林之沐还小小地威胁她。

“好吧。”

“快睡。”

“林之沐。”

“嗯。”

“你总是威胁我，你真的好讨厌。”

“嗯。”讨厌也比什么感觉都没有强。她与陆长亭纠缠了十年是笨，而他打算与她纠缠一辈子何尝不是笨呢？

梁芳草喝得有点儿多了。

她知道自己醉了，因为她看到眼前的人已经有两个影子了，怎么晃都晃不成一个。

还有，她又想起了陆长亭。

当然，还有二姐。

二姐离开之后，她真的变坚强了，好好地上大学，尽最大的努力拿奖学金，经常去做义工，打工养活自己，一直坚持自己的爱好——她喜欢摄影，虽然一开始摄影是陆长亭教她的，但是后来她发现了自己真的喜欢，捕捉光影变化的瞬间成了她的一个信仰。

她就是依仗着这样的信仰，才一点一点地从懊悔与失落中坚强起来的。可是，她坚强起来了，她内心那些阴暗的角落还在。她经常失眠，好不容易睡着，又会做梦。她会梦到二姐在世间孤独飘零、受人欺凌，最令她无助悲切的是，她在梦里看得到二姐的一切，却无法帮助二姐半分。

她很后悔自己喜欢上陆长亭，很后悔自己没有好好藏住这份喜欢，很后悔自己试图去破坏他们，拥有陆长亭。不过这种后悔的心情，她从来没有说出口过。她身边所有的人都很善良，他们都在安慰她二姐的事不是她的错，生怕她因此再大病一场，生怕她再次命悬一线。

梁芳草知道，自己是一个该死的幸运的人，她得到了很多的爱。可就是因为她得到了那么多的爱，她才愈加愧疚难当。

她看起来很好，可是只有她自己知道，她快撑不下去了。除了偶尔在林之沐身边时她能好好地睡一会儿之外，她已经很久没有好好地睡过觉了。

所以，非洲，她一定要去。她做好了一切准备，准备了钱，学防身术，甚至跑去学护理，学各种各样、乱七八糟的技能，就是为了能在非洲找到二姐。二姐是医生，她猜想她应该会在无国界医生组织的某个救援点。那里的条件一定很艰苦，所以她还去参加了军事级的体能训练。她把所有睡不着的时间都花在准备去找二姐这件事情上。

她不知道找到二姐后她会做什么，她能说什么，也不知道能不能帮助二姐走出被侵犯的阴影，更不知道能不能让二姐与陆长亭重新在一起……她只知道，她必须去面对。她自己犯下的错，她必须去面对，才能对得起她得到的那么多的爱。

与同事的告别饭，她一不小心就喝得有点高了。她心情不好，又装作很开心，所以很容易喝多。

“芳草，我们送你回去吧？”

“不用，你们快回去。我找了男人来接我，你们不要破坏我勾搭男神。”梁芳草拒绝了同事的好意，笑嘻嘻地说着，看起来一点也不像醉了。她说到男神的时候，她晕乎乎的脑海中闪过了林之沐那张冷淡的脸。

2

林之沐那家伙从小到大都稳重、冷静，几乎没有情绪起伏，作为和他一起长大的小伙伴，人家黄静澜都交往八百个女人了，他现在还是个可耻的单身狗，而且对倒追他的女医生、女护士冷淡得像结冰了！

想到林之沐，梁芳草甩了甩自己好像已经大了几倍的脑袋，想把林之沐甩出去。她莫名其妙地想林之沐做什么？她是受虐体质吗？从小到大，她治谁，谁服她，只有林之沐，次次都治她。而且一治一个准儿。一想起林之沐那些神出鬼没的银针，梁芳草只觉得虎口一阵森冷。她得暴食症那几年，林之沐真是没少扎她。虽然扎了针之后，她确实没有大吃大喝的欲望了，但是冷不丁被扎一针也很可怕好不好？

一想到被林之沐扎针，梁芳草浑身一个激灵，赶紧缩了缩脑袋，匆忙往地铁站走。

咦？为什么她刚想到林之沐，林之沐就出现在这里？哦，她一定是喝多了，眼花了。

“梁芳草。”

呵，她居然还听到林之沐叫她的名字，果然醉得厉害了，怎么办？她喝多了是会耍酒疯的，万一像上次那样在街上跳脱衣舞……那就……

“林之沐，你不要扎我，我今天没喝多，真的！绝对不会脱衣服丢人的！”梁芳草有点分不清楚眼前的林之沐是真的还是假的，她伸出双手乱摆着，一边拒绝一边往后退。她上次发酒疯，脱到只剩下一件运动背心的时候，林之沐就拿针扎她了！醒酒针扎得很痛的！

“是吗？”听到林之沐这一声平静又低沉的“是吗”，梁芳草顿时吓得酒都醒了一半：“林之沐！真的是你！你怎么会在这里？！”这三更半夜的，她在大街上也能遇到林之沐！不是说医生很忙吗？

“喝了多少？”林之沐问得超级冷静。

然而梁芳草顿时紧张起来：“没喝多少！就三瓶啤酒！”

“三瓶？”林之沐的声音仍然很平静，低沉中甚至带着一点威胁的磁性，梁芳草赶紧摇头道：“我记错了，是七瓶。”

“七瓶？”林之沐不着痕迹地扫了一眼梁芳草因为消瘦而极平坦的小肚子，她曾经因为暴饮暴食而被推进急救室那一幕在他脑海里一闪而过，他的目光瞬间变得幽暗起来。

“七瓶！真的只有七瓶！而且不是我一个人喝的！真的！”梁芳草知道喝酒不好，她的胃很弱，也知道林之沐其实是为了她好，但她不知道怎么的，就是很怕林之沐会生气。虽然林之沐好像没对她发过脾气……但她……还是怕呀。

看着梁芳草害怕到瑟缩了一下的样子，林之沐内心生出了一抹烦躁，她就这么怕他？

“你怕什么？”林之沐黑眸微眯以表达他的不满，他不喜欢梁芳草怕自己，而梁芳草察觉到他生气了：“我真的是忘记了才喝多的，真的，我以后再也不敢了。”

梁芳草拱手作揖，小脸因为酒精而有一抹粉红，在路灯下有一种迷人的炫目感。林之沐莫名地觉得心神荡漾，手一伸，就把面前害怕得像只小兔子一样的女孩揽进了怀里。

梁芳草因为害怕与惊讶而有些僵硬的身体撞入怀里的那一瞬间，林之沐觉得自己孤寂的内心忽然响起一声低低的叹息：要抱到她，太难了。

作为梁芳草身边一个发小知己般的存在，林之沐不是第一次揽住了梁芳草的肩膀，比如她崩溃的时候，她生病的时候，她胡闹的时候，他都曾抱过她。但那些拥抱，没有像今天这样充满了一个男人对一个女人的迫切与渴望。林之沐知道这是为什么，因为她今天辞职了，她准备好了一切，她要去找梁芳华了。找到了芳华姐，她就有可能遇到陆长亭，而陆长亭是她内心那个无法填补的空洞。

他不怕梁芳草的内心有个空洞，他只害怕去填补那个空洞的人不是他。

梁芳草的头还是有些晕，林之沐大概刚刚从医院下班，他身上有一种淡淡的肥皂与消毒药水混合的味儿。她经常去医院做义工，她熟悉这样的味儿，也熟悉林之沐。她不知道他为什么忽然把自己抱住了，难道是她站不住了？但她忽然对他的怀抱有一种浅浅的贪恋，于是，她没有挣扎，反而放松了身体，酒意重新慢慢侵占了她："林之沐，我好累呀，要不你背我回家吧？"

梁芳草以为林之沐会拒绝，但是，他没有。他默不作声，弯腰把她背起，慢慢地在灯影树荫下走着。

"梁芳草。"她大概喝得昏沉，脸趴在他的肩膀上，他能闻到属于她的味道中混着淡淡的啤酒香气。风有点凉，但她温暖且柔软。

"嗯。"有人背好舒服，她好想睡。她可能得了一种叫"看到林之沐就想睡觉"的病。

"不许自己去非洲。"他怕她跑远了，自己追不上。

"为什么？"林之沐管这管那，她真的好烦。

"不为什么。"如果可以，他还希望她永远不要去参与任何与陆长亭有关的事。

"我们又不一定同路。"她好困，好想睡。

"梁芳草。"林之沐感觉肩膀上的衬衣有点儿湿，这货不会是流口水了吧？

“干吗……”梁芳草已经闭上了眼睛，可林之沐这么吵，让人好不耐烦。

“……别吐在我身上。”其实他想说“不同路，我也要和你一起走，我不允许你离开我”。

“我不想吐，我就是困了。”

“……睡吧。”

那天，梁芳草不知道自己是怎么回到家的，但林之沐知道。他为了她在自己背上多待一会儿，背着她走了五公里。

梁芳草觉得，自己可能真的得了一种叫作“见到林之沐就想睡觉”的病，因为她居然从上飞机睡到了下飞机。当她醒来的时候，她发现自己还翻了个身，抱着林之沐的一条胳膊睡得很香，口水都出来了。她赶紧坐起来，用自己的袖子擦了擦林之沐衬衣袖子上疑似口水的水渍，还出口责怪他：“哎呀，你怎么不叫醒我呀？现在睡这么久，到地方后怎么倒时差呀？”

“已经到了。”林之沐放下手上的书，好看的眉眼低垂，似乎在看她，又似乎谁也没看。漂亮的空姐微笑着走过来，非常温柔地问梁芳草要不要喝水，告诉他们飞机还有半个小时就降落了，问他们是否有什么需要。

梁芳草兴高采烈地想要一杯咖啡，却被林之沐强行换成了牛奶：“给她一杯温水、一杯热牛奶。谢谢。”

“喂！我不想喝牛奶，我想喝咖……好吧，你是金主你说了算。”像梁芳草这种打工好几年才赚到旅行费用的穷摄影师当然是坐不起头等舱的，不过人家林之沐这种年轻才俊就不一样了，头等舱说坐就坐了，不但自己享受，还施舍给了她。

3

唉，身为发小，她还是捞着了昔日小伙伴的好处，不是吗？

不过……她还是第一次看到坐头等舱去非洲做无国界医生的人。那可是一份又累又苦又没有收入，还有可能丢掉小命的工作啊。不得不说，有钱就是任性。

“想什么呢？”林之沐这么问的时候，手动了动，想去捏一捏她的脸。这姑娘从小到大都把心事写在脸上，表情丰富得都可以去演戏。不过这不是关键，关键是，他越来越不能控制自己想亲近她的冲动了。

“我在想，你是不是好有钱？”

应该是吧？林之沐应该好有钱吧？他可是林家的继承人、中医圣手的关门弟子、海城最好的三甲医院的主刀医生。她还在苦哈哈地租房住加省吃俭用买摄影器材的时候，人家林之沐已经在海城有大房有大车了呀。她分期付款两年才买到了一个镜头，人家林之沐在她过生日时眼睛都不眨就送她全套呀。她现在最好的行头就是林之沐送的那一套了，她当宝贝一样带着呢。话说她这么一个穷鬼，为什么要喜欢摄影这种烧钱的玩意儿？

想到这些，梁芳草对林之沐的怨气顿时一点都没有了。她第一次坐头等舱，第一次去吃最好最贵的饭，第一次拥有最想要却买不起的摄影装备……好多花钱如流水的第一次，都与林之沐有关。哎呀，林之沐是她真正的金主呀，别说他只是要求她和他一起住，做他的助理，哪怕是让她卖身也是可以商量的呀……

“你又在想什么呢？”林之沐终于忍不住伸出手揉了揉她的头发。姑娘一直喜欢留短发，现在稍微长了一些，也不过齐耳，但她的发丝浓密与柔软，手感很好。

“我在想我好像欠你很多东西呀，也许得卖身还债。”梁芳草一本正经地叹息。就在上飞机前，林之沐给她的那个专门拍摄野生动物的高清镜头就得小十万呢，她早就想要了，可是……她买不起呀……心一狠，牙一咬她就收了，就是……她什么时候才还得起？

“成交。”林之沐表情淡定、眸光如水地看着梁芳草，梁芳草莫名地心里一慌："成……成交什么？"她不会许了什么了不得的承诺吧？

"你卖身给我，我答应了。"林之沐说的是真话，但怕吓着她，于是假装开始整理自己打发时间的几本书。

"哦，不卖行不行呀？"现在她就够怕林之沐的了，要是卖身给他，岂不是更没自由？

"行。"她不卖只送的话，他也是很乐意接受的。

"哦，那就好，那就好。"梁芳草松了一口气。

"这一次不是去旅行，飞机落地之后，你要离开我去做任何事情之前都要先告诉我，最好能够二十四小时跟在我身边。你是我的助手，首先你要跟着我，然后才可以做其他事。"以梁芳草那想到一出是一出的跳脱性子，他怕她一下地就飞了。非洲大陆可不像国内那么安全，万一遇到点什么事，就够她……不，他不会让她有事的，于是他严肃道："如果你不能遵守二十四小时向我报备行踪的约定，我们马上就回国去。"

"二十四小时！我睡觉也要告诉你吗？！"梁芳草相当气愤，她就为了几个镜头就把自己给卖了？为什么她要答应他做他助理，要二十四小时都跟着他呀？她是去找二姐的好不好！跟着他，她还怎么找二姐呀？

"你睡觉不用告诉我，因为你会和我睡一间房。"林之沐目不斜视，语气淡定，"条件艰苦，大家挤一挤，反正我们俩也不是第一次睡一间房。"

"哦，那我天天跟着你，我什么时候去找二姐呀？"梁芳草倒是对与林之沐睡一间房没什么意见，反正林之沐在她家留宿过，她把林之沐当成了兄弟，只是她不知道的是，这个兄弟很久以前就在谋划吃掉她了。

"我会帮你找，你只需要跟在我身边，保证自己安全就可以了。"只要她平平安安没事，其他事他都可以去做。她要是折腾出点什么不安全的事情来，他估计……他不可能淡定的。

梁芳草不知道的是，从她到达亚的斯亚贝巴，走下飞机的那一刻开始，她就成了林之沐的“wife”。不管是用英语，还是用临时恶补的非洲阿姆哈拉语，他都是这样向别人介绍的：“这是我的妻子梁芳草。”

梁芳草的英文没有林之沐好，但是她还是会说一些也听得懂的。但在机场与接机工作人员接触的时候，到了酒店开房的时候，因为她太过依赖林之沐，所以她在听歌，一切交给了林之沐去办。到了酒店房间，她发现两人住的居然是一间大床房也没觉得有什么，反正林之沐会睡沙发不是吗？

即使在飞机上都是睡觉，梁芳草也觉得自己超累超累的，所以一进房间，在林之沐忙着与工作人员以及寻找梁芳华下落的相关机构联系的时候，她就冲进了浴室。林之沐已经说了，这大概是他们在非洲第一次也是最后一次住在好酒店里了，接下来的行程只会更辛苦，条件只会更差，所以，她当然要好好享受呀。

梁芳草好好地泡了个澡，胡乱地擦了擦头发，披着浴巾正要开门走出去的时候，才忽然想起她和林之沐在同一个房间里，而她……根本连小内内都没拿进浴室。对对对，浴室里有浴袍……然后她悲摧地发现浴袍并不在浴室，而是在外面的衣柜里。

“林之沐！帮我拿下睡衣！”梁芳草已经尽量地大声了，然而还是有点儿底气儿不足，因为她觉得林之沐一定会骂她马虎的！

外面没声音，梁芳草郁闷呀，总不能裹着浴巾就出去吧？这……她和林之沐已经不是小孩子了，长大后总得避点嫌啥的。

林之沐默默地打开梁芳草的行李箱，把她的小熊图案的长T恤睡衣，还有灰粉色小猪图案的胸衣和小内内一一拿出来，送到了卫生间门边，脸上一点表情都没有，但眼底却是交织着的丝丝欲望与无奈：是他太惯着梁芳草了吗？直到现在，她都没把他当成一个男人？就这么大大咧咧，什么都不拿就进去洗澡，洗完了居然还敢叫他拿睡衣？他是应该高兴她不防着他，还是应该郁闷她根本就没把他当成危险的男人？

“林……呀！吓死我了！谢谢！”梁芳草又打开了门，刚想叫林之沐一声，就看到林之沐拿着她的衣服站在门外。她吓了一跳，可算是想起自己身上除了浴巾什么也没有了，伸手一把抢过自己的衣服就把门关上了！

林之沐看着关上的门，眉毛挑了挑，弯腰把梁芳草抢得太急而掉在地上的胸衣捡了起来，无奈地敲了敲门：“还有。”

“什么……”梁芳草莫名其妙地心跳加快、全脸发热，她躲在门后，问得心惊胆战，关键是，她到底为什么会这么紧张呀？！

“还有一件没拿。”林之沐尽量让自己的语气平静。小丫头好像吓到了，这……算是件好事吧……但他暂时不敢再进一步，要是把她吓跑了，事情就不好办了。

“哦……”梁芳草把门打开一条缝，林之沐修长白皙的手拿着她的胸衣递了进去。梁芳草看着那只手，只觉得周围轰地燃起了一簇火，把她整个人都烧着了：这……那……这……林之沐他……

等梁芳草终于稳定了自己的情绪，非常扭捏却极努力地装作不扭捏地走出来的时候，对她全然了解的林之沐若无其事地坐在电脑前继续忙自己的，还吩咐道：“给我烧点水泡杯茶。”

按照梁芳草对男人（男同事、男友人、男帮扶对象）的了解，她觉得一个女人让一个男人帮自己拿了胸衣、小内内这种事情，多少要受点调侃的，但她没想到林之沐看都没看她一眼，只叫她给他泡茶，单纯的姑娘一下子就放下了心理包袱，像只勤快的小蜜蜂一样去烧开水：“好呢，你要绿茶还是红茶？”

“绿茶。”林之沐的目光仍然在电脑上，可是天知道，他的心思根本没在电脑上，他脑子里一直是眼前这姑娘穿上刚才那套可爱的小猪图案内衣的样子。他不站起来是因为那套小猪图案的胸衣勾了他的魂儿，他……可耻地有反应了。

林之沐对于自己把梁芳草忽悠得跟自己同住很有成就感，但现在他有点担心他的自制力能不能继续撑下去。

不同路，我也要和你一起走，我不允许你离开我。

——林之沐

图书在版编目（CIP）数据

骄傲如你 . 2 / 唐微微著 . -- 南京：江苏凤凰文艺
出版社，2019.6
ISBN 978-7-5594-3621-4

Ⅰ . ①骄… Ⅱ . ①唐… Ⅲ . ①长篇小说 – 中国 – 当代
Ⅳ . ① I247.5

中国版本图书馆 CIP 数据核字 (2019) 第 073728 号

骄傲如你 . 2

唐微微 著

责任编辑 丁小卉
特约编辑 眸 眸
装帧设计 晓叮当
责任印制 刘 巍
出版发行 江苏凤凰文艺出版社
南京市中央路 165 号，邮编：210009
网 址 http://www.jswenyi.com
印 刷 长沙鸿发印务实业有限公司
开 本 880 × 1230 毫米 1/32
印 张 9
字 数 234 千字
版 次 2019 年 6 月第 1 版 2019 年 6 月第 1 次印刷
书 号 ISBN 978-7-5594-3621-4
定 价 38.80 元